GRY KAPPEL JENSEN

ROSEN & VIOLEN

ROSENHOLM-
TRILOGIE 1

Aus dem Dänischen von
Meike Blatzheim und Sarah Onkels

ARCTIS

Die Originalausgabe erschien 2019 unter dem Titel
Roser & Violer – Rosenholm-Trilogien 1 im Verlag Turbine, Aarhus.

Die Übersetzung wurde gefördert von
der Danish Arts Foundation.

Danish Arts
Foundation

MIX
Papier | Fördert
gute Waldnutzung
FSC® C083411
FSC
www.fsc.org

Deutsche Erstausgabe
1. Auflage

Published by agreement with Babel-Bridge Literary Agency
Übersetzung: Meike Blatzheim und Sarah Onkels
Umschlaggestaltung: Karin Hald
Überarbeitung: Svenja Sund
Satz: Greiner & Reichel, Köln
Druck und Bindung: CPI books GmbH, Leck
Printed in Germany 2022
ISBN 978-3-03880-070-5

www.arctis-verlag.de

Folgt uns auf Instagram
unter @arctis_verlag

PROLOG

Er bettet mich ins Gras. Der Himmel über mir dreht sich, wie damals, als meine Schwester und ich als Kinder zusammen spielten. Wir drehten uns und drehten uns, die Gesichter zum Himmel gereckt, die Arme nach beiden Seiten ausgestreckt, unsere Kleider bildeten einen perfekten Kreis um uns herum.

Er legt meine Arme zurecht, platziert meine Beine, breitet meine Haare aus. Er streichelt mir über die Wange, sein Mund ist ganz nah an meinem Ohr, sein Atem angenehm warm. Er singt für mich, sagt mir, dass ich hübsch bin, dass er mich liebt.

Er beugt sich über mich, eine dunkle Gestalt, die einen Schatten vor die immer noch wirbelnden Spirale des Himmels wirft. Ich kann sein Gesicht nicht erkennen, aber ich weiß genau, wer er ist. Ich will schreien, doch ich kann nicht. Über mir rauschen die Silberpappeln mit dem Blut in meinen Ohren um die Wette. Um mich herum blühen die Violen, und der Himmel wird schwarz.

1. TEIL
SOMMER

Rosen sind rot
Violen sind blau
Ich hab dich gern
Weiß ich genau

Traditionelles dänisches Liebesgedicht,
im 19. Jahrhundert oft in
Stammbüchern und Gedichtbänden verwendet

6. JULI
15 UHR 45

Kirstine

Kirstine spitzte die Ohren. Nichts zu hören. Sie nahm einen tiefen Atemzug.

Entspann dich, es ist ja gar kein richtiges Stehlen.

Eigentlich war es ja *ihr* Brief. Der zufällig im großen, schweren Eichenschreibtisch ihres Vaters gelandet war. Dort lag er gut versteckt in der Dokumentenschublade. In der Schublade, die man abschließen konnte.

Ihre verschwitzten Finger hielten den kleinen, goldenen Schlüssel fest umklammert, den sie ganz hinten aus dem Vitrinenschrank genommen hatte, wo er immer lag.

»Kirstine, willst du Kaffee? Es ist auch noch Kuchen von gestern da.«

Als sie die Stimme ihrer Mutter hörte, zuckte sie zusammen.

»Nein, danke!«, rief sie und schloss die Tür zum Wohnzimmer. Dort gab sie sich alle Mühe, das kleine Kreuz über dem Schreibtisch zu ignorieren. Jesus sah vorwurfsvoll auf sie herab. Der Schlüssel ließ sich ohne Probleme umdrehen, doch die Schublade klemmte, also musste sie kräftig daran ruckeln, um sie aufzubekommen. Der Brief lag direkt obenauf, sie erkannte ihn sofort. Den dicken, weißen Umschlag. Der Stempel auf der

Briefmarke verriet, dass der Brief bereits vor einigen Wochen verschickt worden war. Mit ihrem Namen drauf. *Kirstine Marie Jensen*. Und dennoch lag er weggesperrt in einer Schreibtischschublade. Und dennoch hatte jemand anderes den Umschlag geöffnet und den Inhalt gelesen. Sie schnappte sich den Brief und steckte ihn in die Tasche.

Von der Küche her erklangen Schritte, und die Wohnzimmertür schwang auf. Blitzschnell schob sie die Schublade zu.

»Hier bist du! Komm doch raus zu uns in den Garten. Die Sonne scheint!« Ein flüchtiger Blick wanderte über Kirstines Gesicht und Oberkörper. Suchte ihre Mutter etwas? Ihr Herz klopfte wie wild.

»Nein, danke. Ich glaube, ich drehe lieber eine Runde mit dem Rad.«

»Na gut. Solange du zum Abendessen wieder hier bist …«

Kirstine nickte und zwängte sich an ihrer Mutter vorbei nach draußen. Den kleinen Schlüssel immer noch in der Hand, schloss sie das Fahrrad auf. Sie spürte den Brief deutlich in ihrer Hosentasche. Wenn ihre Eltern heute Abend im Bett waren, musste sie beides wieder zurücklegen.

Als sie das Rad durchs Gartentor schob, stand plötzlich ihre Mutter vorne an der Straße und wartete auf sie. Sie musste durch die Haustür gegangen sein.

»Kirstine, warst du etwa an Papas Schreibtisch?«

6. JULI
16 UHR 05

Kirstine

Der Westwind peitschte ihr ins Gesicht. Sie trat so fest in die Pedale, dass ihre Oberschenkel brannten und die Knie wehtaten.

Sie hatte ihre Mutter angeschrien. Das tat sie sonst nie. So laut, dass es die Nachbarn gehört haben mussten, aber das war ihr egal. Es war *ihr* Brief. Sie hätten ihn ihr geben müssen. Sie hatten kein Recht, ihn zu verstecken. Und jetzt war sie von all dem abgehauen.

Kirstine bog nach rechts ab und fuhr auf den Wald zu. Das letzte Stück musste sie stehend treten. An der kleinen, weißen Kirche angekommen, warf sie das Fahrrad gegen die uralte, moosbewachsene Steinmauer, die das Gebäude umgab. Dann ging sie an der Kirche vorbei weiter in den Wald. Oben in den Baumwipfeln rauschte der Wind, doch hier unten zwischen den Stämmen war es ruhig. Hier roch es nach Fichtennadeln, welken Blättern, Moos, Wasser, Erde. Sie folgte dem Pfad ein kurzes Stück, verschwand dann aber zwischen den Bäumen, um ihren eigenen Weg zu nehmen, den selbst die Pilzsammler nicht kannten. Es war ein verregneter Sommer, heute aber herrschte klarer Himmel, die Sonne schien zwischen den sattgrünen Ästen hindurch. Als sie in eine Kuhle trat, drang Wasser durch eine dicke

Schicht Moos an ihre Füße. Rasch zog sie die Sandalen aus und setzte ihren Weg barfuß fort. Es war eigenartig, über das Moos des Waldes zu gehen und gleichzeitig die eisige Kälte des Regenwassers an den nackten Füßen zu spüren. Ihre Mutter hatte richtig erschrocken ausgesehen, als Kirstine sie angeschrien hatte. *Nein, nicht erschrocken. Angsterfüllt.*

Der kleine Hügel lag mitten auf einer Lichtung, wo Heidekraut blühte und im Spätsommer Pfifferlinge wuchsen. Oben auf der Spitze standen fünf Findlinge, die teilweise umgefallen und viele hundert Jahre alt waren. Niemand wusste mehr, wozu sie einmal gedient hatten. Kirstine ließ sich auf dem größten von ihnen nieder, der fast gänzlich von Heidekraut und Gras überwachsen war. Sie zog den Umschlag hervor. Vor einigen Wochen hatte der Brief zwischen Werbeprospekten und Gratis-Zeitungen im Briefkasten gesteckt. Zunächst hatte Kirstine sich nichts weiter dabei gedacht, doch als ihre Mutter den Brief hastig vom Küchentisch geschnappt und den Poststapel außer Reichweite gebracht hatte, war ihr in den Sinn gekommen, dass er vielleicht für sie bestimmt war. Sie öffnete den Umschlag und faltete den Brief auf. Das Papier war dick und so grob, dass sie die Struktur zwischen den Fingern fühlen konnte. Oben war eine Art Logo eingeprägt, ein Kreis mit einer Rose in der Mitte. Auf dem Umschlag stand in Goldbuchstaben: *Internat Rosenholm.*

17. Juni, Internat Rosenholm

Liebe Kirstine Marie Jensen,

die Schulleitung und das Kollegium des Internats Rosenholm laden dich herzlich zu einem Informationstreffen ein. Bei dieser Gelegenheit werden wir eingehend über unsere Schule für Jugendliche mit außergewöhnlichen Begabungen berichten sowie dir einen Platz für das kommende Schuljahr anbieten.

Das Internat Rosenholm liegt auf Seeland im Osten Dänemarks inmitten herrlichster Natur. Es verfügt über eine lange, glorreiche Geschichte und hat sich auf die Ausbildung junger Menschen mit vielen unterschiedlichen Talenten spezialisiert. Die Schule beherbergt ca. 300 Schülerinnen und Schüler, die während der dreijährigen Ausbildung gemeinsam auf dem Campus wohnen. Der Besuch der Schule ist kostenlos, und der Abschluss entspricht dem Abitur.

Wir freuen uns, dich bei dem Treffen am 7. Juli um 10 Uhr begrüßen zu dürfen. Bitte beachte, dass Eltern bei dem Treffen ausdrücklich nicht erwünscht sind.

Anschrift und Anreisemöglichkeiten mit öffentlichen Verkehrsmitteln kannst du dem beigefügten Informationsblatt entnehmen.

Wir freuen uns darauf, dich kennenzulernen.

Mit freundlichen Grüßen

Birgit Lund

Birgit Lund
Schulleiterin

Es kostete sie eine gefühlte Ewigkeit, sich durch den Brief zu kämpfen. Immer wieder ließ sie ihre Augen über die Worte gleiten ... *Jugendliche mit außergewöhnlichen Begabungen ... Äh, wie bitte?* Kirstine wusste ganz zweifellos, dass diese Umschreibung nicht auf sie zutraf. Nach jahrelangen Problemen in der Schule konnte sie das mit ziemlicher Sicherheit sagen. Egal ob Förderunterricht, Besuche beim Schulpsychologen, Lehrergespräche, die LRS-Tests – es war die reinste Katastrophe gewesen, und alle schienen sich inzwischen damit abgefunden zu haben. Für kurze Zeit hatte sie es sogar auf dem Gymnasium versucht, doch das war gründlich in die Hose gegangen. Mittlerweile ging sie überhaupt nicht mehr zur Schule und hielt sich mit einem Job als Reinigungskraft im Pflegeheim über Wasser. Na ja, und da waren auch noch die Aktivitäten in der Kirche, zu denen ihre Eltern sie mitschleiften. Kurzum, sie war gerade achtzehn Jahre alt geworden und hatte absolut keine Ahnung, was sie mit sich und ihrem Leben anstellen sollte.

Kirstine strich mit dem Finger über die schöne goldene Prägung auf dem Umschlag. Wäre sie sich nicht so sicher gewesen, dass niemand ihretwegen eine solche Mühe auf sich nähme – sie hätte es für einen Scherz gehalten. Aber nein ... Sie hatte das Sich-unsichtbar-Machen inzwischen perfektioniert. Sie wurde nicht gemobbt, sie wurde übersehen.

Sie checkte das Datum noch einmal. Das Infotreffen sollte bereits morgen stattfinden. *Vergiss es. Das klappt nie im Leben.*

Ihre Eltern würden es ihr niemals erlauben. Sie durfte ja nicht einmal auf die Partys ihrer alten Klasse gehen. Und dann sollten sie ihr gestatten, zu einem Treffen in irgendeiner Schule auf Seeland zu fahren? *No way.* Sonst hätten sie den Brief ja auch nicht vor ihr versteckt.

Kirstine legte sich mitten im Steinkreis auf den Waldboden. So blieb sie liegen, bis es sich im ganzen Körper so anfühlte, als ob alles sich drehte. Wie jedes Mal. Eine kribbelnde Wärme breitete sich in ihr aus, bis sie fast das Gefühl hatte, vom Boden abzuheben und den weißen Wolken, die über den blauen Sommerhimmel zogen, entgegenzuschweben. Mit den Wolken verschwand auch der Zorn, hier im Wald tankte sie Kraft. Niemand wusste davon, schon gar nicht ihre Eltern, die hätten das niemals verstanden. *Nein, Kirstine, das wäre absoluter Wahnsinn. Denk nicht einmal dran …* Aber es war ihr egal. Wenn sie hier war, hatte sie das Gefühl, sie könne reisen wohin sie wolle. Und den Körper dabei wie eine leere Hülle auf dem Waldboden zurücklassen.

Ihre Gedanken kreisten immer wieder um den mysteriösen Brief. Vielleicht sollte sie ihren Eltern einfach sagen, wie sie sich fühlte und worüber sie nachdachte, wovor sie Angst hatte, was sie sich wünschte. Einfach alles erklären. Vielleicht hätten sie ja doch Verständnis und würden sie unterstützen, sie in den Zug setzen und sich freuen, dass sie endlich auf eigenen Beinen stand. Ja, genau so würde sie es machen – abgesehen vom Erzählen vielleicht.

Kirstine atmete ein paar Mal tief durch, bis sie das Gefühl hatte, zurück in ihrem Körper zu sein. Dann nahm sie ihr Handy hervor und suchte nach Zugverbindungen von Jütland nach Seeland.

7. JULI
03 UHR 23

Victoria

Schau mich an …

»Nein!«

Victoria schnappte nach Luft. *Das war nur ein Traum, ein Traum. Atme, Victoria, atme …*

Kerzengerade saß sie im Bett, die Arme um den Körper geschlungen. Langsam gewann sie die Kontrolle über ihre Atmung zurück, doch beim Gedanken an den Traum lief es ihr eiskalt über den Rücken. Durch die weißen Vorhänge, die im Wind vor den offenen Fenstern flatterten, drang diffuses Mondlicht, in dem sich der Traumfänger über ihrem Bett langsam im Kreis drehte. Victorias Blick folgte seinen Bewegungen. Er war hier, um sie zu beschützen.

Wieder einmal hatte sie von den weißen Schatten geträumt, doch diesmal war es anders gewesen als sonst. Einer von ihnen hatte sich halb über sie gebeugt, war ganz nah herangekommen. *Viel zu nah.*

Obwohl sie die Bettdecke um sich wickelte, wollte die Kälte nicht weichen, und Victoria zitterte immer noch, als sie nach unten ging, um sich eine Tasse Tee zu machen. Im Haus herrschte Stille. Die Zwillinge schliefen ein Stück weiter den Flur hinunter.

Trotz all der Zimmer, die es in dem großen Haus gab, bestanden sie darauf, sich eins zu teilen. Das Au-pair schlief im Keller, und das Schlafzimmer der Eltern befand sich im gegenüberliegenden Teil des Hauses. *Jetzt hör schon auf, hier ist niemand.*

Victoria schaltete das Licht in der Küche ein, den Blick fest auf die Arbeitsfläche gerichtet, um den Anblick ihres Spiegelbilds in der Fensterscheibe zu vermeiden – wie immer, wenn es draußen dunkel war. Sie goss direkt vom Hahn heißes Wasser über den Teebeutel und zählte die Sekunden, bis der Tee fertig gezogen war. *Es ist niemand hier, niemand wird dir etwas tun.*

Sie zuckte zusammen, als sie dennoch versehentlich einen Blick auf ihr verzerrtes Spiegelbild erhaschte. Hinter ihr war deutlich der weiße Schatten zu erkennen. Sie schloss die Augen. *Face your fears …*

Langsam drehte sie sich um, die Augen immer noch geschlossen. Mit einem Ruck öffnete Victoria sie. *Siehst du, niemand da. Du bist allein.* Jedenfalls sagte sie sich das. Denn in Wahrheit war Victoria niemals ganz allein.

7. JULI
04 UHR 30

Kirstine

Langsam wurde es hell. Kirstine stellte sich vor, wie die Vögel vor den Fenstern gerade um die Wette zwitscherten. Hier drinnen im Zug hörte man einzig und allein das monotone Rattern des Motors und das metallene Klackern der Räder auf den Schienen. Ihr Magen fühlte sich an wie ein einziger großer Knoten, ihr Hals war wie zugeschnürt, und es war unmöglich richtig zu atmen, so sehr sie sich auch bemühte. Was war eigentlich in sie gefahren? Sich mitten in der Nacht einfach aus dem Staub zu machen – wer bitte tat so etwas? Sie anscheinend.

Der Zug war nicht sehr voll. Schräg gegenüber saß ein junger Mann und schlief, den Kopf gegen den Sitz gelehnt. Er hatte rötliches Haar, das ihm zerzaust in die Stirn hing. Seine helle Haut war auf den Wangen und dem Nasenrücken voller Sommersprossen. Er war älter als Kirstine, jedoch konnte sie nur schwer sagen, wie viel. Irgendwo auf dem Weg durch Jütland war er eingestiegen, hatte sich auf seinen Platz fallen lassen und war auf der Stelle eingeschlafen. Sie selbst war viel zu aufgedreht, um zu schlafen. Der junge Mann rührte sich im Schlaf. Sie wandte erschrocken den Blick ab und drehte sich stattdessen zum Fenster, wo sie die Stirn gegen die kalte Scheibe presste. Nun war es fast hell.

Knapp zwanzig Minuten vor Sorø zog Kirstine die Jacke an, machte ihre Tasche zu und nahm sie auf den Schoß. Immer und immer wieder hatte sie sich die Reiseroute angesehen, sich jeden einzelnen Halt eingeprägt. Sie wollte vorbereitet sein, falls die Lautsprecher nicht funktionierten und sie die Orte und Haltestellen einzig und allein der Zuganzeige, die die Namen in flimmernden Buchstaben anzeigte, entnehmen müsste.

»Nächster Halt Sorø!«

Sie stand abrupt auf und schob sich vorsichtig an den Leuten vorbei, die auf Fünen zugestiegen waren, bemüht, niemandem auf die Füße zu treten. Der junge Mann schlief immer noch. Als sie genau vor ihm stand, fuhr der Zug durch eine Kurve, und sie stieß mit einem Bein gegen sein Knie.

»Was?«, stieß er aus und blickte schläfrig auf, als hätte er keine Ahnung, wo er sich befand. »Ist das Sorø?«

Sie brachte kein Wort heraus, doch zum Glück gelang es ihr, zu nicken.

»Oh, danke«, sagte er und fuhr sich mit der Hand durch das soeben noch zerzauste Haar, dann schnappte er seine Jacke, sprang vom Sitz auf und ging mit eiligen Schritten auf die Türen zu, die sich in diesem Moment zum Bahnsteig hin öffneten.

»Halt!« Die Stimme blieb ihr im Hals stecken, und es war unmöglich, lauter zu rufen. »Ihre Tasche!«

Draußen auf dem Bahnsteig holte sie den jungen Mann schließlich ein, der strammen Schrittes davoneilte.

»Ihre Tasche!« Verlegen hielt sie ihm die braune Umhängetasche aus Leder hin. »Die haben Sie im Zug vergessen.«

»Ach, verdammt. Das wäre echt doof gewesen, vielen Dank.« Er lächelte und schien erleichtert und verlegen zugleich. Jetzt, da er wach war, wirkte er doch ein ganzes Stück älter als sie.

»Ja, vielen Dank jedenfalls«, wiederholte er mit einem schiefen Lächeln. »Du willst auch nach Sorø?«

»Ja«, antwortete sie, bemüht, nicht zu leise zu sprechen. »Eigentlich will ich mit dem Bus weiter.«

»Ich auch, die Busse fahren da vorne ab«, sagte er und wies mit einer sorglosen Armbewegung in die Richtung. Über ihnen war der Himmel klar, und um sie herum sangen die Vögel ihr Morgenlied.

»Welchen nimmst du?«, wollte er wissen, als sie die Reihe blauer Haltestellenschilder erreichten.

»Die 14, glaube ich«, sagte sie, obwohl sie die Nummer mit Sicherheit bis an ihr Lebensende behalten würde, nachdem sie die Reiseroute bis zur Perfektion gepaukt hatte.

»Die 14? Wie lustig. Die nehm ich auch. Obwohl, irgendwie keine Überraschung. Um die Uhrzeit steigt eigentlich niemand in Sorø aus, wenn man nicht nach … Bist du etwa auch auf dem Weg nach Rosenholm?«

Kirstine nickte. »Ja, für ein Treffen.«

Die Augen des jungen Mannes wanderten über ihr Gesicht, als ob er etwas Bestimmtes suchte.

»Na ja, ich weiß, dass sie zu wenig Leute haben. Dann stelle ich mich besser mal vor: Jakob.« Er streckte ihr die Hand entgegen und drückte kräftig zu. »Ich mache dort Nordisch.«

Sie beließ es bei einem weiteren Nicken. Bei ihm klang es, als wäre es das Selbstverständlichste der Welt und sie dachte nicht daran, ihm durch weiteres Nachfragen ihre Unwissenheit zu offenbaren.

»Aber jetzt ist es erst halb sieben, und der Bus fährt um acht«, stellte Jakob mit einem Blick auf die alte, zerkratzte Armbanduhr an seinem Handgelenk fest. »Komm, wir setzen uns hin.«

Er zeigte auf einen Unterstand, etwa zehn Meter entfernt. Die Haltestelle war menschenleer, nur ein einziger Bus hielt mit laufendem Motor und dem Wort *Betriebsfahrt* in grellgelber Anzeige über der Windschutzscheibe. Kirstine konnte sich nicht daran erinnern, jemals zuvor auf Seeland gewesen zu sein, dennoch kam ihr alles sehr vertraut vor. Vielleicht war es das, was sie dazu ermutigte, ein Gespräch zu beginnen. Oder vielleicht lag es auch daran, dass sie Jakob zunächst hatte schlafen und dann verwirrt aus dem Zug springen sehen, was alles andere als einschüchternd gewirkt hatte.

»Kommst du aus Jütland?«, fragte sie.

»Nein, aber meine Eltern wohnen in Skanderborg. Die Verbindung ist furchtbar, oder? Es dauert fast die ganze Nacht, bis man hier ist.«

»Ich bin zum ersten Mal hier«, gab sie zu, als sie sich auf die Bank setzten.

Jakob drehte ihr überrascht das Gesicht zu. »Ach, echt? Du bist noch nie in Rosenholm gewesen?«

Kirstine schüttelte den Kopf. Hatte sie jetzt doch etwas Dummes gesagt?

»Also bist du im Ausland zur Schule gegangen?«

»Nein, nur in Thy.«

Über diese Antwort musste er lachen. Sie lachte mit, obwohl sie es überhaupt nicht lustig gemeint hatte.

»Das sieht man«, sagte er und es schien nicht so, als hielte er sie für dämlich, sondern eher, als hätte er ihre Antwort für einen Witz gehalten.

Eine Weile schwiegen sie. Die Luft war kühl auf ihren Wangen. Einen wolkenlosen Himmel hatte es diesen Sommer nicht oft gegeben, doch heute war er klar und der Morgen kalt. Kirstine fröstelte in ihrer dünnen Sommerjacke und bereute, sich nicht dicker angezogen zu haben.

»Ah, warte.« Jakob beugte sich zu seiner Tasche hinab und machte den Reißverschluss auf. »Ich müsste ihn hier irgendwo haben.«

Er reichte ihr einen karierten Wollschal.

»Was für ein Sommer, oder?«, sagte er und forderte sie mit einem Nicken auf, den Schal entgegenzunehmen. Er selbst trug einen kurzen, dunklen Wollmantel, obwohl Hochsommer war. Sie nahm den Schal an und wickelte ihn behutsam um den Hals. Er duftete leicht nach Holz und Kaminrauch. Der Bus, der den Motor angelassen hatte, änderte die Anzeige zu einer Nummer und tuckerte langsam zu einer der Haltestellen.

»Mach dir keinen Kopf wegen heute«, sagte Jakob, den Blick auf den Bus geheftet. »Die sind echt nett an der Schule. Vielleicht ein bisschen altmodisch. Birgit, die Schuldirektorin, wirkt zwar ziemlich streng, ist aber voll korrekt. Sie hat mir schon viel geholfen. Und wegen des Alters, da mach dir mal keine Sorgen.« Er warf ihr einen flüchtigen Blick zu, der ihr die Hitze in die Wangen trieb. *Wie peinlich!* Natürlich war ihm aufgefallen, dass sie eigentlich viel zu alt war, um erst jetzt in die Oberstufe zu kommen.

»Hey«, sagte er, als hätte er ihre Verlegenheit wahrgenommen. »Mich haben sie doch auch genommen, oder?« Er zwinkerte ihr zu, und sie konnte fühlen, wie sich ihre Lippen zu einem Lächeln formten. Mit etwas mehr Mut hätte sie gefragt, in welcher Klasse er war. Aber es stimmte schon, er selbst schien auch älter zu sein als ein gewöhnlicher Oberstufenschüler, selbst wenn er dieses Jahr seinen Abschluss machen würde.

Der Bus wartete nicht länger auf Fahrgäste und fuhr davon.

»Es ist ganz schön ruhig hier, oder?«, fragte sie, im Grunde ohne mit einer Antwort zu rechnen.

»Ruhig? Vollkommen ausgestorben trifft's wohl eher.« In Jakobs Stimme schwang ein Hauch von Weltuntergangsstimmung mit.

Kirstine musste erneut lächeln. »Das macht mir nichts aus, ich bin's gewohnt.«

»Wohnst du noch zu Hause? In Thy, oder wo war das noch?«, fragte er, und sie nickte.

»Dann drücken dir deine Eltern zu Hause sicher gerade die Daumen?«

»Nein. Die wissen nicht einmal, dass ich hier bin.«

»Echt? Oh«, sagte Jakob daraufhin nur.

»Es ist alles ein wenig kompliziert. Sie sind sehr streng. Also, weil … sie … wir … – meine Familie, also – ist sehr christlich«, stammelte sie und wurde dabei rot. Was tat sie da? Weshalb erzählte sie das einem Wildfremden?

»Okay, verdammt. So sektenmäßig, oder was?«, fragte Jakob und sah sie besorgt an.

»Nein«, entgegnete sie und fing an zu lachen. »Innere Mission, falls du davon schon mal gehört hast?«

»Nee, sorry. Meine Familie hat mit dem Christentum eigentlich nicht viel am Hut. Aber … das führt sicherlich zu 'ner Menge Problemen bei – na ja, allem?« Es klang so, als wüsste er überhaupt nicht, wovon er sprach.

Sie zuckte mit den Schultern. »Tja, als ich klein war, habe ich nie darüber nachgedacht.«

»Nein, natürlich nicht. Hey, irgendwo hier stand mal ein Automat, an dem man so eine wiiinzige Menge Kaffee in einem Plastikbecher bekam. Sollen wir mal gucken, ob der noch geht?

Oder trinkt man keinen Kaffee in so einer dubiosen Sekte in Thy?«

Kirstine lachte und erhob sich, um ihn zu begleiten. *Wenn du nur wüsstest.*

7. JULI
06 UHR 30

Kamille

Ausnahmsweise war ihre Mutter vor ihr aufgestanden. Sie klapperte in der Küche herum. In mindestens einer Schüssel wurde gerührt, etwas fiel um, ihre Mutter fluchte, und die Pfanne zischte auf dem Gasherd. *Hoffentlich setzt sich Mama nicht aus Versehen selbst in Brand.*

Kamille schlich aus ihrem Zimmer ins Bad. Der Boden unter ihren nackten Zehen fühlte sich kalt an, selbst im Sommer war das alte Haus fußkalt.

Nach dem Duschen wickelte sie sich in ein Handtuch und ging zurück in ihr Zimmer. Den Geräuschen nach zu urteilen, war ihre Mutter immer noch mit irgendetwas beschäftigt, der Lärm kam jetzt auch aus dem Wohnzimmer.

Kamille öffnete die knarzenden Türen des alten Kleiderschranks und warf einen Blick hinein. Sie wollte auf keinen Fall overdressed sein, aber es war schon ein besonderer Tag. Vielleicht ein Sommerkleid? Immerhin war Sommer, auch wenn er sich in den letzten Monaten nicht von seiner besten Seite präsentiert hatte. Sie schnappte sich zwei Bügel und ging ins Wohnzimmer.

»Mama, was meinst du, welches davon soll ich anziehen?«

Kamilles Mutter war gerade dabei, einen Strauß bunter Rosen aus dem Garten in eine Vase zu stellen. Die roten Haare hatte sie zu einem unordentlichen Dutt hochgesteckt. Sie trug eine Schlafanzughose, einen weiten Wollpulli und darüber eine Schürze. Ein Feuer loderte im Ofen und auf dem kleinen Tisch, den die Mutter für zwei gedeckt hatte, standen Teelichter.

»Oh, wie hübsch, aber meinst du nicht, dass das ein bisschen übertrieben ist?«

»Kein bisschen. Pass mal auf, ich backe Pfannkuchen mit massig Sirup drauf. Und nimm das grüne Kleid, das hat den perfekten Schnitt für dich.«

Kamille zuckte mit den Schultern und schlüpfte in das grüne Kleid.

»Siehst du?«, sagte ihre Mutter und zog ihr den Reißverschluss am Rücken hoch. »Du hast eine tolle Figur. Wie eine Sanduhr. Da kann Marilyn Monroe einpacken!«

Kamille verdrehte die Augen. Was ihre Mutter Sanduhr-Figur nannte, hatten die gemeinsten Mädchen aus ihrer alten Klasse als fett bezeichnet. Aber wenn heute alles gut ging, musste sie sich darum keine Sorgen mehr machen. Sie würde neue Mitschülerinnen und Mitschüler bekommen. *Nette hoffentlich!*

»Lass dich mal anschauen!«, sagte ihre Mutter und drehte ihre Tochter zu sich herum. »Du bist so hübsch, mein Schatz. Soll ich dir die Haare flechten? Komm, setz dich. Ich hab dir einen ganz besonderen Tee gemacht. Der passt perfekt zum heutigen Tag.« Sie ging in die Küche und kam mit einer dampfenden Tasse von der Größe einer kleinen Waschschüssel zurück.

»Zitronenmelisse ist gut gegen Unruhe und Nervosität und Salbei hilft bei Verdauungsbeschwerden und Blähungen. An so einem Tag kann man das wirklich gar nicht brauchen, pffffff!«

Ihre Mutter machte den Furzlaut erstaunlich naturgetreu nach.

»Mama!«, beschwerte sich Kamille, konnte sich ein Grinsen aber doch nicht verkneifen.

»Außerdem ist jede Menge Kamille drin. Und Honig, natürlich auch richtig viel Honig.«

»Danke, dann kann ja nichts mehr schiefgehen.«

Kamille ließ zu, dass ihre Mutter sie auf einen Stuhl schob und ihre roten Haare bürstete, bis die in der Wärme des Ofens beinahe getrocknet waren. Sie genoss die schnellen, aber dennoch sanften Bürstenstriche, so hatte ihre Mutter ihr schon immer die Haare gemacht. Ab und zu knackte ein Holzscheit im Ofen und im kleinen Wohnzimmer duftete es herrlich nach Feuer und den Kräutern, die überall in Bündeln zum Trocknen hingen.

»Machst du mir einen französischen Zopf?«, fragte Kamille.

»Mhm«, murmelte ihre Mutter konzentriert. »Halt still.«

Als der Zopf fertig war, servierte ihre Mutter einen großen Berg unterschiedlich großer Pfannkuchen.

»Bitte schön, nimm dir Löwenzahnsirup dazu.«

»Willst du keine?«

»Doch, später. Aber jetzt möchte ich lieber meiner großen Tochter beim Essen zuschauen. Wo sind bloß all die Jahre hin? Auf einmal bist du erwachsen geworden.«

»Was ist denn mit dir los?«, fragte Kamille, den Mund voller Pfannkuchen. »Ich bin doch nicht erwachsen, bloß weil ich heute von zu Hause ausziehe. Außerdem ist noch nicht mal sicher, dass sie mich überhaupt haben wollen.«

»Natürlich wollen sie dich, Millchen«, sagte ihre Mutter und gab ihr einen Kuss auf die Stirn. »Ich habe nie auch nur das kleinste bisschen daran gezweifelt, dass du hast, was es dazu braucht.«

»Äh, danke, aber mach mal langsam. Manchmal ist das alles ein wenig … viel.«

»Viel?«

»Ja, so wie damals, als du die Mädchen aus meiner Klasse zu meinem Menstruationsfest eingeladen hast.«

»Was?« Kamilles Mutter verzog ihr Gesicht in gespielter Überraschung.

»Boah, Mama, komm schon! Natürlich kannst du dich daran erinnern.«

Unter den vielen, vielen peinlichen Ereignissen in Kamilles Leben war das Menstruationsfest das peinlichste überhaupt gewesen. Ihre Mutter hatte acht Mädchen aus ihrer Klasse eingeladen, um mit ihnen zu feiern, dass Kamille ihre Tage bekommen hatte. Sie hatte die Kaffeetafel auf dem dicken Flickenteppich auf dem Wohnzimmerboden gedeckt und Wasser mit rotem Sirup (eine unglückliche Farbwahl), Schokoladenkuchen und Kräutertee gegen Blähungen und Menstruationsschmerzen serviert. Keines der anderen Mädchen hatte damals schon seine Periode gehabt. Sie hockten mucksmäuschenstill auf dem Teppich und starrten Kamilles Mutter mit großen, runden Augen an, während diese, in ein sonnengelbes Kleid mit flatterndem Rock gehüllt, eine feierliche Rede über die Mondphasen und den weiblichen Zyklus hielt. Als sie sich auch noch eine Trommel schnappte und einen Ehrengesang auf die Frau und die Natur anstimmte, glaubte Kamille, jeden Moment vor Peinlichkeit auf dem Teppich sterben zu müssen.

»Hinterher haben die anderen Eltern angerufen und sich beschwert. Sie wollten nicht mehr, dass ihre Töchter zu uns kommen.«

Kamilles Mutter legte den Kopf in den Nacken und lachte so

sehr, dass ihr Busen hüpfte. »Es war genau genommen nur eins der Mädchen, das dich nicht mehr besuchen durfte. Die mit den dünnen Haaren. Das war doch nur, weil ich so stolz auf dich war«, sagte sie.

»Gut, lass uns abwarten, wie es läuft«, lenkte Kamille ab. »Ich wünschte, ich hätte mich besser vorbereiten können. Kannst du mir nicht wenigstens ein bisschen darüber verraten, was mich heute erwartet?«

»Tut mir leid, aber das verstößt gegen die Regeln«, sagte ihre Mutter und zog die Lippen zu einem schmalen Strich zusammen. »Außerdem hat sich seit damals bestimmt eine Menge verändert. Iss jetzt auf, wir müssen los.«

Kamille seufzte tief und stand auf, um ihre Tasche zu packen. Sie wusste, dass betteln nicht half, das zog bei ihrer Mutter nicht. Diese Frau war stur wie ein Esel.

»Hier, nimm meine gute Strickjacke, es ist ziemlich frisch draußen. Die mit den Silberknöpfen, die Oma gestrickt hat.« Kamille nahm die Jacke entgegen. Selbst hatte ihre Mutter einen Wollponcho über den Pullover gezogen und war mit den nackten Füßen in ein Paar neongrüne Crocs geschlüpft. »Hast du deine Tasche? Dann lass uns aufbrechen.«

Der schnellste Weg zur Landstraße verlief am Feldrand entlang und dann am alten Friedhof vorbei, aber nach so viel Regen wie in den letzten Tagen war das eher ein Untergrund für Gummistiefel. Deshalb beschlossen sie, heute den Schotterweg zu nehmen.

»Im Brief stand, dass Eltern nicht mitkommen dürfen«, sagte Kamille.

»Das weiß ich doch, mein Schatz, ich bringe dich nur bis zum Bus. Keine Sorge, ich habe nicht vor, peinlich zu sein«, sagte ihre

Mutter und zwinkerte Kamille zu, während sie sich eine lose Haarsträhne hinters Ohr schob. Weiße Strähnen zeigten sich in ihren roten Haaren. Es stimmte tatsächlich, dass die Zeit verging.

Sie verließen das Haus durch die Küchentür, und obwohl sie beide nicht besonders groß waren, mussten sie die Köpfe einziehen, um nicht gegen den Türrahmen zu stoßen. Es war eine alte Stalltür, und das Schloss funktionierte nicht richtig. »Das macht nichts«, sagte Kamilles Mutter immer. »Zu uns hier draußen verirrt sich eh niemand, der nicht eingeladen ist.«

Kamille hielt kurz inne und ließ die Augen über das alte Fachwerkhaus schweifen, in dem sie ihr ganzes bisheriges Leben verbracht hatte. Das Reetdach musste dringend erneuert werden, es gab mehrere Stellen, an denen es löchrig war.

»Komm.« Kamilles Mutter hängte sich bei ihr ein. So gingen sie über den Hof, während eine rote Katze beleidigt hinter ihnen her miaute. »Du musst warten, Mismis«, rief die Mutter. »Wir müssen den Bus bekommen.«

Sie gingen den Schotterweg entlang, bogen dann auf einen etwas größeren, asphaltierten Weg ein, der im Einklang mit den sanft schwingenden Hügeln auf und ab durch die Landschaft führte. Die Sonne hatte noch keine Kraft und über der Ebene lag Nebel wie ein magischer Schleier, der Geheimnisse verbarg. Unterwegs konnten sie den großen Grabhügel sehen, auf dem fünf mächtige, uralte Eichen thronten, in Sicherheit vor den hunderten von Bauern, die das Land rund um den Grabhügel gepflügt hatten, seit dort Bäume gepflanzt worden waren.

Als sie die Straße erreichten, blieben sie an deren Rand stehen. Es gab hier keine Haltestelle, aber der Busfahrer hielt trotzdem, wenn er jemanden dort stehen sah. Während sie warteten, stieg die Sonne höher und ihre Strahlen wärmten die Erde, so dass zu dampfen begann.

»Viel Glück«, sagte ihre Mutter, als der Bus endlich kam. Sie nahm Kamilles Hände, drückte sie und sah plötzlich ernst aus. »Und Kamille? Du passt gut auf dich auf, ja?«

»Na klar«, sagte Kamille und nahm ihre Mutter ein letztes Mal in den Arm. »Mach dir keine Sorgen, es ist doch nur eine Schule. Also, was soll schon passieren?«

Die Mutter nickte, versuchte zu lächeln und wischte sich schnell über die Augen. Als Kamille in den Bus stieg, sich auf einen freien Platz fallen ließ und der kleinen, rundlichen Frau in den neongrünen Crocs noch einmal zuwinkte, beschlich sie das Gefühl, dass es etwas Wichtiges gab, was ihre Mutter ihr über Rosenholm verschwiegen hatte.

7. JULI
08 UHR 41

Kirstine

Jakob atmete schwer, er schien fest zu schlafen. Kirstine spürte seinen Atem am Hals. Eine schwindelerregende Leichtigkeit erfüllte ihren Körper. Sie selbst konnte beim besten Willen nicht schlafen. Sie saß mit dem Gesicht zum Fenster und betrachtete die Landschaft. Die Sonne beschien wogende Felder, die vor lauter Grabhügeln ganz hubbelig wirkten. Es waren sicher mehr, als sie in ihrer gesamten Kindheit zusammengerechnet gesehen hatte. Das bedeutete, die Gegend hier war einst reich gewesen, nicht zuletzt an Gebeinen und Grabbeigaben.

Die Wartezeit hatten sie genutzt, um schlechten Kaffee zu trinken und zu reden. Jakob hatte ihr von dem Besuch bei seinen Eltern erzählt, und vieles von dem, was er berichtete, hatte Kirstine nicht verstanden, doch sie hatte einfach genickt und ihn erzählen lassen. Unter anderem, dass er die Erwartungen der Eltern nicht erfülle, dass sie seine Wahl nicht unterstützten – all das hatte irgendwie mit Rosenholm zu tun, aber sie hatte nicht genau verstanden, wie. Er hatte mit ihr gesprochen, als wäre sie ein normaler Mensch und kein Freak. Wie mit einer Erwachsenen und nicht wie mit der kleinen Kirstine, die nie was kapierte.

Diese Kirstine war nun Vergangenheit. Sie spürte es deutlich.

Das hier war *die neue Kirstine*. Die laut lachte, ohne rot zu werden. Die interessiert zuhörte und mit kurzen, verständnisvollen Kommentaren bewirkte, dass man ihr all seine Sorgen anvertrauen wollte. Die im Bus saß, den Kopf eines hübschen, jungen Mannes an ihrer Schulter.

»Nächster Halt Rosenholm«, sagte der Fahrer durch, und Jakob setzte sich ruckartig auf und fuhr sich mit der Hand übers Gesicht.

Sie traten in den herrlichsten Sonnenschein hinaus. Es war noch früh, aber nicht mehr kalt, und Jakob zog seine Jacke aus, ehe sie weitergingen. Eine Lerche schwang sich hoch über ihnen in die Luft und gab ein aufgeregtes, endlos scheinendes Trillern von sich.

»Es ist nur ein kleines Stück zu Fuß. Gleich hinter der Kurve sieht man die Schule schon«, sagte Jakob und machte eine Bewegung mit der Hand.

Rosenholm, wie schön das klang. Trotzdem hatte sie nicht so richtig gewusst, was sie sich darunter vorstellen sollte. *Das jedenfalls nicht.* Rosenholm war beinahe ein Schloss. Ein kleines, weißes Schloss mit uralten, roten Ziegeln auf dem Dach, vier kleinen Türmen – einem an jeder Ecke – und einer winzigen Hängebrücke, die über einen Burggraben führte. Eine lange Allee aus alten, knorrigen Kastanienbäumen verlief hinauf zur Schule, zuerst aber musste man einen großen Park durchqueren, wo gewaltige Rhododendren, hohe Silberpappeln, eine uralte Magnolie sowie eine riesige Blutbuche wuchsen und einige andere Sträucher und Bäume, die sie nicht kannte.

»Unglaublich«, sagte sie nur.

»Ein schöner Ort, oder?«, erwiderte Jakob lächelnd, beinahe so stolz, als hätte er das alles selbst erbaut.

Sie schritten über die kleine, hölzerne Hängebrücke. Der Kies knirschte unter ihren Füßen, als sie sich schließlich dem Tor näherten, das in den Schlosshof führte. Vor ihnen an der Mauer wuchs eine Kletterrose von beachtlicher Größe, die ihre altrosafarbenen Blütenblätter auf das Kopfsteinpflaster im Schlosshof verteilte. Eine Uhr hoch oben am Schulgebäude zeigte, dass es kurz vor neun war.

»Ich sollte erst um zehn Uhr hier sein«, sagte Kirstine. »Vielleicht warte ich einfach hier.«

»Ach Quatsch, komm mit. Ich stell dir Birgit vor und führe dich ein wenig herum.« Jakob öffnete eine massive, alte Tür zu einer riesigen Halle, in der eine breite Treppe nach oben führte. Nach dem Spaziergang durch den sonnendurchfluteten Park wirkte es hier drinnen durch die holzvertäfelten Wände sehr dunkel. Unter der Decke stand in verschlungenen Buchstaben: *Erde, Natur, Blut, Tod.*

»Ich kann auch ein gutes Wort für dich einlegen«, sagte Jakob mit einem Lächeln und zwinkerte ihr übertrieben zu, so als hätten sie irgendeinen krummen Deal geschlossen.

»Jakob Engholm!«

Eine scharfe Stimme, die im ganzen Raum widerhallte, ließ Kirstine zusammenzucken. Am oberen Ende der Treppe stand eine große Frau mit kurzem, grauem Haar und einer markanten, schwarzen Brille.

»Guten Morgen, Birgit, hier ist jemand, den ich dir vorstellen will«, rief Jakob und nahm zwei Stufen auf einmal. »Das ist Kirstine«, fügte er hinzu und wies mit der Hand auf sie, die sich noch auf halber Strecke hinter ihm befand.

Die Schulleiterin reagierte gar nicht erst, sondern hielt den Blick fest auf Jakob gerichtet.

»Was wird das denn? Du weißt doch, dass Lehrern der Kontakt zu zukünftigen Schülerinnen und Schülern strengstens verboten ist – es sei denn, sie nehmen die Prüfungen ab.«

»Aber … bist du denn nicht zum Vorstellungsgespräch hier?« Jakob sah Kirstine verwirrt an.

Vorstellungsgespräch? Nein, das nun wirklich nicht. Kirstine wollte etwas erwidern, doch beim Anblick der strengen Schulleiterin blieben ihr die Worte im Halse stecken. Sie brachte nur ein leichtes Kopfschütteln zustande.

»Heute finden keine Vorstellungsgespräche statt«, stellte die Schulleiterin klar. »Sondern die Informationsveranstaltung für zukünftige Schülerinnen. Wenn du zur Abwechslung mal deinen Taubenschlag leeren oder an den Besprechungen des Kollegiums teilnehmen würdest, wüsstest du das.« Dann wandte sie sich von Jakob ab und richtete den Blick auf Kirstine. »Stimmt doch, oder? Du hast einen Einladungsbrief zum Infotreffen erhalten?«

Kirstine nickte.

»Oh, verdammt … Wieso hast du das nicht gleich gesagt?«, sagte Jakob.

Kirstine schüttelte nur erneut mit dem Kopf. Hatte Jakob ernsthaft geglaubt, sie hätte hier an der Schule ein Vorstellungsgespräch? Unterrichtete er hier etwa?

»Ich muss das wohl falsch verstanden haben, sorry«, murmelte Jakob und vermied es, ihr in die Augen zu schauen. »Viel Glück heute«, fügte er hinzu und drehte sich ohne ein weiteres Wort um.

Die Schulleiterin seufzte missbilligend, ehe sie sich wieder Kirstine zuwandte. »Du kannst noch ein wenig vor die Tür gehen«, sagte sie. »Wenn die anderen da sind, werdet ihr abgeholt und in den Saal geführt, wo die Veranstaltung stattfindet.«

Kirstine nickte und stieg die Treppe hinab wie ein Gast, der an der Tür abgewiesen worden war. Erst draußen angekommen, fiel ihr im Sonnenschein auf, dass sie Jakobs Schal immer noch um den Hals gewickelt hatte. *So viel also zur neuen Kirstine.*

7. JULI
09 UHR 47

Malou

Türme, spitze Dächer, ein fucking Wassergraben …

Kaum hatte Malou Rosenholm gesehen, war sie sich zweier Dinge sicher gewesen. Erstens wirkte das Schloss nun wirklich nicht wie ein Ort, der kein Schulgeld verlangte – die Umgebung strahlte durch und durch Wohlstand und Macht aus. Und zweitens würde sie, falls die Schule wirklich kostenlos war, ihr Bestes tun, um einen Platz zu ergattern. Das hier musste ein Eliteinternat sein.

Sie zog ihren hohen Pferdeschwanz stramm und strich ihre hellen Haare glatt, während sie das letzte Stück auf die Schule zuging.

Sie hatte keine Lust, zusammen mit jemandem zu laufen und gab sich Mühe, die Mädchen, die mit ihr im Bus gewesen waren, nicht einzuholen, aber das war gar nicht so einfach. Das Mädchen vor ihr schlenderte so langsam, als hätte sie alle Zeit der Welt. Sie war groß und schlank und trug eine einfache, weiße Bluse mit hochgekrempelten Ärmeln, sodass ihre Unterarme golden leuchteten. Ihre dunklen Haare waren kurz geschnitten, und sie trug Ledersandalen und eine Ledertasche über der Schulter. Die Kleidung wirkte superschlicht, doch Malou ließ sich nicht täuschen. Allein die Bluse des Mädchens musste mehr gekostet haben als ihr komplettes Outfit.

Malou zupfte ihr Oberteil zurecht, der weiße Stoff hob sich hübsch von ihrer braungebrannten Haut ab. Zur Abwechslung schien heute mal die Sonne und ließ sie jetzt schon in ihrem Blazer schwitzen. Sie hatte den ganzen gestrigen Abend gebraucht, um alle Etiketten zu entfernen. Jetzt würde niemand mehr darauf kommen, dass das Set von H&M war.

Sie zog die Augenbrauen zusammen. Das Mädchen trug garantiert einen nagelneuen Mac in ihrer Schultertasche. Sie sah wirklich aus wie eine, die ein vornehmes Internat besuchte. Im Gegensatz zu Malou. Aber ob das Mädchen einen genauso guten Notendurchschnitt hatte wie sie? Den hatten die wenigsten. Solche wie die da hatten nicht gelernt, für irgendwas zu kämpfen, die bekamen alles geschenkt. Solche wie die verspeiste Malou zum Frühstück.

Sie stöhnte ungeduldig und überholte das dunkelhaarige Mädchen doch, als sie den Wassergraben überquerten und den kleinen, schattigen Innenhof erreichten. Hier standen sie in einer großen Gruppe versammelt. *Nur Mädchen. Gibt's an dieser Schule keine Jungs?*

Im selben Moment schlug die Uhr an der Wand gegenüber zehn, und eine große Tür öffnete sich. Eine Frau um die Fünfzig trat heraus. Sie hatte kurze, stahlgraue Haare, war ganz in Schwarz gekleidet, und ihre dunkle Brille zeichnete einen scharfen Umriss um ihre Augen. Alle Blicke richteten sich auf sie, und das leise Murmeln, das sich unter den Mädchen verbreitet hatte, verstummte.

»Willkommen in Rosenholm«, sagte die Frau mit einer Stimme, die von den hohen Mauern widerhallte. »Ich bin Birgit Lund, die Schulleiterin von Rosenholm, und möchte euch im Namen aller Lehrerinnen und Lehrer begrüßen. Wir beginnen den heutigen Tag im Festsaal der Schule.«

Der Festsaal verdiente tatsächlich die Bezeichnung Saal. Malou schätzte, dass hier gut und gerne fünfhundert Leute reinpassten. Unter der hohen Decke schwebten mehrere gigantische Kronleuchter, wie sie sie sonst nur aus Kirchen kannte. An einer Wand hing ein Gemälde von einem Typen, der an einen Wikinger erinnerte, und direkt daneben eines von einer hübschen Frau im Wald, in deren hellen Haaren sich eine Ranke verfangen hatte. Gegenüber davon hingen zwei weitere Bilder, die noch merkwürdiger waren. Auf dem einen schnitt sich ein junger Mann selbst mit dem Dolch in die Handfläche, während auf dem anderen eine bleiche Frau abgebildet war, die dem Betrachter einen Totenschädel entgegenhielt. *Seltsame Wahl der Dekoration.*

In der Mitte des Saals stand eine lange Reihe Tische, und an der einen Wand war ein weiterer aufgestellt worden, auf dem Kaffeekannen, hohe Glaskaraffen mit verschiedenfarbigen Säften, große Körbe mit Brötchen, verschiedene Käsesorten, Obst, Marmelade und etwas, das wie selbstgemachte Haselnusscreme aussah, warteten. Plötzlich merkte Malou, wie hungrig sie war. Auf Tischen in der Raummitte waren Namensschilder aufgestellt, und sie fand ihren Platz neben zwei dunkelhaarigen Mädchen, die bestimmt Schwestern waren, und schräg gegenüber von dem dunkelhaarigen Mädchen mit der teuren, weißen Bluse.

Nachdem sich alle am Frühstücksbuffet bedient hatten und die meisten Teller leer waren, schlug Birgit gegen ein schmales Glas, das wahrscheinlich Blutorangensaft enthielt.

»Ich hoffe, ihr seid alle satt und gestärkt«, sagte sie und hatte offensichtlich kein Problem damit, sich im großen Saal Gehör zu verschaffen. »Gleich beginnt das heutige Programm. Wir fangen mit einer Aufnahmeprüfung an, ja genau genommen mit einer ganzen Reihe von Prüfungen.«

Ein Raunen ging durch den Saal. *Aufnahmeprüfungen?* Malous Mund verzog sich zu einem Grinsen. *Makes sense.* Dies war keine Schule, in die sie jeden reinließen. Logisch, dass man beweisen musste, dass man etwas konnte. Sie richtete sich auf ihrem Stuhl auf und sah sich um. Viele der anderen Mädchen wirkten auf einmal ziemlich nervös. Aber Malous Laune besserte sich. Wenn die Plätze an dieser Schule nach den Fähigkeiten der Schülerinnen und Schüler vergeben wurden und nicht nach den Beziehungen ihrer Eltern oder deren Geldbeuteln, hatte sie eine echte Chance.

»Ihr werdet in zwei Gruppen eingeteilt, die die unterschiedlichen Prüfungen getrennt voneinander absolvieren. Dann treffen wir uns wieder hier im Festsaal zur letzten Prüfung, der schriftlichen. Und jetzt passt gut auf.« Birgit machte eine Pause, um die Wichtigkeit dessen, was nun folgte, zu unterstreichen. »Es gibt keine richtigen und keine falschen Antworten, wie ihr das von anderen Prüfungen kennt. Wahrscheinlich werdet ihr eine Menge dessen, was von euch verlangt wird, nicht verstehen. Aber bitte versucht, so ehrlich und unmittelbar wie möglich zu antworten oder zu agieren. Die Prüfungen geben uns ein Bild von jeder Einzelnen von euch, sodass wir am Ende genau einschätzen können, wer ihr seid. Sobald wir fertig sind, treffen wir uns wieder hier und ich erkläre euch alles Weitere.«

Malou ließ den Blick erneut schweifen. An einem Tischende tauchte nun eine hübsche, kleine Frau mit dunkler Haut und dunklen Augen auf, der ein langer schwarzer, geflochtener Zopf über die eine Schulter hing. Ihr Alter war schwer zu schätzen.

»Kommt mit«, sagte sie und als sie lächelte, erstrahlten Lachfältchen um ihre mit Kajal umrandeten Augen.

Plötzlich erfüllten Stühlerücken und das Geräusch vieler aufbrechender Mädchen den Festsaal. Ohne auf sie zu warten, hatte sich die schwarzhaarige Frau abgewandt und war losgelaufen. Die Mädchen mussten sich beeilen, wenn sie sie nicht aus den Augen verlieren wollten. Die Frau führte sie in die hinterste Ecke des Saals, wo eine Flügeltür zu einem engen Treppenschacht führte. Überraschend wendig lief die Frau die Treppen hinauf, und sie hasteten ihr hinterher. Malou verlor das Gefühl dafür, wie weit sie schon hinaufgestiegen waren. *Zweiter Stock, vielleicht?* Die Frau öffnete eine weitere Tür und sie betraten einen langen Gang mit großen Fenstern auf der einen und alten Gemälden in allen möglichen Größen auf der anderen Seite.

»Das ist die Galerie«, erklärte sie, als auch das letzte Mädchen angekommen war. »Und ich heiße Lisa. Eure erste Prüfung findet hier statt. Ihr kommt nacheinander dran.«

Malou zog die Augenbrauen hoch. Eine mündliche Prüfung ohne Vorbereitungszeit. Und sie wussten nicht einmal, worum es gehen sollte. *Okay, das wird nicht leicht.*

Lisa zog eine Lesebrille aus der Tasche und kramte einen Zettel hervor.

»Anne, folgst du mir bitte?«

Ein Mädchen mit einem hellen Pagenschnitt trat ein wenig schüchtern vor. »Das bin ich«, sagte sie.

»Komm mit«, sagte Lisa, drehte sich wieder um und lief los, ohne zu überprüfen, ob das Mädchen ihr folgte.

»Viel Glück!«, rief ihr ein rothaariges Mädchen hinterher.

Eine nach der anderen wurde abgeholt und in einen anderen Raum gebracht, während die Anderen sich die Zeit in dem breiten Gang vertrieben, wo das Sonnenlicht durch die hohen Fenster auf die Gemälde fiel. Lisa hatte sie gebeten, nicht miteinander zu sprechen, vor allem nicht über den Inhalt der Prüfung, sodass sie mehr als genug Zeit hatten, die Gemälde zu studieren.

Wieder kam ein Mädchen zurück. Sie war groß, ging aber seltsam vornübergebeugt, als versuchte sie, sich kleiner zu machen als sie war. Sie hatte einen Seitenscheitel und trug die hellbraunen Haare in einem niedrig gebundenen Pferdeschwanz. Das Mädchen sah vollkommen verstört aus und hielt ihre zur Faust geballte rechte Hand gegen die Brust gepresst. *Echt jetzt? Wie schlimm kann diese Prüfung schon sein?*

»Malou«, rief Lisa sie auf, »komm bitte mit.«

Es war dunkel im Zimmer, denn die Vorhänge waren zugezogen, und Malous Augen brauchten eine ganze Weile, bis sie sich an das dämmrige Licht gewöhnt hatten. In der Mitte des Raums stand ein Tisch, an dem ein großer Mann mit dem Rücken zu ihr saß. Seine Haare waren zu einem Zopf geflochten und sein Rücken war so breit, dass Malou sich bei dem Gedanken ertappte, wie der Typ es wohl die schmale Treppe hinaufgeschafft hatte.

»Setz dich.« Seine Stimme klang tief, aber sanft. Sie ging um den Tisch herum und setzte sich ihm gegenüber. Er hatte einen mächtigen, hellen Bart und freundliche Augen.

»Unter diesem Tuch«, er wies auf etwas, und sie konnte jetzt erahnen, dass ein Stück Stoff über die Tischplatte gebreitet war, »liegen verschiedene Gegenstände. Ich werde dich bitten, einen nach dem anderen in die Hand zu nehmen, und mir dann zu sagen, ob du etwas fühlst oder wahrnimmst.«

»Ernsthaft?«

Das sollte also die Prüfung sein? Sie musste an die Spiele in der Nachmittagsbetreuung denken, als sie klein gewesen war. Da hatten die Erwachsenen kalte Spaghetti oder irgendetwas anderes Ekliges in einen Karton mit einem Loch gelegt und die Kinder mussten reingreifen und raten, was es war.

Beinahe hätte sie gesagt, wie lächerlich sie diese Aufgabe fand, zögerte dann aber einen Moment lang. Vielleicht verstand sie ja doch, worum es hier ging. Sie erinnerte sich an etwas, das ihre Klassenlehrerin in der Grundschule mal mit ihnen gemacht hatte. Sie hatte eine große Tüte voller Knöpfe dabeigehabt – einige davon schwarz, andere weiß. Jeder bekam einen Knopf und sollte ihn in den Mund stecken. *Eigentlich megaeklig, wenn man so drüber nachdachte.* Sie waren sicher die erste und letzte Klasse gewesen, die auf Knöpfen herumlutschen durfte. Die Lehrerin hatte ihnen erzählt, dass sie einige der Knöpfe in Lakritzpulver getaucht hätte. Alle, die Lakritz schmeckten, sollten aufzeigen. Danach erzählte sie, dass sie dasselbe mit anderen Knöpfen und Vanillepulver getan habe. Mehrere Kinder meldeten sich. Malou war schließlich total gestresst davon gewesen, dass die anderen Kinder Lakritz, Vanille, Zitrone und Salz schmeckten, und als die Lehrerin erzählte, einige Knöpfe seien mit Zucker präpariert, meinte Malou, eine Süße im Mund zu schmecken und hob die Hand. Natürlich war kein einziger Knopf mit irgendetwas anderem in Berührung gekommen als mit der Spucke anderer Kinder, und Malou erinnerte sich, wie sehr sie sich darüber geärgert hatte, schwach geworden zu sein und aufgezeigt zu haben. Am Ende verriet die Lehrerin ihnen nämlich, dass es nicht darum gegangen war, die Geschmacksknospen der Kinder zu testen, sondern darum, wie leicht sich das Gehirn austricksen lässt. Das war wohl das, was man einen Placebo-Effekt nannte. So wie bei kranken Menschen, die glaubten, dass es ihnen besser ging, wenn sie Medikamente nahmen, obwohl sie in Wirklichkeit nur

Kalziumtabletten bekamen. Vermutlich wollten sie mit dieser Prüfung hier also herausfinden, ob die Prüflinge eine starke Persönlichkeit hatten oder ob sie versuchten, dem Lehrer zu gefallen, indem sie von allen möglichen Empfindungen berichteten.

»Okay«, sagte sie. »Alles klar.«

»Fang auf dieser Seite an«, wies der Mann sie an, und dann sagte er nichts mehr, während Malou langsam unter dem dicken, schweren Stoff umhertastete. Die ersten Gegenstände schienen ganz normale Steine zu sein. Einige fühlten sich glatt an, andere hatten Ecken und Kanten. Sie hielt jeden von ihnen einen kurzen Moment lang in der Hand, bevor sie entweder den Kopf schüttelte oder einfach sagte: »Nichts.« Anschließend folgten ein paar Gegenstände aus Metall, irgendeine Art Stab, ein unförmiger Anhänger an einer Schnur, die vielleicht aus Leder war, eine kleine Schale und dann etwas, das sich wie ein glattgeschliffener Ast anfühlte. Nichts davon weckte besondere Empfindungen in ihr. Doch als sie den letzten Gegenstand berührte, zuckte sie zusammen. Es war ein Messer, und sie hatte in die Klinge gefasst. Sie tastete sich behutsam vor bis zum Messerschaft. Er fühlte sich deutlich kälter an als die anderen Gegenstände, aber vielleicht lag es daran, dass er aus Stahl war? Sie hielt den Griff noch ein wenig in der Hand, bevor sie das Messer ablegte.

»Leider nein, auch hier nichts«, sagte sie.

»Vielen Dank«, sagte der Mann. »Du darfst jetzt zu den anderen zurückgehen.«

Sein Tonfall verriet nichts, doch Malou meinte, eine Spur Enttäuschung in seinen freundlichen Augen zu erkennen.

Scheiße! Warum hatte sie nicht gesagt, dass sich das Messer kalt anfühlte?

7. JULI
11 UHR 53

Kamille

Okay, es gab offensichtlich einiges, das ihre Mutter über Rosenholm verschwiegen hatte.

Kamille zog die Tür zu dem Raum hinter sich zu, wo sie gerade zur Prüfung bei dem riesigen Mann gewesen war.

»Wow, das war verrückt!«

Ein paar andere Mädchen lächelten und nickten, aber Lisa, die Lehrerin, zog eine Augenbraue hoch und warf ihr einen strengen Blick zu. »Ihr sollt nicht über die Prüfungen reden«, sagte sie.

Kamille hatte keine Lust, noch mehr solcher Blicke zu kassieren, also schwieg sie brav und folgte den anderen, als Lisa sie die Treppe wieder hinab führte. Sie fühlte mit den anderen Mädchen. Auch wenn ihre Mutter ihr nicht verraten hatte, worum es bei den Prüfungen genau ging, hatte Kamille wenigstens gewusst, dass es welche geben würde. Und sie hatte das Gefühl, die erste Prüfung ziemlich gut hinter sich gebracht zu haben.

Diesmal führte die schwarzhaarige Frau sie aus dem Gebäude heraus und auf die Rückseite des Schlosses, wo der Park wilder und zugewachsener schien als auf der Vorderseite, die sie schon auf dem Hinweg gesehen hatten. Sie folgten einem Pfad, der aus unterschiedlich großen Steinen bestand und schließlich in einen gepflasterten, von Bäumen umgebenen Hof mündete.

»Willkommen!«

Kamille fuhr zusammen, als eine Männerstimme die Stille durchbrach. Ein stämmiger Mann um die Fünfzig trat zwischen den Birken hervor, die die kleine, runde Lichtung umgaben. Sein Gesicht war wettergegerbt, seine vollen Haare silbergrau und kurzgeschnitten, und er war ganz in Schwarz gekleidet. Er war nicht besonders groß, zog aber allein durch seine Ausstrahlung sofort alle Aufmerksamkeit auf sich. Der Mann forderte sie auf, einander an den Händen zu fassen und sich im Kreis um eine Art Felsbrocken aufzustellen, der in der Mitte des Platzes lag. Der Fels war etwa einen Meter hoch und als Kamille näher herantrat, entdeckte sie, dass sich in der Mitte eine mit Wasser gefüllte Vertiefung befand, wie ein zu groß geratenes Vogelbad oder vielleicht ein Taufbecken. Der Mann zog eine kleine Flasche aus seiner Jackentasche.

»Ich werde euch nacheinander aufrufen – die anderen bleiben bitte im Kreis stehen. Konzentriert euch auf das Wasser hier in der Mitte. Das hilft derjenigen, die gerade dran ist. Willst du anfangen?«, fragte er und schaute Kamille mit einem freundlichen, eindringlichen Blick an.

Zögernd trat sie in die Mitte des Kreises, den die anderen Mädchen bildeten. Diese Prüfung kam ihr viel ernster als die erste vor und nicht weniger geheimnisvoll.

»Viel Glück!«, flüsterten die anderen ihr beinahe lautlos zu, während sie auf den Mann zuging.

»Fokussiere dich aufs Sehen, versuch die Augen offen zu halten und weise nichts von dem, was auftaucht, zurück«, sagte er so leise, dass es die anderen nicht hören konnten. »Wenn du etwas siehst, ist es gut, wenn du nichts siehst, ist es gut. Was du erkennst, flüsterst du mir zu. Verstanden?«

Kamille nickte. Einmal hatte sie ihre Mutter bei etwas Ähnlichem beobachtet. Der Mann schraubte den Deckel von der kleinen Flasche und goss ein paar Tropfen einer dunklen, zähen Flüssigkeit ins Wasser. Kamille beugte sich über den Wasserspiegel und konzentrierte sich.

Zunächst verteilte sich das Dunkle bloß, wie es zu erwarten gewesen war, doch dann begann es, sich zu bewegen. Das Ganze war so seltsam, dass sie es nicht genauer beschreiben konnte. Obwohl die Oberfläche glatt dalag, wirbelte das Dunkle im Wasser umher und bildete immer wieder neue, schwarze Schattenmuster. Manchmal meinte sie, eine bekannte Form zu erkennen, aber das Dunkle veränderte sich, bevor sie begriffen hatte, was es war. Dann – ganz plötzlich – vereinten sich die Schatten zu einer festen Form. Es sah aus wie ein Zweig oder eine Wurzel, der oder die sich um sich selbst drehte, sich kurz wie ein Blatt oder eine Blüte entfaltete, um sich dann wieder zusammenzuziehen.

»Eine Pflanze, die ausschlägt«, flüsterte sie. »Schauen Sie nur!«

Aber der Mann beugte sich nicht über das Wasser, er nickte nur und schrieb etwas auf einen kleinen Block, den er ebenfalls aus seiner Tasche gezogen hatte.

»Vielen Dank. Du darfst auf deinen Platz im Kreis zurückkehren.«

Eine nach der anderen kamen die Mädchen an die Reihe. Einige standen lange vor dem Felsen und schauten ins Wasser. Das blonde Mädchen mit dem strengen Pferdeschwanz starrte mit frustriertem Gesichtsausdruck und konzentriertem Blick ewig auf die Wasseroberfläche. Auf einmal sprang sie erschrocken einen Schritt zurück.

»Das Wasser ist rot geworden!«, sagte sie und vergaß völlig, zu flüstern.

Zwei Schwestern mit langen, dunklen Haaren, die Sara und Sofie hießen und ein Jahr auseinander waren, erkannten offenbar gar nichts, jedenfalls flüsterten sie dem Mann nichts zu. Nach ihnen kam ein großes Mädchen mit kantigen Gesichtszügen und einer ernsten Miene an die Reihe. Als sie sich über das Wasser beugte, bemerkte Kamille das kleine goldene Kreuz, das von ihrem Hals baumelte. Erschrocken starrte das Mädchen ins Wasser und wurde bis zum Haaransatz rot, als sie dem Mann zuflüsterte, was sie gesehen hatte.

Als letzte war das hübsche Mädchen mit den kurzen, dunklen Haaren dran, doch sie schaffte es kaum, ins Wasser zu schauen, bevor der Mann sie auch schon mit einer schnellen Bewegung von der Vertiefung im Stein wegscheuchte und sich bedankte.

Die anderen wechselten nervöse Blicke. *Was hatte das dunkelhaarige Mädchen bloß im Wasser entdeckt?*

Lisa nickte dem Mann zu, der unbeweglich in der Mitte des geheimnisvollen Kreises stehenblieb. »Wir machen drinnen weiter. Hier entlang!«

Kamille schloss sich den anderen Mädchen an, die den schmalen Pfad zurückgingen. Eine geistreiche Bemerkung darüber, was sie soeben erlebt hatten, verkniff sie sich diesmal.

7. JULI
13 UHR 01

Malou

Malou zog ihren Pferdeschwanz fest und versuchte, sich zu sammeln, bevor sie drankam. Das Selbstbewusstsein, das sie noch vor wenigen Stunden verspürt hatte, war fast völlig verschwunden. Was war das bloß für eine Schule? Wonach suchten sie denn hier?

»Setz dich bitte«, sagte der Mann, der sie in dem Raum erwartete, in den Lisa sie diesmal geschickt hatte. Ein leichter Akzent schwang in seiner Stimme mit. Er war vielleicht Ende dreißig, groß und sehnig. Seine Haut hatte einen dunklen Ton und seine Augen waren genauso glänzend schwarz wie seine langen, zu einem Dutt hochgesteckten Haare. Er lächelte ihr zu, aber sie war sich nicht sicher, ob es ein freundliches oder ein spöttisches Lächeln war. Im Gegensatz zu dem großen, ein bisschen seltsamen Mann, der die erste Prüfung angeleitet hatte, wirkte dieser wie einer, der mit Vorsicht zu genießen war.

»Die Prüfung ist einfach«, sagte er. »Wir halten uns an den Händen und du schaust mir in die Augen. Du sagst gar nichts und entspannst dich. Du darfst nicht wegschauen, bevor ich es dir erlaube, okay?«

Er legte seine Hände mit den Handflächen nach oben auf die Tischplatte und nickte ihr auffordernd zu. Malou zögerte, zuckte dann aber mit den Schultern. Sie setzte sich, legte ihre Hände in seine und hob den Blick.

Es war ziemlich unangenehm, einem Fremden so gegenüberzusitzen und sie spürte beinahe umgehend den Drang, ihren Blick von seinen dunklen, intensiv starrenden Augen zu lösen. *Was zum Teufel soll das bitte werden?*

Der Mann lächelte immer noch. Im gleichen Maße, in dem Malous Unbehagen wuchs, wurde sein Grinsen immer breiter. Sie zweifelte nicht länger daran, dass es spöttisch oder sogar herablassend war. Als würde er sich über sie lustig machen. Zornig starrte sie zurück und dachte gar nicht daran, den Blick zuerst zu senken, doch je wütender sie wurde, desto mehr schien sich der Mann über sie zu amüsieren. Bestimmt war er pervers oder so und es gab ihm was, mit jungen Mädchen Händchen zu halten. Aber sie konnte er nicht manipulieren!

Ohne es selbst richtig zu merken, versuchte sie, die Hände zurückzuziehen, aber der Mann verstärkte bloß seinen Griff und schüttelte langsam den Kopf, während er noch immer sein provozierendes Grinsen grinste. Sie spürte, wie ihr Puls in den Ohren hämmerte und ihr das Blut vor Zorn ins Gesicht schoss. *Freak! Verdammt noch mal, was glaubte er eigentlich, wer er war?*

Im selben Moment ließ er plötzlich ihre Hände los.

»Vielen Dank, das war sehr gut«, sagte er ruhig. »Und dann noch eine letzte Frage: Darf ich mal deine Arme sehen?«

»Was?« Diese seltsame Frage brachte Malou endgültig aus der Fassung. »Warum?«

»Bloß den linken, wenn du den Ärmel hochkrempeln könntest?« Der Mann schaute sie so eindringlich an, dass es sich anfühlte, als säße sie ihm völlig nackt gegenüber. Schnell zog sie den Ärmel hoch und hielt ihm Handgelenk und Unterarm hin.

»Da gibt's nichts zu sehen, klar? Sind wir jetzt fertig?«

»Den ganzen Arm«, sagte er nur.

»Vergessen Sie's«, sagte sie und wollte den Ärmel des Blazers komplett herunterziehen, doch er war schneller. Mit der einen Hand hielt er ihr Handgelenk mit eisernem Griff fest, während er mit der anderen den Ärmel weiter hochzerrte, sodass das Pflaster zum Vorschein kam.

»Lassen Sie mich los!«, rief sie und wand sich, um ihren Arm zu befreien, aber er war zu stark.

»Und was ist das? Nichts?«, sagte er, als fände er das Ganze wunderbar unterhaltsam. Mit einer schnellen Bewegung riss er das Pflaster ab. Sofort hielt Malou inne und gab den Kampf auf. Die Augen des Mannes leuchteten, während er interessiert, beinahe neugierig, das merkwürdige Zeichen studierte, das sie sich in den Arm geritzt hatte.

»Ja«, sagte er und ließ sie los. »Das war's. Du kannst gehen.«

7. JULI
13 UHR 58

Victoria

Face your fears …

Sie war als Nächste an der Reihe. Victoria fuhr sich mit der Hand durch die kurzen, dunklen Haare und vermied es, die anderen Mädchen anzusehen. Sie spürte sie sowieso schon viel zu deutlich. Die zahlreichen Stimmungen – Angst, Ehrgeiz, Neugier – ließen den niedrigen Flur noch beengter erscheinen und sie spürte ein unangenehmes Sausen in ihren Ohren. *Es ist nur ein Kellerraum.*

»Malou ist noch nicht zurück?« Lisa ließ den Blick über die Gruppe schweifen. Die Mädchen schüttelten die Köpfe. Nein, das blonde Mädchen war nach der letzten Prüfung davongestürmt, und seitdem hatten sie sie nicht mehr gesehen. Sie war Victoria schon auf dem Weg vom Bus zum Schloss aufgefallen. Ihre Energie war stark, aber die Wut und der missgünstige Blick hatten Victoria sogar im Sonnenschein einen eiskalten Schauer über den Rücken laufen lassen. Wie hätte das Mädchen wohl reagiert, wenn Victoria sich im Bus umgedreht und gesagt hätte, dass es absolut keinen Grund zum Neid gab?

»Victoria, dann du bist die Letzte«, sagte Lisa, nachdem sie die Kellertür für die rothaarige Kamille geöffnet hatte. Die kam heraus und zuckte verwundert mit den Schultern, als verstünde sie nicht, wozu das alles gut sein sollte. *Siehst du, nichts, wovor man sich fürchten müsste.*

Victoria konnte ihren Herzschlag fühlen, als sie durch die alte Tür schritt und ein paar Stufen hinab in den großen Keller trat. Als Lisa die Tür hinter ihr schloss, kehrte vollkommene Stille ein. Der Keller war viel größer, als sie gedacht hatte. Seine Wände waren raue Steinmauern, und Sandsteinsäulen stützten die erstaunlich hohe, gewölbte Decke. Fenster gab es allerdings keine. Der Raum wurde von altmodischen Petroleumlampen erhellt, und die Luft war kühl. Früher einmal war der Raum unter dem Schloss bestimmt ein praktischer Ort zur Lagerung von Lebensmitteln und dergleichen gewesen, doch jetzt war er bis auf ein paar Kisten im hinteren Teil leer.

Sie atmete tief in den Bauch hinein, um ihren Puls zu beruhigen. Welchen Sinn hatte es, sie in einen dunklen Kellerraum einzusperren? Was erwarteten sie von ihr? Mit langsamen Schritten ging sie an der Wand entlang und ließ ihre Finger über das alte Gemäuer gleiten, dessen Steine vor vielen hundert Jahren von Hand geformt worden waren. *22, 23, 24 …* Sie zählte ihre Schritte, der Rhythmus hatte etwas Beruhigendes. *56, 57, 58 …*

Am Ende der Wand blieb sie stehen. Ihre Fingerspitzen hatten eine Unregelmäßigkeit in der Oberfläche der Steine entdeckt, einen Riss, der sich schärfer und ausgeprägter anfühlte als die anderen. Und dann bemerkte sie es. Den Duft. *Schwer, süß, penetrant … eine Blume vielleicht.* Der Geruch wurde stärker und stärker, und mit einem Mal war ihr, als hörte sie auch etwas. *Ein Flüstern, nein, ein Lied.* Ein Kinderlied, doch sie konnte die Worte nicht ausmachen. Stattdessen konzentrierte sie sich darauf, die Stimmung zu erfassen, die plötzlich neben ihrer eigenen eiskalten Angst zu spüren war. Sie bemerkte die Gefühle an ihrem eigenen Körper. *Neugier, Eifer … Beharrlichkeit.* Das Lied wurde lauter, klang fröhlich, aber langsam veränderte es sich, wurde klagend, heiser und beschwerlich … Und die Gefühle veränderten sich mit. Sie wurden aufdringlich, unangenehm, ein Gefühl leiser Verzweiflung beschlich sie. Da war etwas Wichtiges. Etwas, das sie begreifen musste …

Langsam bewegte sie den Kopf und ließ die Augen ihren Arm hinabgleiten. Im Halbdunkel war die weiße Bluse deutlich zu erkennen, auch ihre blassen Finger hoben sich von dem dunkleren Gemäuer ab. Ihr Zeigefinger ruhte weiterhin auf dem Riss in der Wand, den Fingernagel hatte sie ein Stück weit hineingeschoben. Es war ein Buchstabe. Hier stand eine Nachricht.

SCHAU MICH AN

Victoria zog die Hand zurück, als ob sie sich verbrannt hätte. Sie wollte raus, aber plötzlich war es eiskalt um sie herum. Es fiel ihr schwer, die eisige Luft, die sich wie tausend Messerstiche anfühlte, in die Lungen zu lassen. Sie schnappte nach Luft, sie hatte das Gefühl, nicht mehr atmen zu können. Instinktiv hielt sie beide Hände vor den Hals, um ihn zu schützen.

»Victoria? Victoria!« Lisa rüttelte sie am Arm. Victoria hatte sie nicht kommen hören. »Atme«, rief Lisa inständig, während ihr Atem in dem eiskalten Raum kleine Wolken bildete. Mit einem tiefen Zug holte Victoria Luft.

»Komm«, sagte Lisa und legte den Arm um sie. »Du musst hier raus!« Sie führte sie aus dem Keller und murmelte leise etwas Unverständliches vor sich hin. Ihre Schritte knirschten auf der dünnen Frostschicht, die den Boden des Kellers plötzlich bedeckte.

7. JULI
14 UHR 15

Malou

Scheiße! Diese Schule war ein verficktes Labyrinth. Es war unmöglich, den Weg hinauszufinden. Malou hatte völlig die Orientierung verloren, aber sie würde trotzdem lieber auf immer und ewig hier herumirren und ihr Leben in einem verlassenen Treppenhaus aushauchen, als jemals zurück zu den anderen Mädchen zu gehen. *Die können mich mal. Diese Schule kann mich mal.*

Mit so was musste sie sich echt nicht abfinden. Wenn sie wollte, konnte sie den Typen dafür anzeigen. Sie war sich sicher, dass man so etwas nicht mit einer Schülerin machen durfte. Was ging es ihn überhaupt an, verdammt? *Und woher zum Teufel wusste er davon?*

Malou stieß auf eine weitere Treppe. Wenn sie Glück hatte, würde sie die auf den kleinen Hof führen, doch die Treppe endete schon im nächsten Stockwerk.

Vielleicht war sie bei irgendeinem Umbau abgeschnitten worden oder es war einfach immer schon so gewesen, jedenfalls stand Malou nach wie vor in einem langen Flur, der weder Türen noch Fenster besaß. Sie hatte wirklich überhaupt keine Ahnung, wo sie sich befand. An der Wand hingen in einer langen Reihe Fotografien, Klassenfotos früherer Jahrgänge. Die ältesten waren uralte, vergilbte Bilder, auf denen diejenigen, die es nicht geschafft hatten, während des Fotografierens stillzuhalten, zu seltsam unscharfen Schatten verschwommen waren. Als sie dem Flur weiter folgte, begannen sich die Bilder mehr und mehr der Gegenwart zu nähern.

Am Ende des Flurs stand sie schließlich vor einer breiten Tür. *Bitte lass dahinter eine Treppe kommen!* Aber statt zu einer Treppe, führte die Tür in einen Raum mit hoher Decke – oder eigentlich eher in mehrere Räume, die ineinander übergingen. Bücherregale verbargen alle Wände bis unter die Decke und tiefe Sessel standen um niedrige, runde Tische herum. Eine Bibliothek. Sie sah sich um. Sollte sie wirklich den ganzen Weg zurückgehen und dabei riskieren, auf die anderen zu stoßen? Zögernd betrat sie den großen, gemütlich wirkenden Raum.

»Hey, was machst du hier?«

Malou fuhr herum. In einer Nische links vor ihr stand ein Junge vor einem Rollwagen voller Bücher.

»Du darfst hier nicht rein, hast du dich verlaufen?«

Er war ein paar Jahre älter als sie und sie konnte nicht anders, als festzustellen, dass er außergewöhnlich gut aussah, obwohl er nicht gerade höflich war.

»Ich suche den Ausgang. Wie komme ich raus, also ganz raus aus der Schule?«

»Bist du nicht eine von den Prüflingen?«, fragte er verwundert und musterte sie ziemlich unverhohlen. Seine Augen waren unglaublich blau.

»Äh, ich glaube, diese Schule ist nichts für mich. Kannst du mir jetzt sagen, wie ich hier rauskomme, oder nicht?«

Er lachte und strich sich die dunklen Haare aus dem Gesicht. »Und das weißt du schon nach wie vielen Stunden hier?«

»Hey, hey, haben wir Gäste?« Ein zweiter Junge schaute hinter einem weiter entfernten Bücherregal hervor. Er war groß und schmal und blonde Locken umrahmten sein Gesicht auf eine witzige Art.

»Ja, dieses Mädchen hier … wie heißt du eigentlich?«

»Malou.«

»Hallo Malou. Ich bin Benjamin und das ist Vitus«, erklärte der dunkelhaarige Junge und fuhr, an seinen Freund gewandt, fort: »Malou hat sich bei den Prüfungen vor irgendwas erschrocken.«

»Ich hab mich nicht erschrocken«, fauchte Malou, »ich hab einfach nur den Eindruck, dass eine Schule, an der psychopathische Lehrer kranke Tests an Schülerinnen durchführen, nicht der richtige Ort für mich ist.«

»Wow!« Vitus grinste in Benjamins Richtung. »Was meinst du, bei wem sie war?«

»Hmm … das könnten ganz schön viele gewesen sein. Eigentlich alle. Wenn ich es mir recht überlege, gibt es hier nur psychopathische Lehrer«, antwortete Benjamin.

Malou verdrehte die Augen und wandte sich zum Gehen. Die beiden wollten sich offensichtlich über sie lustig machen.

»Hey, Malou, warte mal. Malou war richtig, oder?« Der Blonde, Vitus, folgte ihr. »Hör mal. Du sprichst mit zwei der erfahrensten Schüler der Schule. Und wir können dir versichern, dass selbst wenn … na ja, selbst wenn alles ziemlich schräg wirkt – wir müssen ja nicht um den heißen Brei herumreden –, ist es trotzdem ziemlich okay hier. Und am Ende wirst du den ganzen Kram verstehen. Irgendwie. Jedenfalls finde ich es ziemlich dumm, dem Ganzen keine Chance zu geben.«

Malou hielt inne und seufzte tief. Er hatte ja recht und eigentlich wusste sie das. Es war dieses beschissene Temperament, das immer wieder mit ihr durchging. Sie sollte die Chance, an einer Eliteschule angenommen zu werden, nicht einfach hinschmeißen, weil sie einem einzelnen Idioten begegnet war.

»Auf dem Weg geht's übrigens nicht raus«, sagte Benjamin.

Malou drehte sich zu den Jungs um. »Wenn ihr hier Schüler seid, warum habt ihr dann keine Sommerferien?«

Vitus lachte und legte eine Hand auf Benjamins Schulter.

»Aus unerklärlichen Gründen meinte jemand, dass uns ein Ferienjob guttun würde. Komischerweise gab es keine anderen Bewerber und ehrlich gesagt erinnere ich mich auch nicht daran, dass ich mich beworben hätte. Aber es ist wunderbar, etwas zu tun zu haben, wenn man sonst bloß frei hätte.«

»Mit anderen Worten: Es ist nicht zu empfehlen«, fügte Benjamin hinzu. »Und jetzt musst du dich ranhalten, den Weg zurückzugehen, damit du die anderen wiederfindest.«

Er sagte das mit einer Selbstverständlichkeit, die Malou ahnen ließ, dass er es gewohnt war, dass man ihm gehorchte.

»Danke für den Tipp«, sagte sie ironisch.

»Es war uns ein Vergnügen. Und, Malou?«, rief Benjamin ihr hinterher. »Erzähl lieber keinem, dass du mit uns gesprochen hast. Birgit rastet aus, wenn sie das erfährt.«

Malou drehte sich im Türrahmen um. »Darf man hier in der Schule nicht miteinander reden, oder was?«

»Hmm … Sowohl als auch«, sagte Benjamin.

»It's complicated!«, sagte Vitus, hob vielsagend die Augenbrauen und warf seinem Freund einen Blick zu.

»Halt die Klappe, Mann«, sagte Malou zu sich selbst, als sie die Tür hinter sich ins Schloss fallen und die beiden grinsenden Jungs sich selbst überließ.

Hallo Millchen. Ich weiß, dass du bestimmt keine Zeit zum Antworten hast, aber ich wollte dir Hals- und Beinbruch wünschen, mein Schatz. Ich freu mich schon, heute Abend zu hören, wie es war. Bin SOOO stolz auf dich! Es gibt Lasagne.
LG Mama

Grüße von Mismis.
Sie vermisst dich.

7. JULI
15 UHR 05

Kirstine

Kirstine suchte nach dem Schild mit ihrem Namen. Die langen Tische in dem großen Saal waren durch Einzeltische ersetzt worden, und auf jedem Tisch lagen ein paar Blatt Papier, ein Bleistift, ein Anspitzer und ein Radiergummi. Der schriftliche Teil der Prüfung. Warum tat sie sich das hier überhaupt an?

Kirstine fand ihren Tisch. Zu ihrer Rechten saß jene, die offenbar Malou hieß. Das blonde Mädchen hatte sich ihnen ohne ein einziges Wort wieder angeschlossen und saß aufrecht und selbstsicher auf ihrem Stuhl, ein schriftlicher Test schien in ihrem Universum offensichtlich kein Grund zur Sorge zu sein. Die dunkelhaarige Victoria nahm zu ihrer Linken Platz. Sie sah blass und müde aus, dennoch schickte sie Kirstine ein kurzes, aufmunterndes Lächeln. Leider war der Knoten in Kirstines Bauch bereits zu groß, als dass sie die Geste hätte erwidern können.

»Die Prüfung beginnt jetzt«, verkündete die Schulleiterin ohne weitere Anweisungen. »Ihr habt eine Stunde Zeit.«

Hilflos starrte Kirstine auf das oberste Blatt Papier. Das Mädchen mit dem Pagenschnitt, das vor ihr saß, hatte sich bereits tief über sein Blatt gebeugt und losgeschrieben. Worüber sollte man denn schreiben? Sie spürte, wie der Schweiß ihre Bluse an den Achseln durchnässte, die ekligen Flecken würden sich unmöglich verbergen lassen. Sie blickte sich verzweifelt um. Auf der rechten Seite schrieb Malou in fliegender Geschwindigkeit, während ein sanftes Lächeln ihre Mundwinkel umspielte.

»Umdrehen«, hörte sie Victoria flüstern. Kirstine drehte den Kopf und sah, wie sie ihr andeutete, den vor ihr liegenden Stapel umzudrehen. *Ganz toll, Kirstine! Wieder einmal hast du bewiesen, dass du eine totale Vollidiotin bist.*

Als sie ihn umdrehte, stellte sich heraus, dass es ein Heftchen mit Fragen darauf war. Einige davon hatten Antwortmöglichkeiten zur Auswahl, unter anderen waren Linien, auf denen man die Antwort notieren sollte. Wort für Wort entzifferte sie die ersten Fragen, doch sie fand es schwer, den Zusammenhang zu verstehen. War das eine Art Geschichtstest? Hier standen Fragen zu Hexenverbrennungen, Felszeichnungen und nordischer Mythologie. In anderen ging es um Pflanzen und in einem weiteren Teil um persönliche Dinge, wie zum Beispiel: *Was würdest du tun, wenn dein bester Freund oder deine beste Freundin krank wäre, und du ihn oder sie heilen könntest, indem du deinem Feind schadest?*

Sie hatte keine Ahnung, wieviel Zeit vergangen war, aber sie hatte Malou bereits mehrfach umblättern hören und war selbst noch auf der ersten Seite. Sie beschloss, die historischen Fragen zu überspringen und nur die persönlichen zu beantworten – und jene mit den vorgegebenen Antwortmöglichkeiten. Dennoch kam sie nur bis Seite zwei, ehe Birgit rief, dass die Zeit um sei, und sie aufforderte, den Stift fallen und das Heft liegen zu lassen.

»Ich hab die letzte Seite nicht geschafft«, hörte sie das rothaarige Mädchen ein paar Tische weiter vorn verärgert flüstern. Bevor sie aufstand, drehte Kirstine das Heft schnell um, sodass die

Seite mit den Fragen nach unten zeigte. So würden wenigstens nur die Lehrer ihre unbeholfenen Antwortversuche sehen und nicht die anderen Mädchen.

»Die Prüfungen sind vorbei. Jetzt kommen wir zum gemütlichen Teil. Gut gemacht, alle miteinander!«, verkündete die Schulleiterin. »Ich werde euch gleich zum Informationstreffen hereinrufen, aber vorher gibt es in der Bibliothek Kaffee, Tee und Kuchen. Thorbjørn wird euch dorthin begleiten.«

Der hünenhafte Mann mit Bart, der die erste Prüfung durchgeführt hatte, trat neben Birgit, damit alle ihn sehen konnten.

»Hier entlang«, befahl er mit seiner tiefen Stimme. Kirstine folgte dem Strom der Schülerinnen eine weitere Treppe hinauf und dachte bei sich, dass sie nie lernen würde, sich hier zurechtzufinden, sollte sie wider Erwarten einen Platz an dieser Schule bekommen.

Die Bibliothek war warm und gemütlich, an einem Ende brannte Feuer im offenen Kamin, und an runden Tischen standen tiefe Ledersessel. Die Mädchen verteilten sich an die mit Kuchen und Thermoskannen gedeckten Tische, bildeten kleine Grüppchen und schwatzten drauflos, als ob sie einander schon ewig kannten. Kirstine wollte sich nicht einfach irgendwo dazu setzen und fand stattdessen Platz an einem der hohen Fenster, dessen breite Fensterbank durch Kissen in eine zusätzliche Sitzgelegenheit verwandelt worden war. Einige der Mädchen wollten zu Hause anrufen, um Bescheid zu geben, dass sie sich verspäteten. Kirstine schob den Gedanken an die Eltern so weit wie möglich beiseite. Sie wollte jetzt nicht darüber nachdenken. Sie hatte einen Zettel hinterlassen, dass sie sich keine Sorgen machen sollten, aber sie hatte nicht geschrieben, wohin sie wollte. Was sie wohl sagen würden, wenn sie nach Hause kam?

7. JULI
16 UHR 30

Kamille

Klick, klack, klick, klack …

Kamilles Blick folgte dem blonden Mädchen, das ruhelos zwischen den Regalen auf- und ablief. Ihre hochhackigen Sandalen trommelten einen hektischen Rhythmus auf den alten Boden.

Ein Rhythmus, der perfekt zu Kamilles Puls passte. Sie hatte die schriftliche Prüfung nicht komplett geschafft, aber das Gefühl, dass die mündlichen ganz okay gelaufen waren. Doch hatten die Lehrer das in ihr gesehen, wonach sie Ausschau hielten?

Kamille war so glücklich gewesen, als ihre Mutter ihr von Rosenholm erzählt hatte. »Eine Schule, an der alle so sind wie du«, hatte sie gesagt. Aber was, wenn sie sich geirrt hatte? Was, wenn Kamille doch nicht die Fähigkeiten besaß, die es brauchte? Was, wenn sie wirklich einfach nirgendwo reinpasste, auch nicht hier in Rosenholm? Bei dieser Überlegung krampfte sich ihr Magen zusammen, und sie schob den Gedanken weit weg. Plötzlich ebbten die Gespräche ab, denn Birgit hatte die Bibliothek betreten. Sie hielt eine Liste in der Hand.

»Folgende Mädchen kommen bitte zu mir«, sagte sie und schaute auf die Liste. Sofort hatte sie alle Aufmerksamkeit bei sich. »Emma, Julie, Nicoline, …«

Kamille schaute sich um. Was bedeutete es, wenn man aufgerufen wurde – war das gut oder schlecht? Sie hielt den Atem an, während Birgit weitere Namen vorlas. Schließlich war sie fertig und zwölf bis fünfzehn Mädchen standen zögernd auf, um ihr zu folgen. Kamilles Name hatte nicht auf der Liste gestanden.

Kurz darauf kam Birgit zurück in die Bibliothek. »Kommt bitte mit«, sagte sie zu den anderen.

Noch einmal wurden sie in den Festsaal geführt, wo die Tische nun wieder in langen Reihen standen. Diesmal schien es keine festen Plätze zu geben, sie konnten sich setzen, wohin sie wollten. Kamille ließ sich auf einer Stuhlkante nieder.

»Vielen Dank für eure Geduld«, begann die Schulleiterin. »Ich weiß, dass das heute ein langer, anstrengender und bestimmt auch verwirrender Tag für euch war. Im Laufe der Prüfungen hatten wir die Möglichkeit, euch zu beobachten und herauszufinden, welche Fähigkeiten ihr mitbringt. Ich bin mir sicher, dass ihr alle euer Bestes gegeben habt.«

Es war totenstill im großen Saal. *Jetzt mach schon …*

»Und ich kann euch mitteilen, dass alle, die hier sitzen, einen Platz im Internat Rosenholm angeboten bekommen.«

Yes! Kamille spürte das Blut in ihren Adern pulsieren. Sie hatte es geschafft. Sie hatte es tatsächlich geschafft. Jubel brach aus, erst nur vereinzelt, dann breitete er sich aus. Birgit nickte lächelnd.

»Herzlichen Glückwunsch! Ihr habt das super gemacht«, sagte sie, während sich die Mädchen langsam wieder beruhigten. »Und jetzt wollt ihr sicher mehr über die Schule wissen. Wie ihr wahrscheinlich schon bemerkt habt, ist Rosenholm eine besondere Schule. Und sie ist es deshalb, weil unsere Schülerinnen und Schüler besonders sind.« Birgit schaute auf und Kamille hatte den Eindruck, dass ihr Blick bei jeder von ihnen kurz verweilte.

»Rosenholm«, sagte Birgit und versicherte sich, dass ihr alle zuhörten, »ist eine Schule, die sich damit beschäftigt, was manche ›das Übernatürliche‹ nennen. Wir selbst sagen meist ›Magie‹.« Sie machte eine Pause, bevor sie fortfuhr. »Tatsächlich ist es nämlich überhaupt nichts ›Übernatürliches‹, sondern etwas völlig Natürliches. Das Wort ›Magie‹ stammt von dem lateinischen Wort ›magus‹ und dem griechischen Wort ›mágos‹ ab und steht außerdem im Zusammenhang mit dem indogermanischen ›magh‹. Und ›magh‹ bedeutet ›können, vermögen‹ und ist mit dem Wort ›Macht‹ verwandt, schlichtweg jener Macht, die Energien und Kräfte, von denen wir umgeben sind, in eine bestimmte Richtung zu lenken. Es geht darum, die Kräfte konzentrieren zu können, sie bewusst zu nutzen. Ihr alle, die ihr in diesem Raum sitzt, habt die Fähigkeit zu lernen, wie ihr sie dorthin lenken könnt, wo sie den größten Nutzen stiften. Ihr habt alle das Potenzial, Magierinnen zu werden.«

Wieder war es mucksmäuschenstill im Saal. Einige Mädchen sahen überrascht aus, andere wie gelähmt. Plötzlich taten sie Kamille leid. *Was für ein Schock das sein musste.* Victoria in der weißen Bluse nickte nachdenklich vor sich hin, die Schwestern Sara und Sofie hielten sich still an den Händen, die blonde Malou zog die Augenbrauen hoch, als könnten sie das, was sie da gerade gehört hatte, gar nicht glauben, und die große Kirstine starrte ausdruckslos vor sich hin und umklammerte das Kreuz, das sie um den Hals trug. Sie ähnelte jemandem, der seiner größten Angst Angesicht zu Angesicht gegenüberstand. Das Leben der Mädchen würde sich von diesem Augenblick an für immer verändern. Kamilles Leben würde sich ändern. Darauf hoffte sie jedenfalls.

Ich beobachte sie, als sie die Schule am frühen Abend verlassen. Der Weg schlängelt sich zwischen den Hügeln in Richtung Landstraße, und die Sonne, tief am Himmel stehend, wirft ihr orangefarbenes Licht darauf und schafft lange, dunkelblaue Schatten in Form von Bäumen oder Büschen oder jungen Frauen auf dem Heimweg.

Einige von ihnen laufen in kleinen Grüppchen, andere gehen zu zweit nebeneinander her, ein paar ganz alleine. Sie sehen mich nicht, ich bin nicht zu entdecken. Aber ich sehe sie. Ich sehe sie alle, jede einzelne von ihnen. Ich präge mir ihre Gesichter ein, es ist von größter Wichtigkeit, welche von ihnen ich auswähle. Es ist eine Frage von Leben und Tod, könnte man sagen.

30. Juli, Internat Rosenholm

Liebe Malou Nielsen,

ich freue mich dir mitteilen zu können, dass du am Internat Rosenholm angenommen wurdest.

Das Schuljahr beginnt am 3. September. Bei deiner Ankunft wird dir ein Zimmer im Mädchenflügel zugewiesen. In unserem Internat sind Jungen und Mädchen getrennt voneinander untergebracht, und jede Form von romantischen Beziehungen zwischen Schülerinnen und Schülern ist streng verboten.

Die Schulregeln liegen dem Brief bei. Bitte studiere sie vor Schulbeginn gründlich.

Mit freundlichen Grüßen und bis zu unserem Wiedersehen,

Birgit Lund

Birgit Lund
Schulleiterin

2. TEIL
HERBST

She bath'd with roses red,
and violets blew,
And all the sweetest flowres,
that in the forrest grew.

Aus ›*The Faerie Queene*‹
von Edmund Spenser, 1590

Schulregeln des
Internats Rosenholm:

1. Es ist verboten, Magie im Allgemeinen und den Unterricht im Internat Rosenholm im Besonderen gegenüber Personen zu erwähnen, die nichts von deren bzw. dessen Existenz wissen.

3. SEPTEMBER
08 UHR 30

Kamille

Kamille ließ den bis obenhin vollgestopften Seesack aufs Kopfsteinpflaster plumpsen und streckte ihren schmerzenden Rücken. Die Sonne brannte von einem knallblauen Septemberhimmel auf sie herab und die Temperatur war höher als im ganzen bisherigen Sommer. Suchend sah sie sich um. Sie hatte nicht vor, den schweren Seesack irgendwelche steilen Treppen hochzuschleppen, solange sie nicht mal wusste, wo sich ihr Zimmer befand. *Wo stecken die bloß alle?* Sie schulterte den Seesack und beschloss, erst einmal im Festsaal nachzuschauen. Dort fand sie zu ihrer großen Erleichterung eine Gruppe anderer Mädchen mit riesigen Koffern und vollgepackten Sporttaschen. Sie erkannte die beiden Schwestern Sara und Sofie und die blonde Malou wieder, sie nahmen allerdings keine Notiz von ihr.

»Hi, ich hatte schon Angst, ich hätte mich verlaufen«, sagte sie und schleppte den Seesack in den Raum. »Wo stecken all die anderen?«

»Hi! Sie sind schon hoch in ihre Zimmer gegangen. Sie zeigen dir dein Zimmer erst, wenn deine Mitbewohnerin da ist, damit sie nicht so oft laufen müssen«, sagte Sara und legte tröstend einen Arm um ihre jüngere Schwester. Erst jetzt bemerkte Kamille, dass Sofie weinte.

»Wir sind nicht auf einem Zimmer«, erklärte Sara.

»Oh nein, das ist ja doof. Du Arme«, sagte Kamille. »Vielleicht teilt sich eine von euch das Zimmer mit mir?«

»Nein.« Sara schüttelte den Kopf. »Meine Mitbewohnerin heißt Yasmin. Ich glaube, die war am Prüfungstag auch in unserer Gruppe. Und Sofie ist mit einer Anne auf dem Zimmer.«

»Die mit dem Pagenschnitt? So eine kleine? Sie sah total nett aus«, probierte Kamille, Sofie zu trösten, aber die jüngere Schwester weinte herzzerreißend, und jeder Versuch, etwas zu sagen, endete in einem Schluchzer. Aus dem Augenwinkel beobachtete Kamille, wie Malou die Augen verdrehte und sich ungeduldig umsah. In diesem Moment öffnete sich die Tür, und ein Mädchen mit langen dunklen Dreadlocks, schwarzem Eyeliner und einem Silberring in der Nase betrat den Saal.

»Wie sieht's aus, haben sich noch ein paar Roomies gefunden, die ihre Zimmer sehen wollen?« Das Mädchen lächelte Kamille an und gab ihr die Hand. »Hi, ich bin Molly. Ich bin im Abschlussjahrgang und eure Tutorin, also so eine Art Betreuerin – manche sagen auch Babysitter, aber das lasse ich mal weg –, und helfe euch beim Einleben.«

»Ich warte jetzt bald eine Dreiviertelstunde. Kannst du mir nicht einfach mein Zimmer zeigen?«, unterbrach Malou sie genervt.

»Wie heißt dein Roomie?«, fragte Molly.

»Kamilla oder so ähnlich«, antwortete Malou und drehte sich zu einem Aushang an der Wand. »Hier steht's: Kamilla L. Ingemann.«

»Kamille«, korrigierte Kamille sie. »Ich heiße Kamille mit e hinten – wie der Tee.«

»Ach, du bist das, wieso hast du dich denn nicht gerührt?«, sagte Malou, und dann an Molly gewandt: »Wir sind so weit!« Sie hievte einen großen, braunen Koffer hoch, der auf einer Seite mit Gaffatape geflickt war.

»Hallo Roomie«, murmelte Kamille zu sich selbst, warf sich ihren Seesack über die Schulter und folgte den beiden die Treppen hinauf.

Molly plapperte den ganzen Weg über und ließ sich nicht davon stören, dass weder Malou noch Kamille genug Luft bekamen, um zu antworten, während sie das Gepäck die Treppe hochtrugen.

»Ich bin unter anderem für eure Wohngemeinschaft zuständig. Ihr habt mega Glück, euer Zimmer liegt ganz oben, wie die von allen Neuen.«

»Wohngemeinschaft? Was für eine Wohngemeinschaft?«, ächzte Kamille.

»Ach so, ja, ich vergesse ständig, alles der Reihe nach zu erklären. Die Jahrgänge sind in WGs unterteilt. Zu jeder gehören zwei Zimmer, also insgesamt vier Mädchen, weil ihr alle in Doppelzimmern wohnt. Jede WG hat eine eigene Toilette, ein Bad und eine kleine Teeküche. Wir sind fast da, eure Zimmer sind mega gemütlich!«

Das Zimmer war wirklich ziemlich schön, hell und mit hoher Decke, allerdings nicht besonders groß. Von dem hohen Fenster mit sonnengelben Vorhängen und einer tiefen Fensterbank davor schaute man über den waldähnlichen Garten, der hinter dem Schloss lag. Die Wände waren weiß gestrichen, und der Boden bestand aus alten, geschliffenen Holzdielen, die knackten, als sie sie betraten. Auf beiden Seiten des Zimmers stand je ein weißes Bett aus Holz mit geschnitztem Kopfteil. Kopfkissen und Bettdecken lagen darauf, und daneben stand jeweils ein kleiner Nachttisch. An einer Wand befand sich ein großer, bemalter Kleiderschrank mit geschnitzten Verzierungen.

»Echt schön«, nickte Kamille und lehnte sich an die Wand, um zu verschnaufen.

»Gibt es nur einen Schrank für uns beide?«, wollte Malou wissen.

»Ja«, antwortete Molly. »Aber guck mal rein, der ist riesig.« Sie riss die alten Türen auf. »Da bekommt ihr euren Kram locker unter.«

Malou spähte zu Kamilles Seesack. »Ich hab total viele Sachen, die aufgehängt werden müssen«, sagte sie.

»Kein Problem, dann nehme ich die Schubladen«, entgegnete Kamille.

»Ich nehm das rechte Bett«, bestimmte Malou und warf den großen, alten Koffer darauf. »Was ist mit Bettwäsche?«

»Tja, wenn du keine dabeihast, kannst du welche von der Schule leihen. Die ist allerdings weiß und ziemlich steif«, sagte Molly.

»Ja, bitte«, antwortete Malou und schaute Molly erwartungsvoll an.

»Ähm … ja, klar, ich hol dir welche«, antwortete sie, drehte sich aber im Türrahmen noch mal um. »Oh Mann, jetzt hab ich glatt das Beste vergessen: Von eurem Zimmer aus könnt ihr den Teil des Parks sehen, der zum Jungsflügel gehört – ich bin total neidisch!«

»Der Park ist auch geteilt? Warum sind Jungs und Mädchen hier an der Schule eigentlich so streng getrennt? Das ist ganz schön altmodisch«, sagte Kamille.

»Stimmt schon. Die Lehrer sagen, das sei zu unserer eigenen Sicherheit. Verliebtheit und alles Sexuelle setzen unglaubliche Mengen an Energie frei, und in Kombination mit jungen, untrainierten Magiern hat das ungefähr denselben Effekt, als würde man Benzin ins Feuer schütten. Jedenfalls behaupten sie das.«

»Whaaat? Jungs und Mädchen haben nichts miteinander zu tun?«, fragte Malou.

»Zumindest, wenn ihr euch an die Regeln haltet.« Molly zwinkerte ihr zu. »Gucken ist jedenfalls nicht verboten. Seht ihr? It's Showtime!«

Kamille schaute aus dem Fenster. Hinter dem Schloss war der Park verwilderter als auf der Vorderseite, dort standen große Bäume und dazwischen schlängelten sich Pfade hindurch. Dort, wo die Baumkronen den Blick freigaben, entdeckte sie einen Jungen, der zwischen ein paar alten Buchen entlanglief.

»Wer ist das?« Malou spähte über ihre Schulter.

»Ah ja, das ist Benjamin«, sagte Molly und grinste verschmitzt. »Der hotteste Junge der Schule, wenn ihr die meisten anderen Mädchen fragt. Tja, kann ich schon nachvollziehen, er ist ja wirklich hübsch und ein bisschen geheimnisvoll wirkt er auch, aber mir gefällt Vitus besser. Er ist Benjamins bester Freund. Die meisten nehmen ihn gar nicht wahr, weil er immer mit Benjamin rumhängt, der ihn total in den Schatten stellt.«

»Und weshalb ist dieser Benjamin geheimnisvoll?«, fragte Malou.

»Ach, es kursieren so viele Gerüchte über ihn«, sagte Molly und machte eine Handbewegung, als wollte sie das Thema vom Tisch fegen, doch Malou gab nicht auf.

»Los, sag schon!«

»Ja, wir sind superneugierig«, meinte Kamille.

»Okay, okay.« Molly lachte. »Ihr müsst mindestens die Hälfte abziehen, um der Wahrheit nahezukommen, aber ich habe über Benjamin schon gehört, dass er schwul sein soll, dass sein Vater im Gefängnis sitzt und dass er erwischt worden ist, als er sich an schwarzer Magie versucht hat. Manche glauben auch, dass er ein Gestaltwandler ist. Also, dass er sich in ein Tier verwandeln kann.«

»Echt jetzt? So einen Scheiß glaubt doch niemand«, sagte Malou.

»Gestaltwandler gibt es«, meinte Molly. »Aber sie sind absolut selten. Und Benjamin ist bestimmt keiner.«

»Korrekt.«

»Open your minds, ladies.« Molly grinste. »Die Welt ist größer als ihr denkt. Und jetzt geh ich runter und hol die Bettwäsche.«

Malou blieb am Fenster stehen und hielt nach dem dunkelhaarigen Jungen Ausschau, während Kamille ihr Bett bezog. Sie war gerade fertig geworden, als ein Mädchen an den Rahmen der Zimmertür klopfte.

»Darf ich reinkommen? Ich heiße Victoria. Ich hab das Zimmer nebenan.«

»Hi! Ich bin Kamille. Ich erinnere mich noch vom Prüfungstag an dich.«

Das dunkelhaarige Mädchen trug ein hellgraues T-Shirt und enge, schwarze Jeans. Ihr attraktives Gesicht mit den großen, braunen Augen und den feinen Gesichtszügen erinnerte Kamille an eine französische Schauspielerin.

»Wow, was für ein schönes Zimmer«, sagte Victoria und ließ sich vorsichtig auf Kamilles Bettkante nieder.

»Mit wem wohnst du zusammen?«, fragte Kamille. Sie erwischte sich bei dem Wunsch, das Zimmer mit Victoria zu teilen statt mit Malou, die sich immer noch nicht umgedreht hatte, um den Gast zu begrüßen.

»*Kirstine* stand auf dem Aushang. Aber die ist immer noch nicht eingetroffen, und sie wissen nicht, ob sie überhaupt kommt. Im Moment bin ich also allein.«

»Echt jetzt, du darfst allein wohnen?« Endlich hatte Malou sich vom Fenster losgerissen. »Das wäre ja total unfair, wenn du ein Einzelzimmer bekämst.«

»Keine Ahnung, ob ich dann allein bleibe«, sagte Victoria. »Aber erst mal hoffe ich, dass Kirstine noch kommt. Ich glaube, ich fänd's komisch ohne Mitbewohnerin.«

»Okay, falls sie nicht mehr kommt, sag Bescheid, vielleicht können wir dann tauschen«, sagte Malou und drehte sich wieder zum Fenster.

»Hat keiner in der Schule was von ihr gehört?«, fragte Kamille und versuchte, Malous unhöflichen Kommentar zu ignorieren.

»Es hat mir keiner so richtig was gesagt. Vielleicht hat sie zu Hause Probleme oder so. Es ist ja gar nicht so leicht, Abschied zu nehmen.«

»Wem sagst du das.« Kamille ließ sich so heftig aufs Bett fallen, dass sie Victoria beinahe herunter katapultiert hätte. »Oh, sorry. Meine Mutter jedenfalls hat meine Hand die ganze Busfahrt lang so fest gedrückt, dass ich schon Angst hatte, sie müsste amputiert werden.«

»Deine Mutter hat dich hergebracht?«, fragte Malou und warf Kamille einen verächtlichen Blick zu.

»Ja, sie hat nicht mit sich reden lassen. Sie wollte unbedingt mitkommen. Aber zumindest hat sie mich doch nur bis zur Straße gebracht. Obwohl sie die Schule total gern wiedergesehen hätte.«

»Sie war hier auf der Schule?« Jetzt hatte Kamille plötzlich Malous ganze Aufmerksamkeit.

»Ja, aber sie hat mir trotzdem fast nichts erzählen wollen. Und überhaupt nichts über die Prüfung. Sie hatte nicht mal ein schlechtes Gewissen, als sie mich völlig unwissend hierherschickte, zu all diesen verrückten Sachen, die wir machen mussten. Sie meinte, das sei sonst gegen die Regeln, aber das wäre ehrlich gesagt das erste Mal, dass meine Mutter sich an irgendwelche hält.«

»Trotzdem, das ist doch richtig cool, dass deine Mutter diese Welt hier versteht«, sagte Victoria.

»Ja, das ist ein Riesenvorteil«, meinte Malou spitz. »Sie kann dir alle möglichen Informationen geben, zu denen wir anderen keinen Zugang haben. Und sie hat bestimmt Beziehungen.«

»Ha, da kennt ihr meine Mutter schlecht!« Kamille lachte. »Für so was interessiert sie sich nicht. Ich glaube nicht, dass sie andere Magier kennt. Und die nützlichste Information, die sie mir gegeben hat, war, dass es im Schloss ein bisschen fußkalt ist und ich Wollsocken mitnehmen soll.«

»Ich finde, das klingt ziemlich nützlich«, sagte Victoria. »Ich hasse kalte Füße.«

»Wusstest du vorher nicht, dass deine Mutter … na ja … magische Fähigkeiten hat?«, fragte Malou.

»Hmm … doch, irgendwie wusste ich das. Na ja, sie hat nie direkt von Magie gesprochen, aber das Übernatürliche war immer Teil unseres Lebens. Meine Mutter arbeitet auch als Heilerin und Wahrsagerin.«

»Was heißt das?«

»Sie hilft den Leuten. Zum Beispiel sagt sie ihnen die Zukunft voraus, wenn sie gern wissen wollen, ob sie sich bald verlieben werden oder ob sie ihr Haus verkaufen sollten. Oder, wenn sie Verstopfung haben, gibt sie ihnen einen Tee mit. Und vielleicht noch einen, wenn der Mann keinen hochkriegt …«

»Wirklich?«, fragte Victoria grinsend.

»Okay, das ist jetzt nicht unbedingt das, wofür ich meine Fähigkeiten einsetzen möchte«, sagte Malou, die gerade ihre letzten Sachen auspackte.

Lass dich nicht provozieren, sie ist einfach eine dumme Ziege. Vielleicht wäre es gar nicht so schlimm, wenn Kirstine nicht auftauchen würde? Dann würde Kamille bei Victoria einziehen und Malou könnte das ganze Zimmer und den Kleiderschrank noch dazu für sich allein haben.

»Und dein Vater, ist er auch ein Magier?«, fragte Victoria.

»Weiß nicht, ich hab ihn nie kennengelernt«, antwortete Kamille. »Allerdings vermute ich, dass meine Mutter ihn hier an der Schule getroffen hat. Jedenfalls hat sie mich kurz nach ihrem Abschluss bekommen. Aber sie ist stur wie ein Esel und weigert sich, mir mehr von ihm zu erzählen, deshalb weiß ich nicht …«

Kamille brach jäh ab. *Langsam, Schwester!* Sie kannte diese Mädchen noch gar nicht richtig, und schon verriet sie ihnen all ihre Geheimnisse. Wenn sie sie bloß nicht schon verschreckt hatte.

»Was ist mit deiner Familie? Gibt's da auch Magier?«, beeilte sie sich, Victoria zu fragen.

»Leider nein«, antwortete sie. »In meiner Familie sind alle ziemlich normal.«

»Normal klingt eigentlich ziemlich gut«, meinte Kamille grinsend. »Aber wusstest du vorher schon, dass du anders bist als die anderen Familienmitglieder?«

»Ja, irgendwie schon, aber … na ja, *das hier* wusste ich nicht«, sagte Victoria und machte eine Geste, die die gesamte Schule einschloss. Kamille verstand gut, was sie meinte. Das alles war wirklich überwältigend.

»Hast du schon mal was Übernatürliches ausprobiert?«, fragte Malou. Sie wandte ihnen immer noch den Rücken zu, aber Kamille hatte den Eindruck, dass die Antwort sie sehr interessierte.

Victoria überlegte.

»Ja, ich glaub schon. Ich nehme oft Dinge wahr, die andere nicht wahrnehmen.«

»Dinge?«

»Hmm … Manchmal kann ich spüren, was andere Leute fühlen. Und ab und zu habe ich den Eindruck, dass da etwas im Raum ist, was andere nicht sehen oder spüren.«

»Okaaay …«

»Ich weiß, das hört sich schräg an«, sagte Victoria schnell.

Kamille beeilte sich, ihre verdutzte Miene in den Griff zu bekommen. »Nein, nein, ganz und gar nicht«, sagte sie und merkte, wie Malous skeptischer Blick ihre armselige Lüge wie ein Speer durchbohrte. *Nee, echt, kein bisschen schräg – bloß mega creepy.*

»Kannst du unsere Gedanken lesen, oder was?« Malou hob eine ihrer perfekt nachgezogenen Augenbrauen und verschränkte die Arme vor der Brust.

»Nein«, sagte Victoria, »absolut nicht. Aber vielleicht kann ich ein paar Gefühle wahrnehmen.«

»Mach mal!« Kamille setzte sich im Bett auf. »Ist bestimmt witzig. Was nimmst du gerade wahr?«

»Soll ich's ausprobieren? Okay, ich muss kurz die Augen schließen.« Das dunkelhaarige Mädchen saß ein paar Minuten ruhig da. Malou seufzte tief, verdrehte die Augen und fing wieder an, ihre Sachen auszupacken, während Kamille Victoria beobachtete, die abwechselnd die Augen noch fester zukniff oder die Lippen spitzte, ohne dass ihnen ein Laut entwich.

»Es ist ein bisschen verwirrend, weil es hier so unruhig ist, aber unter all dem spüre ich Einsamkeit. Ja, ich glaube, Einsamkeit ist das stärkste Gefühl.«

»Von wem kommt sie?«, flüsterte Kamille.

»Von uns allen«, antwortete Victoria zögerlich. »Von uns allen vieren …«

»Wir sind nur zu dritt!«, fauchte Malou. »Sorry, Miss Hellseherin, aber ich will mein Geld zurück.«

»Nein«, sagte Victoria, die immer noch mit geschlossenen Augen und gerunzelter Stirn dasaß, als würde sie sich auf ein sehr leises Geräusch konzentrieren. »Nein, hier ist noch jemand.«

»Was meinst du damit?«, fragte Kamille. »Also so etwas wie … ein Geist oder so?«

Victoria öffnete die Augen. »Ja, vielleicht.«

»Come on, sie verarscht dich!«, seufzte Malou.

»Ich wollte euch keine Angst machen«, entschuldigte sich Victoria.

»Na, du hast gut reden!«, rief Kamille. »Du hast uns gerade erzählt, dass in unserem Zimmer ein Gespenst wohnt!«

»Nein, ich glaube nicht, dass es hier wohnt. Ich habe den Eindruck, dass es mir folgt. Da ist irgendjemand, der etwas von mir will, aber ich weiß noch nicht, was.«

Kamille konnte es nicht lassen, das Mädchen anzustarren. Vielleicht war es doch ganz gut, dass sie nicht mit ihr in einem Zimmer wohnte. Das Zimmer mit einer mürrischen Blondine zu teilen, war das eine, aber mit einem Gespenst? Das brauchte sie echt nicht.

4. SEPTEMBER
01 UHR 23

Victoria

Victoria setzte sich im Bett auf. Der Mond schien durch das Turmfenster in das große, runde Zimmer und tauchte alles in ein durchdringendes, weißes Licht. Da waren Schritte, die sich näherten. Und Stimmen, die flüsterten. Jemand war an der Tür. Sie tastete nach der Nachttischlampe, die über dem Kopfteil hing, fand aber den Schalter nicht.

»Hier ist es«, wisperte eine Stimme hinter der Tür, die sich langsam öffnete, sodass ein Lichtstrahl auf den alten Holzboden fiel. »Sieh zu, dass du etwas Schlaf bekommst. Molly wird sich dann morgen früh um dich kümmern.«

Eine Gestalt schlüpfte ins Zimmer, und die Tür wurde vorsichtig geschlossen.

Schließlich fand Victoria den Schalter doch und knipste die Lampe an; vor ihr stand Kirstine, die unbeholfen mitten in der Bewegung erstarrte.

»Oh«, sagte sie und drehte sich erschrocken zu Victoria um. »Tut mir leid, ich wollte dich nicht wecken.«

»Kein Ding, ich hab eh noch nicht geschlafen«, sagte die und stand auf. »Herzlich willkommen, ich bin Victoria.«

»Kirstine.«

»Dein Bett ist da drüben. Ich habe das hier genommen, also, wenn das okay ist. Ich hätte auf dich gewartet, aber …«

»Alles gut«, sagte Kirstine und ließ sich auf dem freien Bett nieder. Man hatte ihnen ein Zimmer in einem der Schlosstürme gegeben, es war ziemlich groß mit außergewöhnlich hohen Decken, doch aufgrund der runden Wände konnte man es nur schwer einrichten, sodass die alten Holzmöbel eher wahllos herumstanden.

Victoria betrachtete Kirstine. Sie war blass und sah irgendwie resigniert aus. Victoria spürte ihre Verzweiflung wie einen kalten Nebel, der ihr ins Gesicht schlug. Doch sie hatte keine Ahnung, wie sie das unglückliche Mädchen trösten sollte.

»Soll ich dir ein wenig Suppe warm machen?«, fragte sie. »Es gab Tomatensuppe zum Abendessen. Wir haben eine Portion aufgehoben, falls du noch kommen würdest.« Kirstine schüttelte nur den Kopf. »War die Reise anstrengend?« Victoria setzte sich zu ihr aufs Bett. Kirstine nickte wortlos. Dann verzog sie das Gesicht und brach in Tränen aus.

»Ist ja gut«, versuchte Victoria sie zu trösten, jedoch ohne Erfolg. Kirstine verbarg schluchzend das Gesicht in den Händen. Was sollte sie nur mit dem weinenden Mädchen tun? Zum Glück klopfte es in dem Moment an der Tür, und Victoria stand auf, um zu öffnen.

»'Tschuldige, dass ich störe, aber ist alles okay?« Kamille stand in einem übergroßen T-Shirt mit einer Sonnenblume auf dem Bauch vor der Tür. »Es klang, als ob jemand weint.«

»Kirstine ist angekommen. Ihr geht es nicht so gut.«

»Ganz und gar nicht gut, wie es aussieht«, korrigierte Kamille, ging zielstrebig auf das weinende Mädchen zu und umarmte sie fest. »Pass auf, ich weiß genau, was du jetzt brauchst. Eine Tasse guten, kräftigen Komm-Runter-Tee von meiner Mutter. Warte hier«, sagte sie, auch wenn es gerade nicht so wirkte, als wolle Kirstine heute noch irgendwohin.

Sie konnten hören, wie Kamille Schranktüren zuschlug, anschließend drang das Sprudeln eines Wasserkochers zu ihnen herüber, dann klopfte es erneut. Diesmal war es Malou. Sie stand in einem weißen Nachthemd aus Satin vor ihnen, das Haar zu einem unordentlichen Dutt gerafft, das Gesicht ungeschminkt. So sieht sie viel jünger aus, dachte Victoria.

»Was ist denn hier los? Kamille macht einen solchen Krach, wie soll man da bitte schlafen? Sie sagt, Kirstine sei gekommen, aber hätte einen Zusammenbruch oder so was in der Art?«

Victoria antwortete nicht, sondern trat lediglich einen Schritt beiseite, damit Malou hereinkommen und sich selbst ein Bild machen konnte.

»Was hat sie denn?«, fragte sie Victoria, die nur mit den Schultern zuckte.

»Das weiß ich nicht.«

»Du wirst sehen, der wirkt Wunder«, sagte Kamille, die mit einer großen dampfenden Tasse in der Hand zurück ins Zimmer kam. »Ich habe keinen Honig gefunden, deshalb hab ich Zucker genommen. Hier, bitte schön.« Sie drückte Kirstine die Tasse in die Hand.

Die nippte daran. Langsam schien sie sich zu beruhigen und hörte auf zu weinen, sie atmete jedoch immer noch in unregelmäßigen Stößen.

»Was hast du ihr da gegeben?«, fragte Malou skeptisch.

»Komm-Runter-Tee. Meine Mutter macht mir den immer, wenn ich mich aufrege. Baldrian und Zitronenmelisse. Wenn man ihn stark genug macht, ist es unmöglich, wach zu bleiben.

Aber keine Angst, der haut dich nicht komplett aus den Latschen«, fügte sie schnell hinzu, als sie Kirstines erschrockenen Gesichtsausdruck bemerkte. »Hast du Heimweh?«

Malou schnaubte. »Heimweh, sie ist doch gerade erst angekommen.«

»Abschied kann schwer sein«, entgegnete Kamille. »Aber schau mal, es sind nur wenige Wochen, bis du in den Herbstferien nach Hause kannst.«

Kirstine schüttelte den Kopf und erneut flossen ihr Tränen über die Wangen.

»Ich kann nicht nach Hause«, schluchzte sie. »Nie wieder. Meine Eltern wollen mich nie wieder sehen.«

»Was?«, entfuhr es Kamille. »Warum das denn nicht?«

»Weil ich mich dazu entschieden habe, hier zur Schule zu gehen. Sie wollen das nicht. Aber Birgit sagt, sie können mich nicht davon abhalten, weil ich achtzehn und damit volljährig bin.« Kirstine sah aus, als wäre sie selbst vollkommen überwältigt von der Menge an Worten, die plötzlich aus ihr herausgesprudelt kamen.

»Weil sie Christen sind, oder? Glauben sie, Rosenholm ist eine Schule für Satanisten oder was?« Malou hatte die Arme vor der Brust verschränkt und runzelte missbilligend die Stirn. »Deshalb hast du wohl das riesige Kreuz um deinen Hals.«

Kirstine schüttelte den Kopf und umklammerte das goldene Kreuz an ihrer Halskette, als wolle sie es vor Malous durchdringendem und unerbittlichem Blick schützen. »Sie wissen gar nichts über die Schule. Birgit hat doch gesagt, dass wir Außenstehenden nichts verraten dürfen. Sie wollen einfach nicht, dass ich von zu Hause ausziehe und weit weg zur Schule gehe, wo es Jungs und Alkohol gibt und …«

»Baldriantee?«, warf Malou ein. »Echt jetzt, das klingt, als wären deine Eltern ziemliche Arschlöcher, vergiss sie. Und sei bitte still. Wir würden gerne noch ein paar Stunden schlafen, ehe wir wieder raus müssen.« Mit diesen Worten marschierte sie aus dem Zimmer. Victoria schloss sachte die Tür hinter ihr. Sie wusste immer noch nicht so recht, was sie jetzt tun sollte.

»Kümmere dich nicht um sie«, sagte Kamille und tätschelte Kirstines Hand. »Von der kommt nur so'n Müll.«

»Also … Arschlöcher sind sie nicht«, schniefte Kirstine. »Sie verstehen es halt einfach nicht.«

»Natürlich nicht. Du wirst schon sehen, das wird schon wieder.« Aber Kirstine schüttelte nur den Kopf, während Kamille sie ermunterte, den restlichen Tee zu trinken. Ob es am Tee lag oder nur allgemeine Erschöpfung war, allmählich beruhigte sich Kirstine.

»Ich habe extra Bettzeug, das leihe ich dir«, sagte Victoria schließlich. »Wie wär's, wenn ich das Bett beziehe, während Kamille dir das Bad zeigt?«

Langsam kehrte wieder Ruhe ein. Kirstine hatte sich ins Bett bringen lassen, und nun deuteten ihre tiefen Atemzüge darauf hin, dass sie eingeschlafen war. Das Geräusch hatte eine beruhigende Wirkung auf Victoria, all die nervösen Schwingungen, die eben noch durchs Turmzimmer geflattert waren, waren wie verflogen, es war wieder ruhig und friedlich.

Dennoch konnte Victoria immer noch nicht schlafen. Oder sie wollte es nicht. Denn sie war sicher, dass sie heute Nacht träumen würde.

Information für alle neuen Schülerinnen und Schüler

Morgen Abend findet die Aufnahmezeremonie statt. Erst im Anschluss daran werdet ihr offiziell ein Teil dieser Schule sein. Bei der Zeremonie werden alle neuen Schülerinnen und Schüler erfahren, welchem Zweig der Magie sie angehören: Erde, Natur, Blut oder Tod.

Die Zeremonie beginnt um 23 Uhr 30. Bitte zieht die Gewänder an, die im Vorfeld ausgeteilt werden.

10. SEPTEMBER
23 UHR 37

Kamille

Die Reihe junger Menschen in weißen Gewändern zog sich wie ein leuchtendes Band über die Wiese. Das hohe Gras fühlte sich an ihren nackten Füßen feucht an, doch das fiel Kamille kaum auf. Trotz der nasskalten Luft und des Nebels, der seine Zungen über das Land ausstreckte, brannten ihre Wangen, während sie gingen.

Die Gruppe erreichte den Wald, und die Dunkelheit wurde dichter. Nur das Geräusch von Schritten, unter denen ab und zu ein Zweig knackte, war zu hören. Sie liefen lange, immer weiter in den Wald hinein, folgten keinem richtigen Weg, sondern nur den Spuren der Tiere zwischen alten Bäumen und riesigen, umgestürzten Stämmen. Dann waren sie da. Zuerst dachte Kamille, sie wären allein, aber dann entdeckte sie die älteren Schülerinnen und Schüler, die am Rand der Lichtung standen. Sie waren in schwarze Roben gekleidet, sodass der dunkle Wald sie beinahe verschluckte. In der Mitte der Lichtung thronte eine riesige Eiche, knorrig und vernarbt wie ein alter Mann. Es war unmöglich zu sagen, wie alt der Baum war, aber er musste seit über tausend Jahren in diesem Wald stehen. Kamille betrachtete die Eiche. Der raue Stamm teilte sich in vier große Äste, die die mächtige Krone trugen. Das war der Ort, an dem die Zeremonie stattfinden sollte.

Plötzlich begannen alle um sie herum monoton vor sich hin zu murmeln und Kamille fuhr zusammen. Eine sonderbare Melodie stieg auf und erhob sich zum Himmel. Als die Stimmen lauter wurden, erwachte der Baum vor ihnen nach und nach zum Leben. Er leuchtete, erst schwach, dann stärker, und das Licht pulsierte, als besäße die Eiche einen eigenen Herzschlag. Es schien, als ob alle wussten, was zu tun wäre, obwohl es ihnen niemand erklärt hatte, und die weißgekleideten Neuankömmlinge fassten einander bei den Händen, bis sie den alten Baum ganz umringten. Die monotonen Stimmen fuhren fort, wiederholten dieselben Verse Mal um Mal, und Kamille konzentrierte sich darauf, die fremden Worte zu verstehen.

Die Erde ist der erste Zweig der Magie.
Der Vorfahren zerfallene Knochen.
Überbleibsel aus Jahrtausenden, verborgen im Boden.
Die Geschichte ist deine Quelle der Kraft.

Die Natur ist der zweite Zweig der Magie.
Die Kraft des Wachsens in Pflanzen und Tieren.
Überall um uns herum.
Das Leben ist deine Quelle der Kraft.

Das Blut ist der dritte Zweig der Magie.
Warm und rot. Geben oder nehmen.
Es fließt durch Mensch und Tier.
Das Opfer ist deine Quelle der Kraft.

Der Tod ist der vierte Zweig der Magie.
Die, die nicht mehr sind.
Gelebte Leben, erinnert oder vergessen.
Die Seelen sind deine Quelle der Kraft.

Auf einmal hielten alle inne, und es wurde still im Wald. Eine Bewegung erregte Kamilles Aufmerksamkeit, und sie entdeckte eine Frau, die an den Baum gelehnt dastand. Die langen Haare hingen ihr auf den Rücken hinab und auf dem Kopf trug sie einen Kranz aus Zweigen und Blättern wie eine Krone, aber ansonsten war sie nackt, und ihr Körper wirkte in der Dunkelheit wie eine Einheit mit der Baumrinde. Erst als die Frau zu sprechen begann, erkannte Kamille, dass es sich um Lisa handelte.

»Der erste Zweig der Magie ist die Erde, und deren Quelle der Kraft ist die Geschichte.« Lisas Stimme klang zugleich klar und brüchig, kräftig wie die einer jungen Frau und dünn und schwach wie die einer gütigen Großmutter. Während sie sprach, leuchtete einer der vier großen Äste der alten Eiche vor dem Nachthimmel auf. »Es sind die zerfallenden Überreste unserer Vorfahren, die verlassenen Wohnstätten, Misthaufen, Dörfer und Grabstätten, Spuren, die Generation um Generation hinterlassen haben. Sie bilden die Kraft der Erde, auf die wir unsere Füße setzen.«

Der leuchtende Ast begann, sein Laub abzuwerfen und die herabsegelnden, silberglänzenden Blätter fielen auf den Waldboden, sie wirbelten umher und erhoben sich wie Bildchen aus Licht. Die Blätter aus Licht wurden zu Menschen, die kurz aufblitzten und dann wieder verschwanden, primitive Häuser erhoben sich und waren gleich wieder weg, Grabhügel entstanden, nur um wieder zu verschwinden, ein aufleuchtender Mensch folgte einem Pflug, der von einer Art Ochse gezogen wurde, ein Wikingerschiff glitt für einen winzigen Moment über ein leuchtendes Meer aus verwelkenden Silberblättern, bevor auch das verblasste. Und die ganze Zeit über kamen mehr und mehr Blätter dazu, während die Jahrhunderte vor ihren Augen dahinzogen.

Es war wunderschön.

»Der zweite Zweig der Magie ist die Natur, und seine Kraft ist die des Lebens und Wachsens, sie findet sich in allem Lebenden um uns herum, in Pflanzen und Tieren.«

Die leuchtenden Menschen verschwanden plötzlich, und stattdessen leuchtete der zweite Ast des Baums auf. Ein Beben durchlief ihn, und dann entsprangen aus ihm Blüten, die zu großen, apfelähnlichen Früchten wurden. Und als die Früchte wuchsen und reiften und schließlich einige zu Boden fielen, verwandelten sie sich in Hasen und Füchse und Rehe, die benommen auf die Beine kamen und in den Wald liefen, oder in Vögel, die zu leuchtenden Punkten am Himmel wurden, bis sie aus dem Blickfeld verschwunden waren.

»Der dritte Zweig der Magie ist das Blut, und dessen Quelle der Kraft ist das Opfer«, sagte Lisa und die Früchte und die Tiere verblichen und erloschen. Mit einer schnellen Bewegung durchschnitt Lisa die Luft, als hielte sie eine scharfe Waffe in der Hand. Die Bewegung hinterließ einen Schnitt oder Riss im dritten Ast, der nun aufleuchtete. Der Schnitt im silbernen Ast füllte sich mit dem Saft der Eiche, der langsam überfloss und auf den Waldboden tropfte.

»Blut, warm und voller Leben, das wir opfern, um mit unseren innersten Kräften und den Kräften unserer Umgebung in Kontakt zu treten.«

Ein Schauer lief durch Kamilles Körper. Sie wusste, was der vierte Ast der Magie war, denn die Worte standen an der Wand des Rosenholmer Festsaals.

»Der vierte Zweig der Magie ist der Tod, und dessen Quelle der Kraft sind die Seelen«, sagte Lisa und der letzte Ast des Baums leuchtete auf. Er wand sich, als hätte er Schmerzen, die Blätter schrumpften und verschwanden dann ganz, und schließlich blieb der Ast verkrüppelt und verwelkt zurück, ein Schatten seiner selbst. »Die Seelen derer, die nicht mehr in dieser Welt sind, die aber noch immer sehr viel Kraft, Weisheit und Energie in sich tragen.«

Um den Ast bildete sich ein silbern schimmernder Dunst, der sich langsam in menschenähnliche Gestalten verwandelte, sie schwebten zwischen den Zuschauenden umher und hinterließen eiskalte Luft.

Als die letzte leuchtende Seele verschwunden war, erlosch der vierte Ast des Baums, der die Lichtung nun nur noch schwach glimmend erhellte. Lisa trat zwischen den knorrigen Wurzeln hervor und ging die Reihe der Schülerinnen und Schüler entlang, wobei sie jeden einzelnen kurz anschaute. Vor Kamille blieb sie stehen.

»Komm.«

Kamilles Beine zitterten, als sie die wenigen Schritte bis zum Baum ging und ihre Stirn an dessen Stamm legte. Es fühlte sich an, als hielten tausende Zweige sie fest, als drängten Wurzeln sich in ihren Körper und wieder hinaus, wickelten sich um ihre Organe und füllten ihre Ohren mit seltsamen Klicklauten. Dann ließ der Baum sie los und sie hob ihr Gesicht zu der großen Krone, um zu sehen, welcher Ast aufleuchtete.

»Herzlich willkommen«, sagte Lisa. Sie lächelte und überreichte Kamille eine Halskette. Kamille schloss die Hand um die Kette und spürte den Anhänger in ihrer Faust. Erst als sie wieder an ihrem Platz stand, betrachtete sie, was da in ihrer Hand lag. Ein kleines Blatt aus Silber. Sie hatte es schon zuvor gesehen. Tausende Male, denn es hing auch um den Hals ihrer Mutter. *Das Zeichen der Natur.*

Ich lasse meinen Blick über die weißgekleideten Mädchen auf der Lichtung gleiten. Sie alle sind es wert, der Baum macht niemals Fehler. Aber welche von ihnen soll ich wählen? Welche ist die richtige? Soll sie schön sein, klug, talentiert, heiter oder ernsthaft? Neugierig? Schüchtern?

Erde. Natur. Blut. Oder Tod?

11. SEPTEMBER
07 UHR 40

Malou

Malou umklammerte die Kette mit dem tropfenförmigen Anhänger. Es musste ein Fehler passiert sein, und sie würde das mit dem Lehrer für Blutmagie klären, wer immer das auch sein mochte. Birgit hatte sie abgewiesen und nur gesagt, dass sie mit dem Fachlehrer sprechen müsse. Seit der Zeremonie hatten die Mädchen ausschließlich darüber geredet, wer welchem Zweig der Magie angehörte. Kirstine und Anne hatten Erde bekommen, was der beste Zweig war, weil er am stärksten mit Fähigkeiten in der nordischen Magie in Verbindung stand und alle fanden, dass das wichtig war. Kamille gehörte zur Natur, was wohl ebenfalls gut war, sie hatte jedenfalls zufrieden gewirkt. Auch die Schwestern Sara und Sofie waren diesem Zweig zugeordnet worden, was sie zu Jubelrufen veranlasst hatte. Selbst Victoria, die zum Tod gehörte, hatte ihren Kopf mit der silbernen Totenkopf-Kette nicht hängen gelassen. Aber Malou gehörte zum Blut.

Seit sie zum ersten Mal das durchgeknallte Gemälde gesehen hatte, auf dem der bleiche Verlierertyp abgebildet war, der sich in die eigene Hand schnitt, hatte sie das im Gefühl gehabt. Ein Gespräch mit Molly hatte ihre Ahnungen bestätigt: Blutmagier waren Außenseiter. Sie waren außergewöhnlich, aber nicht auf eine gute Art. Blutmagie hatte etwas mit Opfern zu tun, so wie in den verrückten Versen, die die älteren Jahrgänge an der alten Eiche vor sich hingemurmelt hatten. Malou war kein Opfer und weigerte sich, eins zu werden. Sollte sie ihre Zeit etwa darauf verschwenden, sich für andere aufzuopfern? Nein, sie war hier, weil sie es zu etwas bringen wollte. Magierin zu werden, hatte ziemlich krass geklungen, Magie bedeutete Macht, hatte Birgit gesagt, aber wenn ihre Fähigkeit darin bestand, sich permanent für andere zu opfern, hatte sie da echt keinen Bock drauf. *Hell no.*

Sie warf einen Blick auf ihr Handy. Es war zwanzig vor acht. Sie hatte den Weg zum Klassenzimmer erstaunlich gut gefunden und hoffte, den Lehrer vor ihrer ersten Stunde in Blutmagie abfangen zu können. Es musste der richtige Raum sein. Sie klopfte energisch an die Tür – dreimal.

»Herein!« Anscheinend hatte sie Glück.

Oder auch nicht. Denn dort saß der schwarzhaarige Mann. Natürlich war *er* der Lehrer für Blutmagie. Ausgerechnet der, der am Prüfungstag ihren Ärmel hochgeschoben hatte. *Shit!* Er saß am Lehrerpult über einige Blätter Papier gebeugt, hob dann den Kopf und sah sie neugierig an. »Ja?«

»Ist das hier Blutmagie?«, fragte sie und hoffte, dass er nein sagen würde.

»Ja, aber du bist zu früh.«

»Das weiß ich selbst. Ich würde gern mit Ihnen über etwas sprechen. Sie sind unser Lehrer?«

»Mhm.« Er nickte und ein leichtes Funkeln blitzte in seinen dunklen Augen auf. Wie bei ihrer ersten Begegnung hatte Malou den Eindruck, dass er sich über sie lustig machte. »An dich erinnere ich mich gut. Komm rein.«

»Es muss ein Fehler vorliegen«, sagte sie und hielt ihm die Kette mit dem Silbertropfen entgegen. »Der Baum hat mich der Blutmagie zugeordnet, aber das passt überhaupt nicht zu mir.«

»Der Baum hat es so entschieden?«

»Ja, aber …«

»Dann liegt auch kein Fehler vor.« Er wandte sich wieder seinen Unterlagen zu.

»Hören Sie!« Er sollte nicht glauben, dass sie sich so einfach abwimmeln ließ. »Ich bin nicht so eine Unterwürfige, die sich in einer Tour aufopfert. Das ist sicher. Ich bin hier, weil ich etwas lernen will. Sicher stimmt was mit den Prüfungsergebnissen nicht. Ich kann die Prüfung gern auch wiederholen.«

Er schaute sie einen Moment lang an, als wäre er verwundert über das, was sie gerade gesagt hatte. Dann warf er den Kopf zurück und lachte so laut, dass es von den Wänden zurückhallte.

»Pass auf, Malou, so heißt du doch?« Sein Akzent ließ ihren Namen fremd klingen. »Ich muss mir deine Prüfungsergebnisse gar nicht anschauen, um zu wissen, dass du eine Blutmagierin bist«, fuhr er fort. »Das warst du schon, bevor du an die Schule gekommen bist. Du ritzt dich, stimmt's?«

Sie spürte, wie ihr Gesicht vor Wut heiß wurde. *Was, verdammt noch mal, bildet er sich ein?* Das hatte ja wohl nichts *damit* zu tun.

»Weißt du, was das Zeichen, das du dir in die Haut geritzt hast, bedeutet?«, fragte er. »Es sind zwei Runen, ineinander verflochten. Zum einen *Uruz,* die die ursprünglichen, schaffenden Kräfte symbolisiert, den Lebenswillen und Überlebensinstinkt. Richtig angewendet kann sie Krankheit und Trauer heilen. Und dann *Naudhiz,* die Elendsrune, die gegen Angriffe schützt, negative Kräfte bindet und die Handlungen des Gegners wirkungslos macht. So miteinander verbunden habe ich die beiden noch nie gesehen, aber ich wette, das war ein sehr effektiver Zauber. Eigentlich überraschend, wenn man deine völlige Unwissenheit in Betracht zieht.«

Malou kniff die Augen zusammen.

»Was meinen Sie damit? Haben Sie mich gerade dumm genannt?«

»Du hast noch an keiner einzigen Unterrichtsstunde zur Blutmagie teilgenommen und trotzdem glaubst du, dass du weißt, worum es geht. Das ist – lass mich das so offen sagen – tatsächlich dumm. Blutmagier zu sein hat nichts damit zu tun, das arme Opfer zu geben, das anderen die zweite Wange hinhält. Oder findest du etwa, ich sehe wie ein Opfer aus?« Der schwarzhaarige Lehrer stand auf, sodass Malou ihn in ganzer Größe bewundern konnte. Er lachte nicht mehr, stattdessen hatte sich sein Gesicht zu einer wütenden Grimasse verzogen. »Ein Blutmagier opfert sein eigenes Blut, um das zu erreichen, was er oder sie haben will. Wie der Wolf, der sich die eigene Pfote abbeißt, um sich aus einer Falle zu befreien. So wie *du* dein eigenes Blut geopfert hast, um dich vor etwas zu beschützen, das *dich* bedroht hat. Du hast die Fähigkeit, das zu opfern, was nötig ist, damit du erreichst, was du willst. Die Frage ist bloß, *was* du erreichen willst.« Er sah sie mit hochgezogenen Augenbrauen an.

Malou fiel plötzlich nichts mehr ein, was sie hätte sagen können. Dann setzte er sich wieder an sein Pult und starrte auf die Papiere vor sich.

»Und jetzt verschwende nicht länger meine Zeit. Setz dich, die anderen Schülerinnen kommen gleich.«

Immer noch überrumpelt ließ Malou sich auf einen Stuhl fallen, während die Gedanken so schnell durch ihren Kopf wirbelten, dass ihr beinahe schwindelig wurde. Mit der rechten Hand tastete sie nach der Stelle an ihrem Arm, an der die fast verblassten Narben noch immer das Zeichen erahnen ließen, das sie sich in die Haut geritzt hatte. Waren es wirklich Runen gewesen, obwohl sie nicht einmal von deren Existenz gewusst hatte?

Kurz darauf strömten die anderen ins Klassenzimmer. Sara und Sofie wechselten einen Blick, als sie den schwarzhaarigen Mann hinter dem Pult erkannten, und Kirstine wirkte beinahe verängstigt. Als sich alle gesetzt hatten, erhob er sich.

»Willkommen zur Blutmagie. Ich bin Zlavko, euer Lehrer. Die meisten von euch gehören anderen Zweigen der Magie an, aber hier an der Schule sollt ihr alle Zweige kennenlernen. Und das ist euer Glück, denn die Blutmagie ist die schönste, mächtigste und gefährlichste Form der Magie. Sie kann großen Nutzen bringen – und sie kann großen Schaden verursachen, wenn man es darauf anlegt. Was ist also Blutmagie? Was zeichnet sie aus? Schaut her.«

Zlavko stellte sich so hin, dass ihn alle sehen konnten.

Seine schwarzen Haare trug er in einem langen, geflochtenen Zopf, der oben auf dem Schädel angesetzt war. Dann griff er nach seinem T-Shirt und zog es sich über den Kopf, sodass er mit bloßem Oberkörper vor seinen Schülerinnen stand.

Mehreren Mädchen entfuhr ein Raunen, und das verschlagene Funkeln in Zlavkos Augen ließ vermuten, dass er genau diese Reaktion erwartet hatte. Sein braungebrannter, sehniger Oberkörper war von Narben übersät. Sie schlangen sich umeinander, zogen sich über seine Brust, über die Schultern und Arme, wo sie wunderliche Muster bildeten. Langsam drehte der Lehrer sich, sodass sie seinen Rücken sehen konnten, der ebenfalls von Narben übersät war. Manche waren alt und fast verblichen, einige oberflächlich, andere standen knotig hervor. Eine von ihnen, eine sternförmige, leuchtete noch rot.

»Wie ihr seht, habe ich Blutmagie in aller Welt studiert: chinesische Zeichen, arabische Schrift, Sanskrit, die Magie der Naturvölker, Runen und andere Symbole. Blutmagie ist schwer zu fassen. Selbst die fleißigsten Magier können sich nie ganz sicher sein, wie das Resultat aussehen wird und ob sie sich selbst in Gefahr bringen. In meinem Unterricht werdet ihr nur ein paar wenige Elemente dieses wunderschönen Zweigs der Magie kennenlernen und diejenigen von euch, die die entsprechenden Fähigkeiten besitzen, werden vielleicht so glücklich sein, mehr als das zu lernen.« Er zeigte sein wölfisches Grinsen, und Malou fühlte seinen dunklen Blick auf sich brennen. *Fuck. My. Life.*

12. SEPTEMBER
08 UHR 07

Kirstine

»Willkommen zu eurer ersten Stunde in Nordischer Geschichte und Magie. Ich heiße Thorbjørn und unterrichte dieses Fach hier in Rosenholm.«

Kirstine betrachtete den langhaarigen, vollbärtigen Hünen, den sie bereits im Sommer am Tag der Aufnahmeprüfung kennengelernt hatten. Wie er da vorn an der Tafel stand, hatte er etwas von einem Tier, das in einem Käfig gefangen war. Auf den ersten Blick wirkte der Raum wie ein ganz gewöhnliches Klassenzimmer mit Zweiertischen und Stühlen. Bei genauerer Betrachtung jedoch gab es jede Menge Dinge, die man normalerweise nicht erwartete. Neben der Tafel hing ein Plakat mit Runen, und daneben waren etliche Porträts mit nordischen Göttern. Kirstine erkannte Thor mit seinem Hammer und den einäugigen Odin, aber auch zahlreiche, die sie nicht kannte. Auf einem Schrank standen zwei ausgestopfte Raben, und dahinter hing wiederum ein Plakat mit schwarz-weißen Abbildungen von verschiedenen Wikingerschiffstypen. Sie hatte einen Platz ganz hinten ergattert, von dem aus sie den Blick in Ruhe durch den Raum schweifen lassen konnte, ohne dabei erwischt zu werden, dass sie sich ablenken ließ.

»In diesem Fach befassen wir uns mit der Lehre der nordischen Geschichte, Mythologie und der Magie, derer sich unsere Vorfahren bedient haben. Diejenigen von euch, die dem Zweig Erde zugeordnet wurden, haben meist besonders ausgeprägte Fähigkeiten im Bereich der nordischen Magie. Da wir jedoch alle in der nordischen Geschichte verwurzelt sind, ist das Fach für jede von euch relevant.«

Kirstine nestelte am Anhänger ihrer neuen, silbernen Halskette herum, die nun neben dem Goldkreuz um ihren Hals hing. Zuerst hatte sie gedacht, er stelle eine Art seltsames Messer dar, dann aber hatte er sich als primitiver Pflug herausgestellt, der auch *Ard* hieß, das Symbol für Erde.

»Aus diesem Grund steht Nordische Geschichte und Magie im ersten Jahr für alle auf dem Stundenplan«, fuhr Thorbjørn fort. »Allerdings werde ich die meisten Stunden nicht selbst unterrichten, sondern unser junger Referendar. Ja, eigentlich sollte er schon hier sein …«

Bitte nicht. Das kann doch nicht wahr sein. Beim Anblick des ruhigen, freundlichen Lehrers hatte Kirstine gerade so etwas wie Zuversicht geschöpft, jetzt aber fing ihr Herz mit einem Mal an zu hämmern.

Thorbjørn rieb sich eine Weile den Bart und wusste anscheinend nicht so richtig, was er machen sollte. »Na ja, wir können ja schon einmal die Bereiche durchgehen, mit denen ihr es im Laufe eurer Schulzeit zu tun bekommen werdet.« Er drehte sich um und begann damit, große, klobige Buchstaben an die Tafel zu schreiben. Da war ja selbst ihre Schrift noch schöner.

Runenmagie stand an der Tafel.

»Wir bedienen uns der Runenmagie zur Weissagung. Später werdet ihr auch lernen, Runen als Formelwörter einzusetzen, um beispielsweise einen Schutzzauber zu bewirken oder einen Angriff durchzuführen«, erklärte Thorbjørn und drehte sich erneut zur Tafel, um ein weiteres Wort anzuschreiben. »Vorzeichen«, las er laut vor. »In der Natur erkennt man oftmals bereits Anzeichen für etwas, das noch kommen mag, erste Hinweise sozusagen. Außerdem werdet ihr Erfahrungen mit *Seiðr* sammeln«, fuhr er fort und schrieb das Wort an die Tafel. »Beim *Seiðr* begibt man sich in eine Art ekstatischen Zustand, um magische Handlungen auszuführen und in die Zukunft zu blicken. Und zu guter Letzt lernt ihr auch etwas über die nordische Mythologie und die Geschichte der Wikinger. So, das war es eigentlich … Habt ihr noch Fragen?«

Niemand hob die Hand oder sagte etwas.

Thorbjørn schielte unauffällig auf die Uhr über der Tür. »Ja, dann machen wir doch weiter und gehen die vier Zweige der Magie durch, die ihr zuerst lernen müsst, wenn ihr neu auf dieser Schule seid. Ährm-m …« Er räusperte sich und wiederholte die Worte, die die Schülerinnen bereits bei der Aufnahmezeremonie gelernt hatten. Offenbar war Kirstine nicht die Einzige, die nicht geübt hatte, denn während Thorbjørn den Vers vor sich hin brummte, blieb es totenstill. Mitten in der letzten Strophe schwang die Tür mit einem Knall auf, und herein stolperte ein junger Mann mit rötlichen Haaren und einem riesigen Stapel Bücher im Arm. Als er bemerkte, dass Thorbjørn beschäftigt war, setzte er sich hin und nickte ihm zu. Der ratterte schnell die letzten Worte herunter.

»So, das hier ist euer Lehrer. Jakob, magst du dich selbst vorstellen?«, fragte Thorbjørn und betrachtete skeptisch den wackligen Stapel Bücher, den Jakob nonchalant auf dem Pult abgelegt hatte.

»Ja, natürlich, und entschuldigt die Verspätung. Ich konnte die Bücher unten im Materialzimmer erst nicht finden. Ich bin Jakob Engholm und angehender Lehrer für Nordische Geschichte und Magie. Mein praktisches Studienjahr absolviere ich hier in Rosenholm und freue mich schon darauf, euch zu unterrichten.«

Super, gaaanz super. Instinktiv sank Kirstine im Stuhl zusammen und machte sich so klein wie möglich. Die anderen Mädchen, die mit ihr im hinteren Teil des Raums saßen, reckten stattdessen die Hälse und rutschten auf den Stühlen hin und her, um einen besseren Blick auf den jungen Lehrer zu erhaschen. Dass jemand von Thorbjørns Statur und Aussehen irgendetwas mit Wikingern unterrichtete, schien sonnenklar. Jakob dahingegen wollte nicht so richtig ins Bild passen. Er war zwar hochgewachsen, aber nicht so breit und kräftig wie Thorbjørn, sondern ziemlich schlank. Mit den zerzausten, rötlichen Haaren, den Sommersprossen und dem schiefen Lächeln ähnelte er eher einem Schuljungen als einem mächtigen Wikingerkrieger.

»Dann lasst uns mit den Runen beginnen«, ging Jakob direkt zum Unterricht über. »Wenn ihr sie erst einmal könnt, werden wir wikingerzeitliche Inschriften lesen. Die Runenmagie stellt einen wichtigen Bereich der nordischen Magie dar. Hier drin«, er klopfte mit der flachen Hand auf den Bücherstapel, »könnt ihr alles Mögliche dazu nachlesen. Die Bücher mögen zwar alt und langweilig aussehen, der Inhalt ist dafür umso aufregender.« In dem Moment gab der Stapel jegliche Bemühungen, das Gleichgewicht zu halten, auf und die Bücher fielen vom Pult auf den Fußboden.

»Ähm.« Die Stimme gehörte Malou. Sie saß in der ersten Reihe und hatte den Finger in die Luft gestreckt, wartete jedoch nicht, bis sie drangenommen wurde. »Ich hätte direkt mal eine Frage. Wie wird die Qualität des Unterrichts gewährleistet, wenn unser Lehrer selbst noch nicht fertig ausgebildet ist? Ich bin davon ausgegangen, dass die Lehrkräfte Experten auf ihrem Gebiet sind.«

Jakob, der die Bücher auf allen Vieren einsammelte, schaute auf, um herauszufinden, wer sprach.

»Ähm was? Der Unterricht? Mach dir mal keine Sorgen, ihr werdet bei mir alles lernen, was ihr braucht, und sogar noch etwas mehr«, sagte er und legte die Bücher in einem unordentlichen Stapel wieder zurück aufs Pult.

»Aber wie gewährleisten Sie das?«, fragte Malou erneut an Thorbjørn gerichtet, Jakobs Antwort vollkommen ignorierend. »Die Schule wird für solche Fälle doch sicherlich bestimmte Verfahren haben, wenn sie jemanden ohne entsprechende Ausbildung unterrichten lässt. Werden die Stunden überprüft, und wie sieht es mit der Benotung der Hausarbeiten aus?«

»Ähm …« Thorbjørn, der sich bei Jakobs Ankunft in eine Ecke des Klassenzimmers verzogen hatte, sah aus, als wäre er am liebsten auf der Stelle zur Tür rausmarschiert. »Ich bin mir nicht ganz sicher, ob es da feste Regeln gibt … äh … aber das lässt sich rausfinden. Jedenfalls ist Jakob bestens dafür qualifiziert, den Unterricht zu übernehmen. Das … ja, das kann ich euch versichern.«

»Ja, absolut«, sagte Jakob und zwinkerte der Klasse zu. »Verlasst euch auf mich.«

Mit einem freundlichen Lachen, das gleichzeitig ein wenig nervös wirkte, verabschiedete sich Thorbjørn und verschwand.

Kirstine seufzte. Warum konnte nicht er sie unterrichten? Es war so peinlich gewesen, wie Birgit sie am Tag der Aufnahmeprüfung wie ein ungezogenes kleines Mädchen, das nicht stillsitzen konnte, vor die Tür geschickt hatte. Und jetzt würde Jakob ihre Klausuren korrigieren und alles …

»Dann wollen wir mal«, sagte der und kramte in seiner Tasche. »Ich habe euch den Lehrplan ausgedruckt und auch einige Lektürelisten dabei, das heißt, wenn ich sie finde …«

»Wie alt sind Sie eigentlich?« Es war wieder Malou, diesmal hatte sie nicht einmal die Hand gehoben.

Jakob schaute auf, jetzt lächelte er nicht mehr. »Wie heißt du?«

»Malou.«

»Okay, Malou. In meinem Unterricht zeigt ihr bitte auf, wenn ihr Fragen habt. Alles klar? Und die Antwort auf die Frage lautet: alt genug.«

Er streckte einen Arm in Richtung Bücherstapel aus und murmelte ein Wort, das Kirstine nicht verstand. Ein Windstoß ging durch den Raum und fegte mit einem großen Knall die Bücher wieder vom Pult. Ein Kribbeln breitete sich in ihr aus. Wie hatte er das gemacht?

»Das war die Hagelrune *Hagalaz*. Die Runenmagie birgt gewaltige Kraft. Aber dazu kommen wir noch. Da sind sie ja!« Er zog ein Bündel Papier aus der Tasche. »Malou, du kannst dich nützlich machen und die Bücher aufheben und austeilen.«

Malou machte ein finsteres Gesicht, stand aber trotzdem auf. Kirstine verbarg ein sanftes Lächeln hinter der Hand. *Das hast du dir selbst eingebrockt, Malou.*

»Super. In der Zwischenzeit teile ich die hier aus«, sagte Jakob und schien wieder bester Laune zu sein. »Ich kenne eure Namen noch nicht, also rufe ich euch auf und ihr hebt die Hand. Beginnen wir mit Anne …«

Oh, nein …

»Kamille?«

Einen Moment lang überlegte sie abzuhauen, aber sie konnte es auch genauso gut einfach hinter sich bringen.

»Kirstine?«

Sie hob die Hand. Jakobs verdatterter Gesichtsausdruck, als er ihr die Blätter reichte, verriet ihr zwei Dinge: Er hatte ihre Begegnung im Sommer nicht vergessen. Und er war außerdem nicht darauf vorbereitet, dass sie in der Klasse sitzen würde, die er unterrichtete. Sie traute sich kaum aufzublicken, tat es aber trotzdem, und ihre Blicke trafen sich für einen kurzen Augenblick. Er sah verwirrt und ein wenig zerknirscht aus. Störte es ihn wirklich so sehr, sie in seiner Klasse zu haben?

Kirstine blätterte sich durch den Lehrplan, ohne die Seiten wirklich zu beachten. Sie kam nicht umhin zu bemerken, dass ihr Herz immer noch pochte, und sie war nicht ganz sicher, ob es wirklich nur Nervosität war.

Hey, Mum – wir sollen einen Aufsatz über Pflanzen schreiben. Hast du vielleicht ein paar Tipps, wofür man Himbeeren verwenden kann?

Hallo Schatz – klingt spannend. Die Blätter können getrocknet als Tee bei Magen-Darm-Beschwerden verabreicht werden. Viel Glück mit dem Aufsatz! Ruf mal an, wenn du Zeit hast – ich bin so gespannt, was du zu berichten hast ...

Perfekt!
Danke, Mama.

14. SEPTEMBER
07 UHR 15

Victoria

Schau mich an …

Wer hat mich umgebracht?

Schau …

Das seltsame Flüstern im Traum vermischte sich mit dem Weckton, der stufenweise lauter wurde. Benommen tastete Victoria nach dem Handy und aktivierte die Snooze-Funktion. Wie lange hatte es schon geklingelt?

Sie ließ sich zurück ins Bett fallen. *Die weißen Schatten kehren immer wieder zurück.*

Sie warf einen Blick auf die Uhr. Sie hatte nur wenige Stunden geschlafen, trotzdem musste sie aufstehen.

Im Turmzimmer standen alle möglichen Dinge, die ihr fremd und sonderbar erschienen. Bücher über Naturmedizin, Runen, nordische Götter und die Religionen indigener Völker lagen verstreut auf dem Tisch oder in Stapeln über den Boden verteilt. Auf dem Tisch standen auch der kleine Kessel und der merkwürdige Kelch, die sie in Naturmagie ausgeteilt bekommen hatten, und daneben ein Korb mit verschiedenen Pflanzen, über die sie bis Dienstag einen Aufsatz schreiben sollten. In Nordischer

Geschichte und Magie sollten sie bis Donnerstag einen über das Runenalphabet und die Schriftsprache der Wikinger abgeben. Wenn sie auch in Geisterkunde, was sie heute zum ersten Mal hatten, etwas aufbekämen, würden sie dieses Wochenende nicht sehr viel Freizeit haben. Victoria berührte den kleinen silbernen Totenkopf, der ihr um den Hals hing. Geisterkunde war ein wichtiges Fach – gerade für sie.

Sie ging nicht ins Bad, sondern zog sich stattdessen nur einen Pulli über und trottete nach unten, um noch etwas in den Bauch zu bekommen. Der Speisesaal der Mädchen war klein und gemütlich, mit Blümchenverzierungen auf den ockergelben Wänden und langen, weißen Gardinen, die auf den alten Holzfußboden herabhingen. Victoria schnappte sich rasch eine Schüssel mit selbstgemischtem Müsli und setzte sich zu den anderen Mädchen ihrer WG an den Tisch.

»Guten Morgen«, begrüßte Kirstine sie.

»Hast du schlafen können?«, fragte Kamille und trank ihr Glas Saft aus, das sie anschließend von sich wegschob.

»Nicht wirklich«, gab Victoria zu.

»Ist es wegen diesem Geist?«, flüsterte Kamille. Die Sache hatte sie nicht mehr losgelassen, seit Victoria das erste Mal davon gesprochen hatte.

»Ach, nicht schon wieder dieser Geist«, sagte Malou und warf einen prüfenden Blick auf ihre Fingernägel. »Warum halten wir nicht einfach eine Séance ab? Gläserrücken oder wie das heißt. Dann können wir ihn fragen, was er von dir will.«

»Nein, das ist sicher keine gute Idee«, protestierte Kirstine erschrocken.

»Wir müssen den Lehrern ja nichts stecken«, sagte Malou. »Aber gut, mir egal, ich jammere ja nicht.«

Der giftige Tonfall in Malous Stimme verdarb Victoria den Appetit, und sie ließ den Rest ihres Frühstücks stehen. Hatte Malou recht? Konnte sie den Geist loswerden, indem sie herausbekam, was er von ihr wollte? Allmählich war sie zu so ziemlich allem bereit, wenn sie dafür nur eine einzige Nacht durchschlafen konnte. Die weißen Schatten waren schon immer da gewesen, doch noch nie waren sie so aufdringlich wie jetzt.

Nach dem Frühstück brachte Molly sie hoch ins Klassenzimmer. Gedankenverloren blieb Victoria hinter den anderen, doch die Wucht an Energien und Geräuschen einer anderen Mädchengruppe riss sie zurück in die Realität. Das Kichern und Flüstern erhob sich so plötzlich wie ein Wind an einem ansonsten ruhigen Sommertag. Weiter vorne in der Galerie, die sie gerade durchquerten, stand noch eine weitere Schulklasse. Eine Gruppe Jungs. Die Luft zitterte. Einer pfiff, andere riefen den Mädchen etwas hinterher, sie lachten und schubsten sich gegenseitig.

»Benehmt euch, Jungs!«, rief Molly ihnen zu, als sie vorbeigingen. Sie schüttelte den Kopf. »Man könnte meinen, sie hätten noch nie im Leben ein Mädchen gesehen. Geht bitte zur Seite, damit wir durch können!«

Doch die Jungs rührten sich kein Stück, sie schienen sich sogar absichtlich so hinzustellen, dass die Mädchen kaum vorbeikamen. Einer von ihnen stellte sich Molly direkt in den Weg und legte ihr eine Hand auf die Schulter. Er hatte dunkle, halblange Haare, blaue Augen und ein hübsches Gesicht.

»Hey, Molly! Wo willst du denn so schnell hin? Sag uns lieber, wen du hier mitgebracht hast!«

»Lass mich los, Benjamin«, fuhr Molly ihn an und schüttelte seine Hand ab. »Das ist meine Gruppe, sie sind im ersten Jahr.

Und du lässt sie besser in Ruhe, wenn du nicht von der Schule fliegen willst.«

»Whoa, chill mal. Ich wollte nur höflich sein und Hallo sagen.« Dabei hielt er beide Hände vor sich in die Höhe und trat einen Schritt zurück. »Aber keine Sorge, Molly, verlass dich drauf. Ich bin die Unschuld in Person – genau wie du, wie man so hört.« Sein Lächeln war ebenso charmant wie provokant. Ein Junge mit blonden Locken schüttelte über die Bemerkung den Kopf und lachte.

Molly wurde leicht rot, ließ sich aber ansonsten nichts anmerken.

»Halt die Klappe!«, sagte sie nur und marschierte weiter, die anderen Mädchen hinter ihr her. Deshalb sah sie auch nicht, wie Benjamin sich vorbeugte, um Malou, die mit hocherhobener Nase an ihm vorbeistapfte, von hinten zu studieren.

Nach der Begegnung mit den Jungen des Abschlussjahrgangs schwoll das Kichern und Tuscheln der Mädchen zu einem Sturm an, der selbst dann nicht verebbte, als sie das Klassenzimmer betraten. Hinter den Schläfen bemerkte Victoria einen pochenden Kopfschmerz.

Wums.

Die Tür flog auf, und der stämmige, gedrungene Mann, dem sie am Prüfungstag bei dem mysteriösen Wasserbecken im Felsbrocken begegnet waren, trat ein. Er ließ seine Tasche mit einem Rumms auf den Tisch fallen und schlug die Hände zusammen. Sofort wurde es still im Raum. Victoria spürte, wie der neue Lehrer den ganzen Raum mit seiner Energie füllte und regelrecht forderte, dass sich alle Augen auf ihn richteten. Genau wie am Prüfungstag war er ganz in Schwarz gekleidet, und er blickte sich neugierig und energisch in der Klasse um.

»Ich danke vielmals für eure Aufmerksamkeit«, begann er mit einer angenehm tiefen Stimme. »Mein Name ist Jens Andersen, und ich werde euch in Geisterkunde unterrichten. Weiß jemand, was man unter Geisterkunde versteht?«

Sara hob zögerlich die Hand. »Mit Toten sprechen?«

»Jein. Menschen bestehen aus Fleisch und Blut, das heißt aus dem physischen Körper, doch wir alle haben auch eine Seele. Wenn der physische Körper stirbt, existiert die Seele weiter. Mit einigen Seelen – oder Geistern – können wir Kontakt aufnehmen. Die Geister können uns helfen, leiten oder sogar die Hellsicht schenken. Vielleicht erhalten wir die Möglichkeit zu sehen, was an weit entfernten Orten passiert – das wird als Fernsicht bezeichnet. Fernsicht wohlgemerkt, nicht Fernsehen wie die Nachrichten schauen oder Disney Channel … Oder aber wir dürfen in die Zukunft blicken – das nennt man Präkognition.« Er drehte sich um und schrieb die beiden Wörter hinter sich an die Tafel, ehe er weitersprach.

»Aber in der Geisterkunde geht es auch um Menschenkenntnis – oder vielleicht besser gesagt um Geisterkenntnis. Intentionen hinter Handlungen zu erkennen, seine Pappenheimer zu kennen, wie man so schön sagt. Doch all das kommt mit der Erfahrung. Und die hat keine von euch. Erfahrung kriegt man mit dem Alter, genauso wie Rückenschmerzen und eine Lesebrille. Wisst ihr – und das ist jetzt wichtig – viele glauben fälschlicherweise, Geister seien allwissend. Dass sie barmherzig sind, gut sind und uns auch nur Gutes wollen. Viele glauben, sie seien wie die Engel aus Gottes großem Buch. Aber das ist schlichtweg falsch. Geister sind Seelen, und Seelen waren einst Menschen, und Menschen sind weder allwissend noch barmherzig oder immer gut. Der Mensch kann gierig und neidisch und eifersüchtig und rachsüchtig sein. Deshalb kann es gefährlich sein, dem zu vertrauen, was ein Geist einem erzählt. Genauso wie man immer auf seinen gesunden Menschenverstand bauen sollte, wenn man einem fremden Menschen begegnet. Versteht ihr?«

Mehrere Mädchen nickten. Die Aufmerksamkeit aller war auf den Mann in Schwarz gerichtet. Was er erzählte, war sowohl spannend als auch ein bisschen unheimlich.

»In meinem Unterricht werden wir uns also mit der Geisterkunde befassen. Wir nehmen durch, wie sie uns helfen kann, welche unterschiedlichen Geister es gibt und wie man mit ihnen in Kontakt tritt. Im praktisch ausgerichteten Fach Hellsehen – in dem ihr mich auch haben werdet –, werden wir dann tatsächlich versuchen, Kontakt zu Geistern aufzunehmen. Dafür müsst ihr jedoch gut gewappnet sein, und es wird auf jeden Fall nach Weihnachten, bis wir einen ersten Versuch starten. Allerdings nur dann, wenn ich hundertprozentig davon überzeugt bin, dass ich es euch zutraue, okay? Wir werden langsam vorgehen, und wenn euch etwas in meinem Unterricht Angst bereitet, scheut euch bitte nicht, zu mir zu kommen. Soweit alles klar?«

Alle nickten.

»Der Kontakt zu Geistern kann gefährlich werden. Das ist auch der Grund, weshalb es streng verboten ist, Geistermagie oder jede andere Form von Magie im Alleingang auszuüben. Sollten wir feststellen, dass eine von euch eigenmächtig mit Geistern in Kontakt tritt, riskiert diejenige, mit sofortiger Wirkung der Schule verwiesen zu werden.« Er ließ seinen Blick einen Moment lang über die Schülerinnen schweifen.

»Gut, dann hätten wir das geklärt«, sagte Jens und schlug erneut die Hände zusammen. »Also, fangen wir an.«

Nach der Stunde schickte Jens sie mit einem weiteren Stapel dicker Bücher unterm Arm los. Doch vorher fragte er vor der gesamten Klasse: »Victoria, bleibst du noch einen Moment lang hier?«

Kamille warf ihr einen fragenden Blick zu, aber Victoria zuckte nur mit den Schultern. Sie wusste nicht, was der Geisterkunde-Lehrer von ihr wollte. Vielleicht würde er mit allen sprechen, die bei der Zeremonie den silbernen Totenkopf erhalten hatten?

Jens lehnte sich gegen das Pult und maß sie einen Moment lang mit den Augen, jedoch nicht auf eine unangenehme Weise. Seine Energie fühlte sich freundlich und stark an, doch wieder bemerkte sie, wie die Energie das Klassenzimmer füllte, sodass kaum Platz für etwas anderes blieb.

»Ich habe mit Lisa gesprochen. Sie sagte, du hättest am Prüfungstag ein unangenehmes Erlebnis im Keller gehabt.«

Victoria nickte.

»Hattest du, seitdem du hier bist, noch andere solche Erlebnisse?«

»Nichts Vergleichbares, aber irgendetwas ist da, das mir keine Ruhe lässt. Und die anderen sind natürlich auch da ...« Sie nickte in Richtung der leeren Stuhlreihen. »Außerdem noch meine Träume in der Nacht.«

»Wovon träumst du?«

»Ich weiß nicht, wie man sie richtig nennt, aber ich habe sie die weißen Schatten getauft.«

»Aha, ja, das sind Geister. Verstorbene Seelen, die versuchen, mit dir in Kontakt zu treten. Unter Geistermagiern sehr verbreitet, obwohl es recht unangenehm sein kann. Mich verwundert jedoch mehr, dass du auch im Wachzustand eine Anwesenheit wahrnimmst. Das tritt selten so früh auf.«

Er sah aus, als würde er über etwas nachdenken. »Hmm … darf ich einen Moment lang deine Hand halten? Du brauchst dich nur zu entspannen und ruhig zu atmen. Mach die Augen zu, wenn du willst.«

Jens nahm ihre Hand und hielt sie mit beiden Händen umfasst. Victoria schloss die Augen. Fast unmittelbar spürte sie ein warmes Kribbeln, das von Jens' Händen auf die Arme überging und sich im Rest ihres Körpers ausbreitete. Seine Ruhe war ansteckend, und sie fühlte sich sicher, behaglich und sorglos.

Nach ein paar Minuten ließ er ihre Hand langsam wieder los.

»Ich kann keinen Geist wahrnehmen. Allerdings wäre es auch kein Wunder, dass er sich verzieht, wenn er feststellt, dass ich's auf ihn abgesehen habe«, lächelte er ihr beruhigend zu. »Aber ich spüre, dass du sehr, sehr offen bist. Alle Sensoren vibrieren, und die Kanäle sind weit geöffnet, könnte man sagen. Und das kann zu echten Problemen führen. Manchmal beobachten wir, wie sich ein Geist ein Opfer unter den Schülerinnen und Schülern aussucht, an das er sich dranhängt. Vor allem, wenn er spürt, dass der- oder diejenige empfänglich ist und noch nicht gelernt hat, sich zu schützen.«

»Warum sollte ein Geist das tun?«, fragte sie.

»Tja, er sucht vielleicht nach Fürsorge oder Aufmerksamkeit oder er will einfach nur Energie aufsaugen. Manchmal ist ein Geist darauf aus, jemanden zu ärgern – so einer wird auch als Poltergeist oder Plagegeist bezeichnet. Diese Schülerin oder dieser Schüler wird sozusagen das Mobbing-Opfer des Geistes, und es kann ziemlich schwierig werden, ihn wieder abzuschütteln. Aber keine Angst. Ich helfe dir, damit das nicht geschieht. Ich glaube, wir sollten mit ein wenig Sonderunterricht beginnen. Da bringe ich dir bei, dich selbst etwas besser vor dem abzuschirmen, was Lebende und Tote so treiben. Das kann selbst die Besten in den Wahnsinn treiben.«

Victoria nickte. Das war genau das, was sie manchmal befürchtete. Dass sie in der Tat die Beherrschung verlieren und verrückt werden würde.

Jens zog seine Lesebrille aus der Hemdtasche und nahm einen altmodischen Kalender aus der Tasche. »Sagen wir Montagnachmittag um halb drei?«

16. OKTOBER
10 UHR 07

Kirstine

Hagalaz, die Hagelrune, Laguz, die Wasserrune, Kenaz, die Fackelrune.

Kirstine hatte die Zeile fünfmal gelesen, doch das Geschriebene wollte einfach nicht in ihren Kopf. Sie sah aus dem Fenster und beschloss, die Bücher zuzuklappen und lieber ein paar Schritte zu gehen. Ehe sie die Treppe herunterschlich, schickte sie noch eine Nachricht an Kamille.

> Alles Gute zum 16. Geburtstag, liebe Kamille!

Lange überlegte sie, ob sie mehr schreiben sollte. Kam es komisch rüber, wenn sie sich so kurzfasste? Sollte es nicht etwas persönlicher sein? Andererseits war Kamille sicher mit den Gästen und der Party beschäftigt und hatte eh keinen Kopf dafür.

> Hoffe, du hast einen tollen Tag mit schönen Geschenken.

Na, es wird schon reichen, dachte sie und verließ ihre WG. Es war so still überall. Nach den ersten Wochen hatten sie für die Herbstferien erstmals nach Hause gedurft, und soweit Kirstine wusste, waren alle Mädchen aus ihrem Jahrgang gefahren. Eventuell waren einige der älteren Schülerinnen und Schüler hiergeblieben, doch die nutzten die Gelegenheit wahrscheinlich nur, um auszuschlafen.

Kirstine ging durch den Mädchenpark, wie er in Rosenholm hieß. Mann, es war wirklich windig, fast so wie zu Hause. Ihre Heimat fehlte ihr fast mehr als ihre Eltern. Die raue Natur, der Horizont über dem Meer, die Bäume, die sich im Wind bogen, und das Heidekraut, das demnächst zu blühen beginnen würde. Und die Luft, die knackig kalt und doch mild war und nicht schwer wie hier, wo sie eher nach feuchter Erde roch. Nachdem sie eine Weile ziellos herumgelaufen war, erreichte sie die Ostseite des Schlosses. Hier ging kein Wind. Die Sonne hatte sich jetzt einen Weg durch die Wolken gebahnt, und Kirstine setzte sich auf eine Bank an der Mauer.

Hoch über ihr schwebte ein großer Raubvogel, vielleicht ein Fischadler. Sie wandte das Gesicht der Sonne zu und schloss die Augen.

»Hallo.« Im Gegenlicht vor ihr stand eine Gestalt. Sie hatte ihn nicht kommen hören, vielleicht war sie eingenickt. »Ich dachte, ich wäre ganz allein hier. Darf ich mich setzen?«, fragte Jakob mit einer Handbewegung in Richtung Bank.

»Äh, klar«, stammelte sie und plötzlich wurde ihr bewusst, dass der Schal um ihren Hals jener war, den Jakob ihr bei ihrer ersten Begegnung geliehen hatte. Warum trug sie den ausgerechnet jetzt?

»Ich bin gerade vorbeigekommen und hab dich hier sitzen sehen. Das sind die Unterkünfte der Lehrer«, erklärte er und wies mit dem Kopf in Richtung der Fenster hinter ihnen.

»Ah«, war alles, was sie herausbrachte. *Super, Kirstine.* Ein Wort. Aus zwei Buchstaben. Mehr bekam sie nicht zustande. Dass die Lehrer auch irgendwo in der Schule untergebracht sein mussten, darüber hatte sie noch überhaupt nicht nachgedacht. Obwohl die sicherlich keine Doppelzimmer hatten.

»Du bist in den Ferien nicht zu Hause?«

Sie schüttelte nur den Kopf.

»Ich würde auch meinen, dass jemand aus Thy gar nicht schnell genug wieder nach Jütland kommen könnte«, sagte er und sah sie mit einem schiefen Grinsen an.

Kirstine betrachtete ihre Hände. Sie wollte nicht weinen, sie hatte geglaubt, damit fertig zu sein, aber jetzt kamen ihr erneut die Tränen und sie ließ ihre Haare vor dem Gesicht herunterhängen, damit er es nicht sah. *Musste er nicht irgendwohin?*

»Äh … alles okay?«

Schnell wischte sie sich das Gesicht ab.

»Es gibt ein paar Probleme … mit meiner Familie.«

»Ja, ich erinnere mich, dass wir darüber gesprochen haben … an dem Tag. Dass sie sehr christlich sind, oder? Das macht es sicherlich nicht gerade einfach, sich plötzlich als Walküre zu outen …«

»Nein.« Sie musste lachen, obwohl sie immer noch weinte. Und sie kam nicht umhin, sich ein wenig geehrt zu fühlen, dass er sich erinnerte. Es kam ihr vor, als läge jener Sommertag bereits hundert Jahre zurück. Vielleicht gab ihr das den Mut zu sagen, was sie ihm seither hatte sagen wollen.

»An dem Tag … im Sommer, als wir zusammen hier ankamen. Ich wusste nicht, dass du … Sie … dachten, ich sei zum Bewerbungsgespräch hier. Ich wollte Sie nicht hinters Licht führen oder so …«

»Was? Nein, nein, das weiß ich doch. Ich war der Idiot. Und lass uns gern beim du bleiben, zumindest außerhalb des Unterrichts.« Er verzog das Gesicht, als würde ihn die Erinnerung daran schmerzen. Der Wind fuhr durch seine rötlichen Haare, wirbelte sie auf. »Du hast nur so erwachsen gewirkt, viel vernünftiger als die typische Elftklässlerin, und da hab ich einfach angenommen, dass wir ungefähr gleich alt sind. Dass du eine junge Lehrerin bist. Genau wie ich. Sicherlich Wunschdenken oder so. Das war echt dumm von mir. Ich hab dir alles Mögliche über meine Familie erzählt …«

»Aber das war doch nicht dumm?«

Jakob drehte sich zu ihr um. »Weißt du, was das Bescheuertste war? Ich hab mich so … verstanden gefühlt. Dabei hast du rein gar nichts verstanden. Du hattest keine Ahnung, wovon ich rede. Wieso hast du nichts gesagt?«

»Ich … tut mir leid …«, sagte sie und bemerkte, dass ihre Stimme vom Weinen leicht belegt war. »Du warst so nett zu mir, und das wollte ich nicht kaputt machen. Und … und auf einmal war zu viel Zeit vergangen, und da konnte ich doch nicht plötzlich sagen, dass ich keine Ahnung hatte, wovon du redest. Aber dass ich rein gar nichts verstanden habe, stimmt nicht. Vielleicht hab ich nicht kapiert, warum deine Eltern enttäuscht und wütend sind, aber wie sich das anfühlt, weiß ich sehr wohl …« Jetzt weinte sie wieder, und es war unmöglich, weitere Worte herauszubekommen. Auf einmal spürte sie Jakobs Arm um sich. Er tat nichts weiter, sagte nichts. Er hielt sie einfach fest, bis sie die Tränen wieder unter Kontrolle hatte.

»Vielleicht gehen wir ein Stück?«, schlug er schließlich vor. »Auch etwas weiter weg von den Fenstern.«

Plötzlich wurde ihr klar, dass jeder, der in diesem Moment aus einem der Fenster im Lehrertrakt schaute, sie eng beieinander auf der Bank sähe. Sie nickte.

Sie gingen zum Wald hinüber. »Sind sie total ausgeflippt, deine Eltern?«, fragte Jakob, als sie sich so weit von der Schule entfernt hatten, dass niemand sie mehr sehen konnte.

»Ich glaube nicht, dass sie mich wiedersehen wollen«, sagte sie. »Nicht, solange ich an dieser Schule bin.«

»Sie werden schon zur Vernunft kommen. Gib ihnen etwas Zeit«, sagte Jakob.

»Keine Ahnung. Manchmal denke ich, ich könnte Rosenholm auch genauso gut sein lassen und wieder nach Hause ziehen. In der Schule läuft es nicht so gut – das kriegst du ja selbst mit.« Sie hasste es, wenn sie Hausaufgaben einreichen mussten. Besonders schrecklich war es in Nordisch. Die Vorstellung, wie Jakob ihre Versuche, sich schriftlich auszudrücken, korrigierte, war unfassbar peinlich.

»Was? Nein, du kannst doch nicht aufgeben. Ist es, weil du Legasthenikerin bist?«

Kirstine erstarrte. Sie hasste dieses Wort. Doch bei Jakob klang es wie eine einfache Feststellung, nicht wie Spott. »Ich bin einfach nicht dafür gemacht, in die Schule zu gehen. Lesen, Schreiben, darin war ich noch nie gut.«

»Aber was ist mit dem Unterricht an sich?«

»Der ist wirklich spannend, aber es fällt mir schwer mitzukommen, wenn ich nicht laut lesen kann.«

Jakob beschleunigte ein paar Schritte und drehte sich um, sodass er rückwärtsging und sie beim Reden ansehen konnte.

»Hey, ich hab eine Idee!«, sagte er und lächelte spitzbübisch. Der Wind hatte seine Wangen rot gefärbt. »Ich kann dir Nachhilfe geben. Mündlich. Wir könnten schon mal durchgehen, was als nächstes drankommt. Dann bist du genauso auf den Unterricht vorbereitet wie die anderen und müsstest nicht ganz so viel lesen. Jedenfalls nicht in Nordisch, und du gehörst doch eh zum Zweig Erde, oder?«

Sie nickte erneut. »Ja, aber …«

»Na, also. Dann ist Nordische Geschichte und Magie eh das Fach, auf das du dich am stärksten konzentrieren solltest, das ist doch perfekt«, sagte Jakob und ließ sich wieder neben sie zurückfallen.

»Aber … weshalb willst du das tun? Ist es normal, dass Lehrer Nachhilfe geben?«

»Nee, das ist es wohl nicht, aber vielleicht bin ich einfach ein echt netter Kerl?« Dabei machte er eine Armbewegung, die untermauern sollte, dass das doch offensichtlich war. »Und vielleicht fühlt es sich hier manchmal auch ein bisschen einsam an. Die anderen Lehrer sind bestimmt alle nett, also wirklich, aber auch viel älter als ich. Es gibt nicht so viel, worüber wir uns unterhalten können.«

»Wie alt bist du eigentlich?«

Er drehte ihr den Kopf zu und sah ihr in die Augen.

»Vierundzwanzig.«

»Was, so alt?«

»What!« Jakob blieb mitten auf dem Weg stehen. »Da bietet man seine Hilfe an und will eine gute Tat vollbringen, und du verspottest deinen armen, alten Lehrer. Eiskalt ist das.«

Sie lachte. »So war es nicht gemeint.«

»Doch, war es«, sagte er und klopfte ihr auf die Schulter.

»Aber pass nur auf, ich muss dir Noten geben und so. Besser, du benimmst dich.«

»Ich verspreche, dich nie wieder alt zu nennen«, sagte sie und machte ein unschuldiges Gesicht. »Von nun an werde ich mich mit ›älter‹ zufriedengeben.« Sie grinste breit. Er sollte nicht meinen, dass er der Einzige war, der andere aufziehen konnte.

Sie gingen weiter den schmalen Pfad entlang, ihre Hände schwangen im gleichen Takt, so dicht beieinander, dass es ihr beinahe so vorkam, als hielten sie Händchen.

»Hey, was ist das denn?« Jakob zeigte auf etwas, das ein Stück weit vor ihnen mitten auf dem Weg lag.

Ein Tier. Es war tot.

»Oh«, entfuhr es Kirstine, »was ist passiert?«

Es war ein Fuchs. Er lag auf dem Rücken, Vorder- und Hinterbeine waren zu den Seiten ausgestreckt, der Kopf nach hinten gebogen. Vom Hals abwärts klaffte eine einzige große Wunde.

»Wer hat das getan?«

»Vielleicht ein Hund? Oder ein anderer Fuchs?«, vermutete Jakob.

»Aber schau doch mal, wie er liegt. Siehst du nicht, dass die Pfoten und der Kopf einen fünfzackigen Stern bilden, wie heißt das noch mal …?«

»Ein Pentagramm«, sagte Jakob. »Doch, wenn man drauf achtet, könnte man sagen, dass er einen Stern darstellt. Aber das ist bestimmt nur Zufall.«

Sie zog die Augenbrauen hoch. »Ich habe schon oft tote Tiere in freier Wildbahn gesehen, aber nie eines, das so dalag.«

»Ob es einfach daran liegt, dass die Raubtiere hier auf Seeland ein bisschen raffinierter sind?«, fragte Jakob. »Komm, lass uns umdrehen. Du siehst aus, als könntest du etwas Wärme vertragen.«

Da bemerkte Kirstine, dass sie vor Kälte zitterte. Dennoch zögerte sie einen Moment, ehe sie sich vom Anblick des Fuchses losreißen konnte. Sie ließ das Gefühl nicht los, dass etwas daran seltsam war, wie das tote Tier dalag.

Schulregeln des
Internats Rosenholm:

2. Es ist den Schülerinnen und Schülern verboten, selbstständig magische Handlungen auszuführen.

31. OKTOBER
14 UHR 30

Kamille

»Wie äußert es sich, wenn eine verstorbene Seele im Traum mit uns kommunizieren will?«

Jens ließ den Blick über die Klasse schweifen. Kamille duckte sich in ihren Stuhl, sie hatte nicht für die Freitagsstunde Geisterkunde gelernt, aber zum Glück beantwortete Jens seine Frage selbst. »Wenn wir schlafen, sind wir verletzlich, und unsere Sinne sind höchst sensibel. Diejenigen, die im wachen Zustand nicht mit den Geistern in Kontakt kommen können, schaffen es manchmal im Traum. Allerdings ist es dann noch schwieriger, die Botschaften richtig zu deuten. Oft kommunizieren die Geister durch Sinneseindrücke mit uns – Geräusche oder Gerüche zum Beispiel –, die viel stärker erscheinen als das, was wir normalerweise aus Träumen gewohnt sind. Es kann auch sein, dass wir von Symbolen träumen, die wir deuten müssen, oder derselbe Traum kehrt immer wieder. Auf diese Art und Weise versuchen uns die Geister zu zeigen, dass sie in Kontakt mit uns treten wollen.«

Geistermagie – das klang spannend –, aber tatsächlich durften sie in Jens Andersens Unterricht nicht gerade viel Magie ausüben. Die allererste Stunde war nervenaufreibend gewesen, aber seitdem war das Ganze extrem theoretisch geworden, und sie hatten ein dickes Buch über Geisterbeschwörung durchgeackert, das über hundert Jahre alt und lange nicht so interessant war, wie man hätte denken können.

»Übers Wochenende gebe ich euch eine kleine Extraaufgabe«, sagte Jens und klatschte so begeistert in die Hände, als hätte er ihnen gerade ein besonderes Geschenk gemacht.

Mehrere in der Klasse stöhnten, schließlich hatten sie schon einen Aufsatz über die nordischen Götter aufbekommen.

»Bevor ihr heute Abend schlafen geht, legt euch Papier und einen Bleistift nebens Bett. Wenn ihr im Laufe der Nacht aufwacht oder sonst morgen früh, notiert ihr bitte, was ihr geträumt habt. Insbesondere heute Nacht stehen die Chancen gut, dass eine Seele versucht, Kontakt zu euch aufzunehmen. Weiß jemand, weshalb?«

Niemand meldete sich. Jetzt war es an Jens, zu seufzen und Kamille fand, dass auch der Lehrer aussah, als wäre er ein wenig freitagsmüde.

»Heute ist der Vorabend von Allerheiligen oder Halloween, wie ihr den Tag wahrscheinlich nennt. In der christlichen Tradition ist Allerheiligen der Tag, an dem wir den Toten gedenken. Manche Familien zünden Grablichter auf den Gräbern ihrer Verstorbenen an, und in einigen Kirchen werden die Namen derjenigen, die im vergangenen Jahr gestorben sind, vorgelesen. Man hat dieses Fest sogar schon gefeiert, bevor das Christentum die Oberhand gewann. Zum Beispiel kannten die Kelten in Irland und auf der britischen Insel ein großes Fest namens *Samhain*, das an mehreren Tagen rund um den 1. November gefeiert wurde. Man feierte, dass der Herbst eingetroffen, der Sommer vorbei und ein neues Jahr im Anmarsch war. Wie viele andere europäische Völker glaubten die Kelten, dass diejenigen, die im Laufe des Jahres gestorben waren, in der Zeit zwischen dem alten und dem neuen Jahr ins Todesreich reisten. An diesen Tagen waren die Toten sehr aktiv und wandelten als Geister unter den Lebenden. Um böse Geister zu vertreiben, machte man ein Feuer. Über die Jahrhunderte sind daraus die Fackeln und ausgehöhlte Kürbisse geworden, die wir heute kennen.«

Malou meldete sich.

»Ja?«

»Wenn heute der perfekte Zeitpunkt ist, um in Kontakt mit einer Seele zu treten, warum probieren wir es dann nicht gleich aus? Also in echt und nicht nur im Traum?«

Kamille richtete sich auf. Jetzt wurde es spannend.

»Im ersten Schuljahr machen wir das noch nicht«, sagte Jens geradeheraus. »Aber ich habe heute Abend eine Séance mit dem Abschlussjahrgang, bei der wir versuchen werden, Kontakt herzustellen.«

»Wie funktioniert so eine Séance?«, bohrte Malou nach.

»Es gibt viele verschiedene Arten, wie man es angehen kann. Das Wichtigste ist, seine Energie zu fokussieren und die Sinne weit offen zu halten. Und das ist es auch, was ihr heute Abend machen sollt, bevor ihr schlafen geht. Ich freue mich schon zu lesen, was ihr in der Halloweennacht erlebt habt!«

Passend zum Feiertag war die ganze Schule mit Laternen und kleinen, aus Zuckerrüben geschnitzten Figuren geschmückt. So hatte man früher Lichter für diesen Tag gebastelt, aber Kamille entdeckte auch ein paar orangefarbene Kürbisköpfe, die sich eingeschlichen hatten. Das würde Birgit nicht gefallen, dachte Kamille, denn die wollte am liebsten an den alten Traditionen festhalten und fand die grinsenden Kürbisgesichter aus den USA wahrscheinlich ziemlich überflüssig.

Nach dem Abendessen, bei dem es dem Anlass entsprechend zum Nachtisch pappsüßen Kürbiskuchen gab, verabredete sich Kamille mit Victoria und Kirstine zum Teetrinken. Als sie im Turmzimmer vor den dampfenden Tassen saßen, stürmte Malou plötzlich hinein.

»Süßes oder Saures! Oder vielleicht sollte ich besser sagen: Saures oder Scharfes! Ich habe endlich rausgefunden, wie man Kamilles Kräutergebräu runterbekommt!« Malou schwenkte eine grüne Flasche.

»Was ist das?«, fragte Kamille.

»Rum, meine Liebe«, erklärte Malou und schraubte den Verschluss auf. »Kommt schon, es ist schließlich Freitag! Wir können doch nicht jeden Abend bloß rumsitzen und uns langweilen.« Bevor Kamille reagieren konnte, goss Malou auch schon einen ordentlichen Schluck in ihre Tasse. Skeptisch nippte Kamille am Tee.

»Hm, wenn man noch ein bisschen Zucker reintut, ist es gar nicht so schlimm«, stellte sie fest.

»Seht ihr!«, rief Malou und klang ziemlich aufgekratzt. »Kirstine?«

»Äh, ich trinke eigentlich keinen Alkohol …«

»Eigentlich gibt's heute nicht. Komm schon, bloß ein kleines bisschen, das hat noch niemandem geschadet«, sagte Malou und schüttete auch Kirstine ein, bevor sie sich selbst bediente. »Gib mir deine Tasse, Victoria.«

»Nein, danke, ich möchte nicht.«

»Sei doch nicht so eine Spaßbremse«, protestierte Malou. »Immerhin können wir morgen ausschlafen.«

»Sorry, aber damit hat das nichts zu tun. Ich mag einfach nicht.«

»Bist du krank?« Malou musterte sie prüfend.

Tatsächlich wirkte Victoria angeschlagen, sie war ziemlich blass und hatte leichte Augenringe, und sie war den ganzen Abend über sehr still gewesen. Eigentlich war sie sogar schon seit Tagen stiller als sonst.

»Ich bin bloß so müde ...« Ihre Stimme brach.

»Victoria, ist alles in Ordnung? Können wir dir irgendwie helfen?« Kamille legte ihre Hand auf Victorias.

»Ich brauche bloß Schlaf ...« Victorias Stimme klang heiser.

»Ist es der Geist?«

Sie nickte.

»Vergiss den verfickten Geist! Trink was, das hilft«, meinte Malou.

»Aber das ist es ja ... Ich kann ihn nicht vergessen. Er ist die ganze Zeit da. Wenn ich die Augen schließe ...« Jetzt weinte sie.

»Du Arme.« Kamille streichelte Victorias Hand.

»Wenn er dich nicht in Ruhe lassen will, musst du ihm etwas entgegnen«, meinte Malou. »Geh in die Offensive. Das ist das Einzige, was funktioniert, um so einen Plagegeist loszuwerden.«

»Hast du das schon mal ausprobiert?«, fragte Kirstine.

»Nicht mit Geistern, aber mit Menschen hab ich da einige Erfahrung«, antwortete Malou. »Warum halten wir nicht so eine Séance ab? Im Geisterkunde-Buch steht, dass man dazu zu viert sein muss, das passt doch perfekt. Und Jens hat gesagt, dass es keinen besseren Zeitpunkt als heute Abend gibt.«

»Wie viel von der Flasche hast du getrunken, Malou?«, fragte Kamille. »Du weißt schon, dass wir riskieren von der Schule zu fliegen?«

»Aber nur, wenn wir erwischt werden. Und wer sollte uns schon verraten? Victoria, früher oder später musst du dich dem Geist stellen.«

Es wurde still im Zimmer. Kamille nahm einen Schluck Tee und bekam einen Hustenanfall.

»Wie stark ist das Zeug?«

»Achtzig Prozent. Der ist gut, oder? Trink aus, dann bekommt ihr noch eine Runde.«

»Meint ihr, das ist eine gute Idee?«, fragte Kirstine und schob ihre Tasse von sich. »Also das mit dem Geist …«

Victoria trocknete sich die Tränen an ihrem Shirt. »Ich will bloß wissen, was er von mir will. Ich glaube, er möchte mir etwas sagen. Aber immer, wenn ich kurz davor bin es zu verstehen, verschwindet alles wie in einem Nebel … wenn ihr mir helft, glaube ich …«

»Du bist also dabei? Mega!«, sagte Malou.

»Aber nur, wenn alle einverstanden sind«, fügte Victoria schnell hinzu.

Kamille wechselte einen Blick mit Kirstine. Sie konnte beinahe den Kampf erkennen, der sich in dem großen, ernsten Mädchen abspielte. Einerseits wollte sie Victoria bestimmt gern helfen, andererseits hatte sie am meisten zu verlieren, falls sie aufflogen. Sie hatte kein Zuhause, in das sie zurückkehren könnte, falls sie rausgeschmissen würden.

Kirstine wandte sich an Victoria. »Wenn du meinst, dass es hilft, mach ich mit.« Ihre Stimme war nicht viel mehr als ein Flüstern. Kamille spürte, wie sich jetzt alle Blicke auf sie richteten.

»Es klappt nur, wenn wir alle mitmachen«, sagte Malou. »Im Buch steht, dass man zu viert sein muss …«

Kamille nahm ihre Tasse, leerte sie in einem Zug und stellte sie energisch zurück auf den Tisch.

»Okay, ich bin dabei.«

»Also dann! Endlich passiert was!«, jubelte Malou.

»Wir tun das nur, um Victoria zu helfen«, erinnerte Kamille sie.

»Klar. Wir brauchen eine Kerze, ich hol schnell eine aus der Küche.«

Wenig später zündeten sie das Teelicht an, das Malou besorgt hatte, schalteten die Deckenlampe aus und holten noch vier Stühle aus der Küche, die sie in einem Kreis rund um das Teelicht auf dem Boden stellten. Dann setzten sie sich und nahmen einander bei den Händen.

»Okay, und jetzt?«, fragte Kamille. »Du bist die Expertin, Malou.«

»Seid ihr so weit?«, fragte Malou. »Ich glaube, wir müssen den Geist erst einmal zu uns einladen.«

»Wir können ihn ja zu einem Schluck Rum zu uns bitten«, sagte Kamille.

»Das hier ist ernst«, fauchte Malou. Dann versuchte sie, ihre Stimme tief und feierlich klingen zu lassen. »Am Vorabend des Allerheiligenfestes bitten wir die Geister, zu uns zu sprechen.«

Kamille beobachtete die anderen. Victoria starrte ins Leere, Kirstine hatte den Kopf gesenkt, und Malou kniff die Augen zusammen, als hätte sie Blähungen. Vielleicht lag es am Rum, aber Kamille konnte nicht anders, als das Ganze ziemlich komisch zu finden. *Come on, das hier ist doch echt albern. Das sieht doch ein Blinder, dass wir keine Ahnung haben, was wir hier tun.*

»Geist, der Victoria plagt! Sprich zu uns!«, brummte Malou wieder.

Kamille musste kichern.

»Hey, hör auf. Du zerstörst alles!«

»Sorry! Es ist bloß deine Stimme …«

»Okay, lasst uns einfach still sein. Schließt die Augen, öffnet die Sinne und versucht, euch zu konzentrieren.«

Kamille schloss die Augen und widerstand dem Drang, sie gleich wieder zu öffnen, um zu schauen, ob die anderen sich immer noch konzentrierten. Sie atmete tief ein und versuchte, ihre Gedanken zu sammeln. Sie schwiegen lange. Kamille registrierte jedes noch so kleine Geräusch. Draußen brauste der Wind in den Bäumen.

»Hrrrrrrg!«

Kamille fuhr zusammen und riss die Augen auf. Ihr Herz raste. Das seltsame Geräusch kam von Victoria. Sie hatte eine unnatürliche Sitzposition eingenommen, ihren Kopf weit in den Nacken geworfen. Immer noch hielt sie Malous und Kamilles Hände, aber ihre Arme wirkten angespannt, beinahe verkrampft. Einen Moment lang war Kamille unsicher, ob Victoria sich nur einen Spaß mit ihnen erlaubte, aber dann sah sie, dass die Teelichtflamme wie wild flackerte, obwohl kein Luftzug im Raum war.

»Der Geist ist da!«, flüsterte Malou mit weit aufgerissenen Augen. Ihr Atem stand wie eine kleine Wolke vor ihrem Mund, denn plötzlich war es eiskalt geworden.

»Hhhaaarrrr!« Victoria atmete tief ein und wandte ihnen langsam den Kopf zu. Das Weiße in ihren Augen war zu sehen, die braune Iris hingegen nicht.

Shit, wie gruselig! Kamille musste sich zusammenreißen, um nicht vor Schreck die Hände der anderen loszulassen. Auch Kirstine schnappte nach Luft.

»*Schau mich an … Ich bin hier*«, sagte Victoria, aber es war nicht ihre Stimme, die sprach. Diese hier klang gleichzeitig kindlich und heiser.

»Wie heißt du?«, flüsterte Malou.

»Ich heiße Trine.«

Malou warf Kamille einen auffordernden Blick zu, aber Kamille zuckte überfordert mit den Schultern. Sie hatte keine Ahnung, wie man mit einem Geist kommunizierte.

»Wer bist du?«, fragte Malou.

»Trine.« Victoria saß kerzengerade da und starrte mit leeren Augen vor sich hin.

»Woher kommst du?«

»Von hier.«

»Hier aus der Schule?«, hakte Malou nach.

»Ja, Rosenholm«, sagte Victoria mit dieser seltsam heiseren und zugleich hellen Stimme.

»Das gefällt mir nicht!«, jammerte Kirstine. »Können wir nicht aufhören?«

Aber Malou schüttelte den Kopf.

»Was willst du von Victoria?«, fragte sie.

»Warnen!« Die Stimme war plötzlich so laut geworden, dass sie alle drei zusammenzuckten.

»Wovor willst du warnen?«, fragte Malou leise.

Victoria rutschte unruhig auf ihrem Stuhl herum und schüttelte hastig den Kopf.

»Ich kann … nicht …«

Malou schluckte.

Victoria warf wieder den Kopf in den Nacken und begann zu zittern. Ihr Körper verspannte sich.

»Malou«, sagte Kamille. »Es reicht jetzt. Wir müssen aufhören.«

Victoria stieß einen zischenden Laut aus, als steckten ihr die Wörter im Hals fest.

»Er … hat mich … getötet«, keuchte die Stimme.

»Wer?«

Victoria warf den Kopf heftig hin und her, ihr Körper bäumte sich über die Stuhllehne nach hinten. *»Wer? Wer hat mich getötet? Sag seinen Namen!«*, rief sie, jetzt völlig außer sich. Sie hatte die Hände der anderen losgelassen und klammerte sich mit aller Kraft an die Sitzfläche des Stuhls, während sie immer wieder dieselben Worte ausstieß.

»Hör sofort auf, Malou!«, rief Kamille.

»Trine, verrat mir nur noch eins«, sagte Malou. »Wie bist du gestorben?«

Victoria hörte auf, ihren Kopf hin- und herzuwerfen und sperrte die leeren Augen auf. Dann ließ sie sich so plötzlich nach hinten fallen, dass der Stuhl umkippte und sie zuckend auf dem Boden landete. Ihr Körper war gespannt wie ein Bogen, die Arme rechts und links wie festgebunden, die Kiefer fest aufeinandergepresst.

»Victoria!«, schrie Kamille und dann zu Malou: »Sie atmet nicht! Tu was!«

»Victoria!« Malou kniete sich neben Victoria und lockerte den Kragen ihrer Bluse. »Sie erstickt, seht ihren Hals!«

Entsetzt starrte Kamille auf die roten Würgemale, die sich an Victorias Hals zeigten, als versuchten unsichtbare Hände, sie zu erwürgen.

»Mach, dass es aufhört!«, rief Kirstine.

»Atme, Victoria, du kannst das, komm schon!«, versuchte Malou es.

»Es hilft nicht, ihre Lippen werden blau!«

Victoria war kreidebleich und ihre Lippen wirkten tatsächlich bläulich. Um den Mund herum erschien Schaum, und auf dem Hals breiteten sich die roten Male immer weiter aus.

»Lass sie los!«, schrie Kamille. »Lass sie los, Trine!«

Mit einem Ruck setzte Victoria sich auf. Die Bewegung wirkte unnatürlich, wie bei einer mechanischen Puppe, die von einer Feder angetrieben wurde. Sie zuckte nicht mehr, die leeren Augen waren weit aufgerissen. Langsam drehte sie den Kopf zu ihnen.

»*Versprecht es mir. Versprecht mir, dass ihr herausfindet, wer mich getötet hat.*«

»Wir versprechen es«, schluchzte Kamille. »Wir versprechen es!«

Kaum hatte Kamille das gesagt, fiel Victoria in sich zusammen.

Die plötzliche Stille im Raum war fast noch unheimlicher.

»Er ist weg«, flüsterte Kamille. »Der Geist ist weg.«

»Aber Victoria atmet nicht«, wimmerte Kirstine. »Sie stirbt!«

»Nein, verdammt!«, rief Malou und stand auf. Hastig lief sie in die Küche und wühlte in einer Schublade, bis sie fand, was sie gesucht hatte. Mit einem Küchenmesser kam sie zurück ins Zimmer und schnitt sich in die Handfläche, sodass das Blut zu strömen begann. Aus beiden Händen formte sie eine Art Schale, um das Blut aufzufangen, bevor sie sich, gegenüber von Victoria, auf den Boden setzte. Vorsichtig legte sie ihr beide Hände auf den Hals, genau auf die roten Würgemale.

»Atme, atme, atme«, murmelte sie gleichmäßig wie ein Gebet.

»Malou?«, flüsterte Kamille. »Was machst du da?« Aber Malou schüttelte nur den Kopf und murmelte weiter.

»Hilf ihr lieber!« Kirstine setzte sich neben die beiden und legte ihre Hände über Malous. Sie begann, mit fester Stimme ebenfalls etwas vor sich hin zu sagen. Zuerst verstand Kamille nicht, was Kirstine tat, aber dann kapierte sie, dass es ein Runenname war, *Naudhiz*, den sie wieder und wieder vor sich hinmurmelte, während sie sich vor und zurück wiegte. Zögernd legte Kamille ihre Hände auf die der anderen und versuchte, an das Leben zu denken, an lebensspendenden Atem, an Luft, die in Victorias Lungen strömte. Nach einer Weile bemerkte sie, wie ihre Hände zu kribbeln begannen.

Im selben Moment geschahen zwei Dinge: Victoria nahm einen tiefen, röchelnden Atemzug, und Malou brach über ihr zusammen.

1. NOVEMBER
03 UHR 45

Victoria

Victoria wurde von einem Poltern und flüsternden Stimmen geweckt. Einen Augenblick lang dachte sie, sie wäre zu Hause in Frederiksberg, wo einer ihrer kleinen Brüder einen Albtraum gehabt hatte und zu ihr ins Bett kriechen wollte. Auf dem Nachttisch tastete sie nach ihrem Handy, aber es war nicht da. Im nächsten Moment kehrte die Erinnerung zurück, und ein eisiges Gefühl rauschte durch ihren Körper.

Victoria nahm einen tiefen Atemzug, die Angst verpasste ihr einen metallischen Geschmack im Mund, doch sie machte sich bewusst, dass sie hier sicher war.

»Wir haben eine Schülerin zur Beobachtung hier, aber das zweite Bett ist frei, das kannst du haben.« Es war Ingrid, die Schulheilerin, die hinter der Tür im Sprechzimmer zu hören war.

»Das ist kein Problem. Hauptsache, Sie verbinden mich. Ist noch was von der Salbe da, die Lisa gemacht hat?«, erwiderte eine männliche Stimme, die ihr irgendwie bekannt vorkam, die sie aber nicht zuordnen konnte.

»Nein, leider nicht. Soll ich sie wecken gehen?«

»Nein, nein, schon okay. Ein Verband reicht.«

»Ich kann einfach nicht fassen, dass sie keine Möglichkeit haben, besser auf dich achtzugeben. Das brennt jetzt wahrscheinlich, aber ich muss die Wunde reinigen.«

Victoria hörte den Jungen stöhnen, während Ingrid eine heilende Formel murmelte.

»Sie lässt sich nicht schließen, sondern blutet weiter«, stellte Ingrid frustriert fest. »Das ist kein gewöhnlicher Kratzer. Du wirst die Nacht über hierbleiben müssen, auch wenn das Mädchen hier ist. Ich will dich im Auge behalten. Daran haben sie offensichtlich nicht gedacht. Bleib still sitzen.«

Victoria lag hellwach, als die Tür des Sprechzimmers endlich aufging und Licht ins Zimmer fiel. Ingrid hatte einen Morgenmantel über den geblümten Schlafanzug gezogen, ihre blonden Haare waren zerzaust. Victoria schätzte sie auf Anfang vierzig. Sie war heute Nacht bereits zum zweiten Mal geweckt worden, weil sich ein Schüler verletzt hatte, und wirkte müde und grummelig. Victoria war gespannt, um wen es sich handelte. Als das Licht auf sein Gesicht fiel, erkannte sie ihn. Es war Benjamin aus dem Abschlussjahrgang – dem sie mit Molly zusammen auf dem Flur begegnet waren und den sie seitdem so manches Mal vom Fenster aus beobachtet hatten. Er trug eine enge, schwarze Jeans, doch sein Oberkörper war nackt. Seine Brust zierte ein straffer Verband.

»Sch, wir dürfen sie nicht aufwecken. Ich bin gleich nebenan, wenn etwas ist. Und Benjamin? Es gibt keinen Grund, mit meiner Patientin zu reden.«

Ingrid schlich sich wieder hinaus und schloss die Tür, sodass es erneut vollkommen dunkel wurde.

Schlagartig war Victoria wach. Benjamins Energie nahm den Raum ein, sie wirkte rastlos und fremd, aber nicht unangenehm.

Victoria drehte sich im Bett um und bemühte sich, nicht mit der Bettdecke zu rascheln. Sie konnte hören, wie Benjamin sich ebenfalls umdrehte. *Ich wüsste gern, weshalb er auch über Nacht hierbleiben muss.*

»Schläfst du?«, flüsterte Benjamin. Womöglich, damit Ingrid ihn nicht hörte. Womöglich aber auch, um Victoria nicht aufzuwecken, sollte sie wirklich schon schlafen.

»Nein«, flüsterte sie zurück. Der Hals tat ihr weh.

»Ich wollte mir einen Schluck Wasser holen. Ich sterbe vor Durst.« Er schaltete die Wandlampe über seinem Bett ein, hob behutsam die Beine über den Bettrand und ging zum Waschbecken. Victoria setzte sich auf und sah ihm dabei zu, wie er sich über das Becken beugte und gierig ein paar große Schlucke nahm. Als Benjamin sich aufrichtete, stöhnte er vor Schmerz. Ein leiser, tiefer Ton, der aus seiner Kehle drang.

»Was ist passiert?«, fragte sie flüsternd.

»Bloß ein kleiner Unfall.« Er ging zurück zum Bett und setzte sich langsam auf die Kante. »Und bei dir?«

»Bloß ein kleiner Unfall«, sagte sie ebenfalls.

Einer, der sich nicht wiederholen darf. Von nun an würde sie alles in ihrer Macht Stehende tun, um die weißen Schatten fernzuhalten.

Benjamin wandte ihr das Gesicht zu und schien sie genau zu studieren. Dann lächelte er unbeholfen. »Wie heißt du?«

»Victoria.«

»Bist du eine von den Neuen? Ich glaube nicht, dass ich dich schon einmal gesehen habe.«

Sie nickte. Seine Energie war wirklich intensiv, während er sie betrachtete. *Selbstsicher, stark, in sich ruhend.*

»Victoria, hör mal, wollen wir nicht einen Deal machen? An

einer Schule wie dieser kursieren so viele Geschichten. So viele Gerüchte. Die Hälfte davon ist gelogen. Schülerregel Nummer 1: Glaub nicht jeden Tratsch, den du zu hören kriegst. Die anderen zerreißen sich gerne das Maul. Wenn du also nicht verrätst, dass du mich hier gesehen hast, halte ich ebenfalls die Klappe.«

»Okay«, flüsterte Victoria. »Können wir machen.« Ihr fiel auf, dass Benjamin sie nach ihrem Namen gefragt hatte, sich selbst jedoch nicht vorgestellt hatte. Er war davon ausgegangen, dass sie wusste, wer er war. Tat sie ja auch.

»Gut«, sagte er und lehnte sich im Bett zurück. Der Schein der Lampe erhellte einen Teil seines Gesichts und ließ den anderen im Schatten. »Dann ist das unser kleines Geheimnis.«

Wie zur Bestätigung lächelte er sie an, bevor er das Licht ausknipste.

1. NOVEMBER
14 UHR 30

Malou

Fuck, hatte sie Kopfschmerzen. Malou machte diese Rumsitzerei noch wahnsinnig. Mussten sie wirklich alle zusammen auf Victoria warten wie so ein verdammtes Begrüßungskomitee?

»Soll ich eine Kanne Tee machen?« Nervös trat Kamille neben dem Küchentisch von einem Fuß auf den anderen.

Malou hob gleichgültig die Schultern und pulte an dem Verband herum, den Ingrid ihr angelegt hatte. Die Schulheilerin hatte Victoria und sie, ohne mit der Wimper zu zucken, verarztet. Ihre vage Erklärung, Malou habe sich versehentlich mit einem Messer verletzt und Victoria könne kein Blut sehen und sei deshalb umgekippt, hatte sie nicht hinterfragt. Überzeugt hatte Ingrid dennoch nicht ausgesehen.

»Hallo? Tee oder nicht?«, fragte Kamille.

»Ja, aber bitte Earl Grey«, sagte Kirstine, die am Tisch saß, Kringel auf ein Blatt Papier malte und unruhig auf ihrem Stuhl hin- und herrutschte. »Den mag Victoria am liebsten.«

»Echt?«, fragte Kamille.

»Ernsthaft, dieses Kräutergebräu ist widerlich«, sagte Malou. Hinter ihren Schläfen pochte es, und sie war kurz davor, durchzudrehen. Ob das eine Nachwirkung des Blutzaubers war oder bloß der Kater?

»Bist du okay? Du siehst schrecklich aus«, bemerkte Kamille, die gerade den Wasserkocher füllte.

»Danke, mir geht's gut«, sagte Malou. *Jedenfalls, wenn ›gut‹ neuerdings ›scheiße‹ bedeutet.*

»Müsste sie nicht mal langsam kommen?«, fragte Kirstine. »Was, wenn sie doch schwerer verletzt ist?«

»Ich habe wirklich gedacht, wir hätten sie verloren«, sagte Kamille und holte die Tassen aus dem Schrank, »sie war so völlig weggetreten ...«

»Ähm, Kamille?« Malou warf ihr einen warnenden Blick zu.

Kamille drehte sich um. Victoria stand im Türrahmen. Ihr Gesicht war noch blasser als sonst und sie hatte dunkle Augenringe, aber aus irgendeinem verdammt ungerechten Grund machte sie das nur noch hübscher. Malou ließ ihren Blick über Victorias Gesicht und bis zu ihrem Hals gleiten. Keine Spur mehr von den roten Würgemalen, die sich gestern dort abgezeichnet hatten. Stattdessen blieben ihre Augen an Victorias Kette hängen. Und an dem kleinen Totenschädel aus Silber.

»Komm, Victoria, setz dich zu uns.« Kamille stupste die Freundin an und wirkte dabei, wie Malou fand, als rattere ihr durch den Kopf, wie viel Victoria wohl von ihrem Gespräch mitbekommen hatte. »Wie geht es dir?«

»Mir geht's ganz gut, jedenfalls besser als gestern«, sagte Victoria und lächelte.

»Was in aller Welt war das gestern?«, fragte Malou.

»Lass Victoria erst mal ihren Tee trinken, ja?«, schlug Kamille vor und goss Victoria ein. »Und vielleicht was essen. Soll ich dir ein Brot schmieren?«

»Ist schon okay.« Victoria machte eine abwehrende Handbewegung. Beinahe bekam Malou Mitleid mit ihr. Kamille musste echt mal chillen und aufhören, ständig so zu tun, als wäre sie ihre Mutter.

»Keine Ahnung, warum sich der Geist plötzlich an mich gewandt hat«, sagte Victoria.

»Du hast niemandem was davon erzählt, oder?« Malou versuchte, sich ihre Aufregung nicht anmerken zu lassen, schaffte das aber nicht so richtig. Wenn die Lehrer rauskriegten, was sie getan hatten, war das Risiko groß, dass sie nach Hause geschickt würden. Und sie wäre dann die erste, schließlich war das alles ihre Idee gewesen. Sie *konnte* nicht zurück nach Hause.

Victoria schüttelte den Kopf. »Nein, ich hab nichts erzählt. Und jetzt lasst uns einfach vergessen, dass es überhaupt passiert ist. Ich will nie wieder etwas mit diesem Geist zu tun haben. Keine Geisterbeschwörungen mehr!«

Kamilles Blick flackerte kurz, Kirstine knetete ihre Hände. *Mist, verdammter!*

»Äh, du erinnerst dich nicht daran, was passiert ist?«, fragte Kamille.

»Was meinst du?«

»Ganz am Schluss, als wir … na ja …«

»Wir haben versprochen herauszufinden, wer diesen verfluchten Geist getötet hat, klar?«, unterbrach Malou sie. »Und dir bleibt nichts anders übrig, als uns zu helfen, denn du bist die Einzige, die mit ihm sprechen kann.«

»Was?!«

»Sonst lässt er dich nicht in Ruhe«, sagte Kamille. »Er hätte dich beinahe umgebracht, wir hatten keine andere Wahl!«

»Sagt, dass das nicht wahr ist.«

»Es tut mir leid …«, flüsterte Kirstine.

Victoria verbarg ihr Gesicht hinter den Händen. »Und was, wenn wir es nicht schaffen, das rauszufinden?«

»Hey, *natürlich* schaffen wir das, okay?« Kamille strich der Freundin über den Rücken und schaute dann auffordernd zu Malou. »Oder?«

»Klar«, sagte sie. »Natürlich finden wir raus, wer es war.«

»Wenn wir zusammenhalten, bekommen wir das schon hin«, sagte Kamille. »Eine für alle und alle für eine und so. Du brauchst keine Angst zu haben. Alles wird gut.«

Als die anderen an diesem Abend ins Bett gingen, blieb Malou noch in der Küche sitzen. Ihre Gedanken kamen einfach nicht zur Ruhe. Sie wünschte sich so sehr, dass Kamille recht hatte. Dass es nichts gab, vor dem sie sich fürchten mussten. Aber leider deutete alles darauf hin, dass sie einen guten Grund hatten, Angst zu haben.

Die Tage werden kürzer, der Moment rückt näher, aber noch ist Zeit. Zeit, um sie zu finden. Zeit, sie an mich zu binden. Für alle Ewigkeit.

3. TEIL
WINTER

Denn Rosen und Violen
man niemals trennen darf

Aus ›*Langt oppe bag Norges kyster*‹,
norwegisches Seemannslied aus dem 19. Jahrhundert

10. DEZEMBER
18 UHR 15

Malou

Malou klappte das Jahrbuch zu und stellte es zurück ins Regal. Kein Treffer im Jahrgang 1999. Sie strich die Jahreszahl von ihrer Liste. Bisher hatten sie drei frühere Schülerinnen mit Namen Trine ausfindig gemacht, aber schnell herausgefunden, dass alle drei lebendig und quietschfidel waren. Malou fischte ihr Handy aus der Tasche. Kaum hatte sie die ersten Buchstaben eingetippt, tauchten auch schon die verschiedenen Kombinationen auf. Das Telefon hatte sich ihre letzten Suchanfragen gemerkt.

Trine Mord
Trine Internat Rosenholm
Todesfall Rosenholm Trine
Trine Mord Rosenholm

Aber das hatte alles nichts gebracht. Sie versuchte es trotzdem weiter, indem sie die Wörter neu kombinierte. Es half nichts. Vielleicht lag der Mord so lange zurück, dass nirgendwo mehr etwas darüber zu finden war. Rein theoretisch könnte er hundert Jahre her sein. Sie mussten sich etwas anderes einfallen lassen.

Malou stand auf. Sie würde es gerade noch schaffen, sich etwas zu essen zu holen, bevor die Küche schloss. Die Schule war mit Tannenzweigen, rot-weißem Weihnachtsschmuck und kleinen Laternen geschmückt, draußen hatte sich der Frost wie eine weiße, knarzende Schicht über das Gras gelegt, doch Malou war nicht in Weihnachtsstimmung. Es half kein bisschen, dass irgendwer *Last Christmas* im Speisesaal abspielte.

»Und, hast du was gefunden?« Kamille hatte ihre Portion Hackbällchen in Currysoße schon fast aufgegessen, als Malou zu ihr an den Tisch kam.

»Nein, nichts.«

Kamille sah enttäuscht aus. »Okay, aber wir müssen dranbleiben. Ich kann es morgen Nachmittag noch mal versuchen, meine Hausarbeit in Naturmagie hab ich fast fertig.«

»Ich glaube, wir müssen es irgendwie anders angehen«, sagte Malou. »So dauert es zu lange. Wen könnten wir fragen, wer kennt sich mit der Geschichte der Schule aus?«

»Birgit vielleicht?«, fragte Kirstine leise.

»Sie stellt womöglich zu viele Fragen«, meinte Malou. »Birgit ist schließlich nicht dumm, sie würde bestimmt misstrauisch werden.«

»Jens auch«, sagte Victoria.

»Was ist mit Jakob?«, fragte Kamille.

»Ja, das könnte klappen«, meinte Malou. »Wir könnten behaupten, dass es sich um irgendein Projekt handelt. Vielleicht haben die Lehrer Zugang zu einem Archiv mit alten Unterlagen und er könnte dort für uns nachschauen.«

»Ich weiß, wer ihn fragen kann!«, rief Kamille begeistert. »Ich habe nämlich das Glück, seine Lieblingsschülerin zu kennen.« Sie zwinkerte Kirstine übertrieben zu.

»Was meinst du damit?« Kirstine wurde erst kreidebleich, dann breitete sich Röte in ihrem Gesicht aus.

»Kamille will nur sagen, dass du die Klassenbeste in Nordisch bist«, sagte Victoria.

»Aber …«

»Wir müssen es geschickt angehen, damit er nicht misstrauisch wird«, fuhr Kamille fort.

»Wie wäre es, wenn Kirstine ihn auf dem Julfest fragt?«, meinte Malou und leerte ihr Wasserglas. Julfest wurde in Rosenholm die traditionelle Weihnachtsfeier genannt. »Molly hat erzählt, dass die Lehrer da ganz schön abgehen und ziemlich viel trinken. Und Betrunkene und kleine Kinder sagen schließlich immer die Wahrheit.«

»Aber …«

»Entspann dich, das schaffst du locker«, beruhigte Kamille und klopfte Kirstine auf die Schulter. Malou zog zweifelnd die Augenbrauen zusammen. *Kirstine entlockt einem Lehrer wichtige Informationen? Na klar.*

Sehen wir uns auf dem Julfest, meine Schöne?

Kannst du es bitte lassen, mich so zu nennen?

OOOKAYYY …
Aber wir sehen uns?

… Süße?

Vielleicht. Ich bin kein großes Partygirl. Und bitte – ich bin nicht süß!

21. DEZEMBER
16 UHR 30

Kirstine

»Ich mach dir zwei Zöpfe und binde sie oben auf dem Kopf zusammen, okay?« Kirstine nickte und versuchte, still zu sitzen, während Kamille an ihren Haaren herumwerkelte.

»Jetzt mal ernsthaft, was zieht man da an?«, fragte Malou, den Kopf in den großen Holzschrank gesteckt. Gnädigerweise hatte Kamille auch Malous blonde Haare flechten dürfen, ihr hing jetzt ein schöner, straffer Fischgrätenzopf über den Rücken. »Okay, es ist eine Feier, aber wir werden draußen sein und es ist Dezember. Es ist quasi unmöglich, sich dafür richtig anzuziehen.«

Das Julfest sollte in traditioneller Manier abgehalten werden. Und traditionell bedeutete hier in Rosenholm ganz im Geiste der Wikinger, hatte man ihnen gesagt. Für die Schülerinnen und Schüler, die die Weihnachtstage im Internat verbrachten, würde es auch noch eine Feier an Heiligabend selbst geben. *Für uns, die nirgendwo anders erwartet werden.* Kirstine seufzte bei dem Gedanken.

Victoria trat ins Zimmer. Sie trug eine samtige Hose und einen schicken, schwarzen Rollkragenpullover. Das Ganze sah edel und teuer aus.

»Wow, ist das Kaschmir?«, fragte Malou und konnte ihren Neid nur schwer verbergen.

»Ja, kann sein. Ich dachte, ich nehme lieber was Warmes.«

»Ich ziehe mein rotes Kleid an«, sagte Kamille, die mit geschürzten Lippen eine Haarnadel im Mund hielt.

»Äh, und das geht, bei deinen Haaren?« Malou schaute skeptisch auf Kamille, die ihr schönes, rotes Haar offen herunterhängen ließ.

»Ja, das geht. Und sogar ohne, dass jemand tot umfällt.«

Malou verdrehte die Augen und steckte den Kopf zurück in den Schrank.

Kirstine hatte nicht viele Kleider zur Auswahl, sie hatte bei ihrer Ankunft in der Schule nicht viel dabeigehabt, und war seitdem nicht mehr zu Hause gewesen. Sie hatte sich ihre schönste Hose und eine schlichte Bluse angezogen.

»Was wäre damit? Und dazu Smokey Eyes?«

Malou hatte sich ein enges, schwarzes Minikleid aus dünnem Wollstoff übergezogen, das immerhin lange Ärmel hatte.

»Sieht super aus«, sagte Kirstine. »Aber wirst du nicht frieren?«

»Ich zieh eine Strumpfhose drunter. Und warme Stiefel an. Außerdem, wer schön sein will, muss leiden, oder?«

Endlich war Kamille fertig mit Kirstines Haaren und beäugte ihr Werk kritisch.

»Ist genehmigt! Hochgesteckte Haare stehen dir echt gut.«

»Kirstine, kannst du mal eben mitkommen, wenn du fertig bist?«, fragte Victoria und stand von Kamilles Bett auf.

Kirstine nickte und folgte ihr. Victoria wirkte entspannter als sonst und Kirstine wusste, dass sie sich auf die Weihnachtsferien bei ihrer Familie freute.

»Ich wollte nur fragen, ob du dir was von meinen Klamotten ausborgen möchtest«, sagte sie, als sie im Zimmer angekommen waren.

»Äh, also … das ist echt lieb von dir«, erwiderte Kirstine und konnte spüren, wie sie rot wurde. »Aber ich glaube nicht, dass ich in deine Sachen passe«. Victoria war zwar auch ziemlich groß, jedoch war sie um einiges schlanker und hatte auch weniger Hüfte und Busen als Kirstine.

»Ich hab da etwas, das könnte vielleicht funktionieren. Bei mir sitzt es nicht richtig. Willst du's mal anprobieren?«

Victoria hielt ihr eine schöne, bunte Seidentunika hin, hängte sie jedoch schnell wieder in den Schrank zurück. »Nein, die passt nicht zu dir. Was hältst du von dem Kleid?«

Es war ein dunkelblaues Kleid aus einem schweren, prächtigen Stoff. Es hatte lange Ärmel, war jedoch sowohl vorne als auch hinten tief ausgeschnitten.

»Du kannst einfach ein Tuch umlegen oder so. Und ich habe eine Strumpfhose, die du ausleihen kannst.«

»Das ist viel zu edel, Victoria, das kann ich doch nicht …«

»Probier es einfach mal an, ich werde es sowieso nie tragen. Hier, es wird in der Taille gebunden.«

Victoria half Kirstine, das Kleid über den Kopf zu ziehen.

»Es ist viel zu eng, das geht nicht«, sagte Kirstine und blickte auf ihren Busen. Wenn ihr Vater sie so sähe, würde er tot umfallen.

»Es ist wie für dich gemacht!«, sagte Victoria. »Es soll so eng sitzen, an mir sieht es aus wie ein Sack. Du siehst wirklich toll aus. Und die Länge bis übers Knie steht dir gut.«

»Das ist wirklich lieb von dir«, sagte Kirstine, »aber ich glaube, es ist nichts für mich.«

»Weißt du, was wir machen?«, fragte Victoria. »Wir bitten Malou um ihre ehrliche Meinung. Du kennst sie, sie sagt nichts, nur um nett zu sein. Wenn sie sagt, es sieht hübsch aus, behältst du es an, okay?«

Als Victoria sie rief, kam Malou auf ihren hohen, schwarzen Stiefeln angestöckelt.

»Kamille, du sagst nichts, nur Malou. Was meinst du, ganz ehrlich?«, fragte Victoria und machte eine nickende Kopfbewegung in Richtung von Kirstine.

Malou machte ein leicht empörtes Gesicht, als sie Kirstine in dem Kleid erblickte. Einen Moment lang musterte sie sie von oben nach unten.

»Es ist perfekt«, sagte sie spitz und tippelte ins Zimmer zurück, um ihr Make-up fertig aufzutragen.

»Siehst du! Jetzt *musst* du es anbehalten.«

»Aber sowas von! Die Jungs werden sich die Hälse nach dir verrenken«, pflichtete Kamille lächelnd bei. »Und wenn ich neben dir stehe, sehen sie mich vielleicht auch an.«

»Jungs?«

Kamille und Victoria mussten lachen.

»Na klar, du glaubst doch nicht etwa, wir machen uns all die Mühe nur Birgit zuliebe. Die Feier ist für alle Schüler – Jungs und Mädchen«, sagte Kamille und schmunzelte.

»Seid ihr so weit, Mädels?« Malou stand wieder in der Tür.

»Wow, du siehst aus wie ein Model, Malou«, schwärmte Kamille.

»Ach, hör bloß auf«, sagte Malou und wandte ihren Blick Kirstine zu: »Und denk dran, was wir abgemacht haben, okay? Du wartest, bis Jakob ordentlich einen im Tee hat, dann fragst du ihn.«

Kirstine nickte. Sie musste schlucken. Victoria ergriff ihre Hand und drückte sie. »Lasst uns gehen.«

Auf der großen Treppe schlossen sie sich dem Strom aus Schülerinnen und Schülern an, der in Richtung Haupteingang unterwegs war und sich in den verschneiten Schlosspark ergoss. Die Feier sollte in einem großen Zelt stattfinden, das an ein Zirkuszelt erinnerte, nur ohne die bunten Farben und Fahnen. Der Weg dorthin war mit Fackeln markiert, und in der Mitte des Zeltes brannte ein beachtliches Feuer. Kirstine legte den Kopf in den Nacken und bemerkte ein großes Loch in der Zeltdecke, durch das der Rauch abziehen konnte.

»Kommt, wir gehen rüber, damit wir was sehen«, schlug Malou vor und nahm Victoria bei der Hand. Diese ergriff wiederum Kamilles Hand und die schnappte sich Kirstine, und so drängten sie sich durch die Masse an Schülerinnen und Schülern, die schiebend und schubsend nach einem Platz suchten. Kirstines Gedanken waren ganz woanders. Wie sollte sie in all diesem Wirrwarr mit Jakob sprechen? Wäre es nicht eh besser ihn zu fragen, wenn sie allein waren?

»Na, also«, sagte Malou, als sie die drei ganz nach vorn gezogen hatte, wo sie einerseits nah am warmen Feuer waren und andererseits genau mitbekamen, was vor sich ging.

»Herzlich willkommen, alle miteinander.« Birgit trug anlässlich der Feier ein knallrotes Kostüm, bestehend aus Rock und Blazer mit Revers. »Zunächst möchte ich euch allen eine fröhliche Weihnachtszeit wünschen und damit sogleich das Wort an Thorbjørn übergeben, der für die Opferzeremonie des heutigen Abends verantwortlich sein wird.«

Thorbjørn trat vor sie hin, und Kirstine stieß einen leisen Schrei aus. Sein Oberkörper war nackt, und die muskulösen

Oberarme waren mit Tätowierungen von ineinander verschlungenen Drachen bedeckt. Um die Oberarme trug er dicke Goldringe, und sowohl das lange Haar als auch der gewaltige Bart waren geflochten.

»Zu Ehren unserer Wurzeln, der Magie der Natur und der Kraft, die die Geschichte birgt, wollen wir heute Jul feiern.« Seine tiefe Stimme erfüllte das gesamte Zelt, und er wirkte freier und weniger zurückhaltend, als es im Klassenzimmer oft der Fall war. Einige der älteren Schüler jubelten, als er kurz innehielt.

»Lasst uns Jultrinken!« Der Jubel brandete erneut auf. »Lasst die Becher kreisen!«

Die Lehrer mischten sich unter die Menge. Jeder und jede einzelne hatte einen Stapel Zinnbecher in den Händen, die sie an alle verteilten. Thorbjørn folgte als Letzter und schob einen riesigen Kessel auf Rädern vor sich her. Dieser war mit einer bernsteinfarbenen Flüssigkeit gefüllt und an seinem Rand hingen mehrere große Kannen. Thorbjørn füllte die erste davon und ließ sie herumgehen, sodass sich alle einschenken konnten. Sobald eine leer war, wurde sie zurückgeschickt und wieder vollgemacht. Kirstine fiel auf, dass einige Jungen aus dem Abschlussjahrgang ihre Becher mehr als einmal leerten und wieder auffüllten, bevor Thorbjørn erneut seine Stimme erhob.

»Wie unsere Vorfahren wollen wir nun die Becher heben. Wir trinken zuerst auf die Götter unserer Vorfahren. Auf Odin, den König der Götter, auf Freyr, den Gott der Fruchtbarkeit. Skål!«

Thorbjørn erhob seinen Becher, und es wurde still im Zelt. Alle tranken. Kirstine musste husten, das Getränk war süß, jedoch auch sehr stark, und sie war einfach nicht an Alkohol gewöhnt.

»Hmm, lecker!«, sagten Kamille und Malou im Chor und brachen in Gelächter aus.

»Jetzt wollen wir auf das allmählich wiederkehrende Licht trinken, auf ein fruchtbares und erfolgreiches neues Jahr. Skål!«

Kirstine nippte noch einmal vorsichtig an ihrem Getränk. Sie spürte, wie ihre Wangen rot wurden und sich die Wärme im Körper ausbreitete. Thorbjørn füllte die Krüge abermals auf und reichte sie herum, ehe er zum nächsten Trinkspruch ausholte.

»Wir trinken auf die Ehre unserer Verstorbenen, auf alle, die wir verloren haben und die wir vermissen!«

Wie stark ist das Zeug? Kirstine war bereits ein wenig schwindlig.

»Und nun werden wir das Opfer darbringen«, verkündete Thorbjørn. Im Zelt wurde es schlagartig still. Vom Eingang her ertönte plötzlich ein Schrei, und Kirstine zuckte zusammen. Sie drehte sich um und sah Lisa, die ein Schwein hinter sich herzog.

»Das werden sie doch nicht opfern wollen, also so richtig, oder?«, fragte Malou und sah mit Abscheu im Gesicht zu Lisa, die ordentlich zerren musste, um das Schwein vorwärtszubewegen.

»So haben es die Wikinger auch gemacht«, bemerkte Victoria.

»Es scheint so, als ließen sie es heute aber ganz schön krachen«, flüsterte Kamille.

Als das Schwein direkt vor Thorbjørn stand, nickte er kurz – wie zum Zeichen – und Jakob, den Kirstine noch gar nicht bemerkt hatte, trat aus der Menge hervor. Er trug ein dunkelblaues Hemd, doch während er im Schein des Feuers nach vorne schritt, zog er es über den Kopf, sodass auch er mit bloßem Oberkörper dastand. Kirstine war, als brannten ihre Augen Löcher in seine Haut, die über seinen leicht gewölbten Muskeln lag. Sie errötete spürbar und wandte schnell den Blick ab. Von irgendwoher begann sich ein tiefer Trommelrhythmus meditativ im Zelt auszubreiten. Kirstine wandte ihren Kopf in die Richtung, aus der das Geräusch kam, und erblickte Zlavko, ebenfalls mit nacktem Oberkörper, sodass man all seine wunderlichen Narben deutlich erkennen konnte, die sich im Feuerschein wie Schlangen über seinen Körper wanden. Sein langes, schwarzes Haar war offen und fiel ihm glänzend auf die Schultern. Er hielt eine große, flache Trommel, die er mit einer Hand spielte. Die Rhythmen variierten in ihrer Dynamik, aber sie konnten das Heulen und Quieken des Schweins nicht übertönen, und Kirstine konnte dem Drang, sich die Ohren zuzuhalten, kaum widerstehen.

Auf einmal streckte Thorbjørn einen Arm in die Luft, und die Trommeln erstarben auf der Stelle. In seiner Hand hielt er ein großes Messer. Nochmals nickte er Jakob zu, der das Schwein geschickt so umfasste, dass der Hals frei lag. Thorbjørn stieß einen lauten Schrei aus, beugte sich über das Tier, schnitt ihm die Kehle durch, und das Blut strömte heraus.

»Iih, wie ekelhaft!«, entfuhr es Malou, und Kamille schloss die Augen, aber Kirstine schaute wie gebannt hin, unfähig, sich von dem verstörenden Anblick loszureißen. Noch bevor das Schwein sich nicht mehr regte, eilte Lisa mit einer großen Schale herbei, um das Blut aufzufangen. Sie murmelte etwas vor sich hin, während das Blut immer weiter in die Schale rann. Jakob hatte das Tier inzwischen losgelassen, seine Hände waren blutverschmiert, und als er sich mit dem Handrücken über die Stirn wischte, hinterließ er entlang der Schläfe und Wange einen blutigen Abdruck. Kirstine sah, wie Thorbjørn im nächsten Augenblick einen Finger in das Gefäß tauchte und einen fünfzackigen Stern auf Jakobs Brust zeichnete.

Mit einem Mal wurde ihr unfassbar übel, und das Zelt kreiste bedrohlich um sie herum. Sie griff nach ihrer Halskette und umklammerte den kleinen, silbernen Pflug und das goldene Kreuz, das sie weiterhin trug. In diesem Moment trafen sich ihre Blicke, doch sie ertrug es nicht, Jakob anzusehen, wie er dort halbnackt und blutverschmiert stand. Nun begann das Trommeln erneut, und andere Lehrer stimmten auf anderen Instrumenten mit ein. Lisa tunkte einen Birkenzweig in die blutgefüllte Schale und begann, Schüler und Lehrer damit zu besprenkeln.

»No way!«, sagte Malou.

»Das kannst du laut sagen«, sagte Kamille. »Ich muss definitiv noch einige Becher hiervon trinken, Met oder was auch immer das ist, wenn ich diese Feier ertragen soll«.

Um sie herum wurden eifrig Becher aufgefüllt, und die Freundinnen machten sich ebenfalls auf den Weg zum großen Metkessel, doch Kirstine schüttelte nur den Kopf. Sie hatte genug. Lehrer wie Schüler begannen, zur Musik zu tanzen, während Thorbjørn das Schwein zerteilte. Die großen Fleischstücke wurden über dem Feuer gebraten. Es war jetzt heiß im Zelt, in dem es stark nach Blut, Schweiß und gegrilltem Fleisch roch.

Die Musik wurde lauter, sie hatte etwas Hypnotisches an sich, und Kirstine verspürte ein seltsames Kribbeln in ihrem Körper. Es fühlte sich an, als hätten ihre Füße keine Verbindung mehr mit dem Boden unter ihr. Sie entdeckte Jakob in der Menge, der rote Blutstern auf seiner Brust leuchtete, und sie konnte ihren Blick nicht von ihm abwenden. Es war, als schwebte er vor ihr in der Luft. Sie kniff die Augen zusammen, der Stern jedoch verschwand nicht. Er leuchtete vor ihrem inneren Auge, veränderte allmählich seine Form und wurde zu dem blutenden Fuchs, den sie im Wald gefunden hatten. Kirstine schüttelte den Kopf.

Was geschieht hier? Sie musste raus. Wankend suchte sie den Weg zum Zeltausgang, wurde jedoch immer wieder von tanzenden, schwitzenden Körpern aufgehalten, bis sie sich plötzlich draußen wiederfand. Sie sog die eisige, frostige Luft in ihre Lungen, und die Übelkeit ließ nach, aber sie fühlte sich immer noch schwindelig und elend. Was hatte sie da gerade mitangesehen? Waren die allesamt wahnsinnig? Der Schnee knirschte unter ihren Füßen, als sie zurück zum Schloss taumelte.

»Kirstine!«

Oh nein, konnte er sie nicht einfach in Ruhe lassen? Er war der Letzte, den sie jetzt sehen wollte.

»Kirstine!« Jakob holte sie ein, als sie schon beinahe am Schloss war. »Warte!«

Er ergriff ihre Hand, aber sie zog sie mit Ekel zurück und starrte auf seine blutigen Finger.

»Lass mich los!«

»Es ist doch nur Blut, schau, ich wisch's im Schnee ab.« Er bückte sich und wischte sich die Hände im weißen, frostigen Schnee ab, der sich dort, wo Jakob ihn berührte, rot färbte.

»Warum hat uns keiner gesagt, dass das Fest so … krank sein würde?«, rief sie und erkannte, wie schrill ihre Stimme klang.

»Das ist doch kein krankes Fest. So haben die Wikinger Jul nun mal gefeiert. Es geht darum, unsere Geschichte zu ehren. Die Geschichte, die auch dir deine Kräfte verleiht.«

»Welche Kräfte?«, brüllte sie ihn an. »Ich glaube fast, uns wird das Ganze nur vorgegaukelt, um kranken Fantasien nachzugehen! Ich versteh echt nicht, dass du dich mit solchen Leuten abgibst.«

»Kranke Fantasien? Okay, ich kann verstehen, dass das alles vielleicht ein bisschen brutal aussieht, aber du übertreibst. Zunächst mal: Hättest du wie alle anderen nachgelesen, dann wüsstest du, wie die Wikinger Jul gefeiert haben. Und zweitens wurde nur ein Schwein geschlachtet. Woher, glaubst du, kommt das Hackfleisch für die Frikadellen in der Mensa? Von einem Schwein.«

Wut stieg in Kirstine auf. Was bildete er sich ein?

»Sprich nicht mit mir, als wäre ich ein dummes Kind! Nein, ich habe es nicht nachgelesen, weil ich verdammt noch mal nicht lesen kann, aber ich komme vom Land und weiß gut, woher das Essen stammt!«

»Kirstine, so war das nicht gemeint …« Jakob ging auf sie zu, aber sie wich zurück.

»Doch, genauso war es gemeint, aber ich lasse mir nicht den Mund verbieten, auch wenn du mich runtermachst. Es geht nicht einfach nur darum ein Tier zu schlachten. Die Zeremonie ist … barbarisch. Die Wikinger haben auch Menschen geopfert, aber das macht ihr erst nach Mitternacht, oder was?«

»Natürlich nicht. Aber das ist eben unsere Kultur, unsere Geschichte. Meine Geschichte. Und deine. Ob es dir passt oder nicht. Du klingst gerade wie deine Eltern. Barbarisch? Als nächstes nennst du die Zeremonie sicher sündhaft. Oder vielleicht satanisch?«

»Und wenn ich es täte? Halbnackte Menschen, die sich volllaufen lassen und um ein Lagerfeuer herumtanzen, während sie einander mit Blut bespritzen. Und dann noch dieser … dieser Stern da.«

Sie machte eine nickende Kopfbewegung in Richtung des fünfzackigen Sterns.

»Der hier? Er ist ein Fruchtbarkeitssymbol und hat rein gar nichts mit Satan zu tun. Satan ist eine Erfindung der Christen.

Nicht der Wikinger. Also echt jetzt, kein echter Magier käme auf die Idee, den Stern auf den Kopf zu stellen und zu behaupten, er wäre ein Zeichen Satans. So etwas machen nur Quacksalber. Und wenn du einen Beweis willst, dass du eine von uns bist, dann schau mal nach unten …«

Zunächst verstand Kirstine nicht, was er meinte. Doch dann sah sie es. In einem Kreis um ihre Füße herum glänzten die dunklen, nassen Pflastersteine. Der Schnee war geschmolzen. Erst jetzt fiel ihr auf, wie die Luft um sie herum zitterte. *Sie* hatte den Schnee zum Schmelzen gebracht …

»Bleib weg von mir!« Kirstine hielt beide Hände wie ein Schutzschild vor sich in die Luft und trat langsam von Jakob zurück.

»Kirstine, du musst doch keine Angst haben …« Er machte einen Schritt auf sie zu.

»Nein!«, rief sie. »Lass mich in Ruhe! Bleib einfach nur weg!« Sie drehte sich um und lief zum Schloss zurück.

»Kirstine!«

Ehe sie die Tür hinter sich zuschlug und die Treppe hochrannte, wandte sie sich kurz um und sah ihn im leeren Schlosshof allein im Schnee stehen.

22. DEZEMBER
11 UHR 15

Kamille

Schon im Moment des Aufwachens merkte Kamille, dass der Rausch des Vorabends verschwunden war und pochende Kopfschmerzen hinterlassen hatte.

»Oh Mann, mein Kopf. Wer hat eigentlich die verdammte Sonne gebeten, ins Zimmer zu scheinen?« Malou vergrub das Gesicht in ihrem Kissen. Sie trug immer noch das kurze, schwarze Kleid, aber wenigstens die Stiefel hatte sie ausgezogen, bevor sie ins Bett gefallen war. Sie lagen neben Kamilles Kleid verstreut auf dem Fußboden. »Kamille, kannst du bitte die Vorhänge zuziehen?«

»Nee«, stöhnte die, »ich glaube nicht, dass ich aufstehen kann. Was haben die in den Met getan?«

»Sag dieses Wort nie wieder in meiner Gegenwart. Mein Kopf explodiert gleich.« Malou lugte unter dem Kissen hervor. Ihr Make-up war völlig verschmiert, sodass sie an einen untergewichtigen Panda erinnerte. An einen untergewichtigen Panda mit einem massiven Kater.

»Okay, ich versuch's.« Kamille kämpfte sich bis zum Fenster. Draußen strahlte die Sonne auf den Schnee, es musste schon später Vormittag sein. Sie zog die Vorhänge zu und ließ sich zurück ins Bett fallen.

»Wenn ich noch ein bisschen wacher bin, mache ich uns eine Kanne von dem Kopfschmerztee, den meine Mutter mir mitgegeben hat.«

»Scheiße, schon bei dem Gedanken an dieses Gebräu wird mir schlecht!«

»Malou, das ist echt nicht cool ... Wobei ... du hast recht. Es ist eklig. Was wir brauchen, sind Aspirin und Cola – eiskalte Cola.«

»Und wo bekommen wir das her?«

»Keine Ahnung. Vielleicht sollten wir um Hilfe rufen?«

»Haha. Da wird kaum jemand kommen. Leider geht's der ganzen Schule so schlecht wie uns.«

»Na ja, bis auf Kirstine. Sie ist früh ins Bett gegangen.«

»Weißt du, was da passiert ist? Plötzlich war sie weg. Meinst du, sie hat mit Jakob gesprochen?«

»Nein, glaub ich nicht.«

»Verdammt, es war aber auch eine total beschissene Idee, ihr diese Aufgabe zu geben!«

»Wahrscheinlich ist Kirstine bloß nicht an Partys gewöhnt, bei denen es Alkohol gibt«, meinte Kamille. »Oder Tieropfer oder verrückte Ladies, die mit Blut rumspritzen und so.«

Malou lachte wieder. Ihre Stimme klang heiser und tief. »Fuck, was war da gestern eigentlich los? Alle sind völlig abgegangen. Ich könnte schwören, dass ich Zlavko und Krankenzimmer-Ingrid in einem ziemlich intimen Moment erwischt hab.«

»Ja, und hast du Molly gesehen? Sie hat so was von heftig mit einem der Jungs aus dem Abschlussjahrgang rumgeknutscht. Diese Regel, von wegen Jungs und Mädchen dürfen nichts miteinander anfangen, gilt beim Julfest offenbar nicht.«

»Und du, was ist mit dir? Du hast megaeng mit diesem blonden Typen getanzt.« Malou stütze sich auf einem Ellbogen auf.

»Was? Überhaupt nicht. Okay, vielleicht ein bisschen. Er heißt Vitus. Er ist der beste Freund von Benjamin, du erinnerst dich?«

»Ja, das hat er erzählt.«

»Was?!? Du hast mit Benjamin gesprochen?«

»Hmm«, sagte Malou bloß.

»Wart ihr zusammen auf dem Zimmer?«

»Nein, aber ich glaube, er hätte gewollt. Aber Birgit hat die ganze Zeit über patrouilliert und uns im Auge behalten, dabei hat sie auch ganz schön geschwankt. Also haben wir nur ein wenig getanzt. Und uns unterhalten. Glaub ich. Meine Erinnerung ist ziemlich unscharf. Und dieser Vitus, war das nicht der, auf den Molly steht?«

»Echt jetzt? Ich erinnere mich, dass sie gesagt hat, sie findet ihn süß, aber mir war nicht klar, dass sie auf ihn steht. Oje, wenn sie in ihn verknallt ist und jetzt total sauer wird?«

»Ich glaub nicht, dass du dir das so zu Herzen nehmen musst. Wenn sie in Vitus verliebt wäre, würde sie kaum mit einem anderen rumknutschen, oder? Allerdings interessiert mich brennend, ob DU in ihn verliebt bist?«

»Quatsch. Wir haben nur getanzt. Und er war wirklich ziemlich süß. Und hübsch.«

»Kamille ist verliiiiiebt!«, neckte Malou sie.

»Halt die Klappe!«, sagte Kamille und warf ein Kissen nach Malou. »Wahrscheinlich war er einfach nur echt voll. Wenn er mich bei Tageslicht und ohne Alkohol im Blut sieht, will er bestimmt nichts mit mir zu tun haben.«

»Wie kommst du denn auf so was? Männer lieben Frauen mit roten Haaren. Und mit Arsch und Brüsten. Du kannst jeden haben.«

»Wow, war das gerade ein Kompliment? Was ist los mit dir?«

»Keine Ahnung.« Malou ließ sich zurück in die Kissen fallen. »Ich schätze, ich bin immer noch voll.«

Kamille grinste. »Das erklärt's.«

»Guten Morgen, hab ich mir doch gedacht, dass hier drinnen ein paar hübsche Stimmen zu hören sind!« Molly streckte den Kopf zur Tür herein. »Puh, mir scheint, ihr könnt ein bisschen frische Luft brauchen!« Sie ging zum Fenster, schob den Vorhang zur Seite und riss das Fenster auf.

»Neeeein!«, jammerten Malou und Kamille im Chor und verkrochen sich unter ihren Decken.

»Es ist schon fast zwölf, und ich habe den Auftrag, euch daran zu erinnern, dass ihr aufstehen und packen müsst, falls ihr heute Nachmittag den Bus nehmen wollt.«

»Vergiss es, ich bleibe einfach über Weihnachten hier«, stöhnte Kamille. »Du hast nicht zufällig Cola für uns?«

»Leider nein, aber Victoria hat einen Krug Apfelsaft aus dem Speisesaal geholt. Soll ich sie bitten, euch was zu bringen?«

»Ja, bitte«, murmelte Malou, »immerhin besser als Kräutertee.«

Kamille streckte ihr die Zunge raus.

»Und dann seht zu, dass ihr aus dem Bett kommt!«, sagte Molly, schon wieder auf dem Weg durch die Tür.

»Warum ist sie verdammt noch mal so fit?«, murmelte Malou und ließ sich zurück ins Bett fallen.

»Guten Morgen!«, sagte Victoria, als sie kurz darauf mit zwei großen Saftgläsern in den Händen ins Zimmer kam.

»Äh, danke.« Kamille stürzte das halbe Glas in einem Zug hinunter. »Wie lange bist du gestern geblieben?«

»So bis eins. Wie lange wart ihr da?«

Malou zuckte mit den Achseln. »Keine Ahnung.«

»Bis es nicht mehr … nichts mehr zu trinken gab«, sagte Kamille. »Wo ist Kirstine?«

»Sie macht einen Spaziergang. Scheint ziemlich traurig zu sein. Ich hab ihr gesagt, dass es nicht schlimm ist, dass sie nicht mit Jakob gesprochen hat. Und ihr angeboten, dass sie über Weihnachten mit zu mir kommen kann, aber das wollte sie nicht. Ich glaube, sie ist die Einzige aus unserem Jahrgang, die über die Feiertage hierbleibt.«

»Anne bleibt auch«, wusste Malou. »Eigentlich wollte sie mit ihrer Familie in den Skiurlaub fahren, aber daraus ist wohl nichts geworden.«

»Trotzdem tut mir Kirstine leid«, sagte Kamille. »Ich werde ihr vorschlagen, dass sie jederzeit den Bus zu meiner Mutter und mir nehmen kann. Wir sind eh nur zu zweit, und außerdem wohnen wir nicht so weit weg.«

»Was ist mit dir, Malou, feiert ihr Weihnachten im großen Kreis?«, fragte Victoria.

»Nee«, sagte Malou und richtete sich auf. »Ich geh eben ins Bad, ihr könnt ruhig hier sitzen bleiben. Ich sag Bescheid, wenn ich fertig bin.«

»Alles klar«, sagte Kamille und trank noch einen Schluck Saft. »Machen wir.«

Die Sonne war schon dabei, über dem verschneiten Park und den dunklen Bäumen, die ihre Äste in Richtung des rosafarbenen Himmels ausstreckten, unterzugehen, als sie auf dem Weg zum Bus die Landstraße entlanggingen. Kamille musste den Regionalbus nehmen, der erst kurz nach dem der anderen kam, sodass sie am Straßenrand stehen und winken konnte. Es wurde rasch dunkel und war still und kalt. Frost lag in der Luft. Auf einmal konnte sie es gar nicht mehr erwarten, endlich nach Hause in das kleine Fachwerkhäuschen zu kommen. Sie stellte sich die Lichterketten vor, die ihre Mutter sicher in den Baum im Hof gehängt hatte, zusammen mit den selbstgemachten Meisenknödeln. Und drinnen duftete es nach warmem Apfelsaft mit Vanille, Kardamom und Sternanis. Bestimmt hatte ihre Mutter alles mit Tannenzweigen und all den hässlichen, schiefen Weihnachtswichteln, die Kamille im Laufe ihrer Kindheit gebastelt hatte, geschmückt. Der Gedanke brachte sie zum Lächeln. Dann bemerkte sie, dass ihr Handy in der Tasche vibrierte. Sicher ihre Mutter, die ihr schrieb, wie sehr sie sich auf Kamille freute.

> Hi Kamille! Molly hat mir deine Nummer gegeben. Ich hoffe, das ist okay. Ich wollte dir nur frohe Weihnachten wünschen. LG Vitus

Kamilles Lächeln wuchs zu einem so breiten Grinsen, dass es in den Mundwinkeln wehtat. Sie legte den Kopf in den Nacken und schaute in den Himmel, wo schon die ersten Sterne zu erkennen waren.

24. DEZEMBER
17 UHR

Kirstine

Kirstine warf abermals einen Blick aufs Handy. *Keine SMS. Nichts im Messenger. Keine Anrufe.*

Weder von ihren Eltern noch von Jakob. Seit dem Julfest hatte sie nichts mehr von ihm gehört, und jetzt war er über die Feiertage nach Hause gefahren. Immerhin hatte sie ihm gesagt, er solle sie in Ruhe lassen. Es war wahrscheinlich am besten so. Bei dem Gedanken, was hätte passieren können, wurde ihr kalt, und sie schüttelte sich. Sie war nicht sie selbst, wenn sie so wütend wurde. *Glücklicherweise war es dieses Mal nur der Schnee gewesen.*

Kirstine steckte das Handy zurück in die Hosentasche. Eigentlich konnte sie froh sein, dass er nicht geschrieben hatte. Allerdings hatte sie versprochen, mit ihm über den Geist zu sprechen. Gedankenverloren spielte sie am Handy herum. Konnte sie es bringen, ihm eine Nachricht zu schicken und zu fragen, ob er von einem alten Mord, der an der Schule begangen worden war, wusste? Wäre es nach dem Vorfall zwischen ihnen nicht extrem seltsam?

Sie warf das Handy aufs Bett und entdeckte das blaue Kleid, das sie sich von Victoria für das Julfest ausgeliehen hatte. Dann versuchte sie sich sogar an einer Flechtfrisur, worin Kamille eine wahre Meisterin war, doch es klappte nicht, woraufhin sie ihre Haare durchkämmte und zu einem Dutt formte, der ihr in den Nacken fiel. Auf einmal hörte sie ein Geräusch – jemand war im Zimmer von Malou und Kamille. Nur wer konnte das sein? Sie war die Einzige aus der WG, die noch hier war. Kirstine spürte, wie das Herz in ihrer Brust wie wild pochte.

»Hallo?!« Sie klopfte an die Tür.

»Komm rein«, antwortete eine vertraute Stimme, und Kirstine atmete erleichtert auf. Malou stand über ihren alten Koffer gebeugt und tat so, als wäre sie beim Auspacken. Ihr Haar hatte sie zu einem unordentlichen Dutt zusammengerafft, aus dem sich kleine Strähnen gelöst hatten, die bei jeder Kopfbewegung umherwirbelten.

»Malou, warum bist du hier?«

Die hatte ihr den Rücken zugedreht und tat so, als wäre sie gerade damit beschäftigt, ein Kleid aufzuhängen, aber Kirstine konnte ihre rot geschwollenen Augen sehen.

»Ich hab's mir halt anders überlegt, okay? Plötzlich waren zig Leute für Heiligabend eingeladen, da hatte ich einfach keinen Bock drauf.« Sie drehte sich zu Kirstine um und blickte diese trotzig an. Ein Mundwinkel zitterte.

»Okay«, sagte Kirstine. »Bist du beim Festessen dabei? Soll ich auf dich warten?«

»Ich muss mir eben was anderes anziehen. Geh ruhig schon mal vor, ich komme nach.«

Eine halbe Stunde später betrat eine etwas besser frisierte Malou die Bibliothek, wo die Feier stattfinden sollte. Sie trug ein rotes Wickelkleid, passenden Lippenstift und hatte die Haare zu einem hohen Pferdeschwanz gebunden. Sie schenkte Kirstine ein breites Lächeln, schritt zielstrebig auf sie zu und drückte sie, was Kirstine derart überraschte, dass sie die Umarmung gar nicht richtig erwiderte.

»Ich hab dir noch überhaupt nicht Frohe Weihnachten gewünscht«, sagte Malou. »Also, wo wollen wir sitzen?«

Die runden Tische, die normalerweise die Bibliothek füllten, waren zur Seite geräumt worden, und stattdessen hatte man einen langen Tisch aufgestellt, der mit einem weißen Tischtuch, weißen Stoffservietten und Tellern aus feinstem Porzellan gedeckt war. Hohe, silberne Kandelaber waren reich mit Kerzen bestückt, und entlang der Mitte des Tischs lagen Fichtenzweige und kleine, rote Äpfel. Im Kamin loderte ein Feuer, und daneben stand ein herrlicher Weihnachtsbaum, der prachtvoll mit Kerzen, Sternen, selbst gebastelten, rot-weißen Herzen aus Papier und noch mehr roten Äpfeln geschmückt war.

»Schau mal, da vorne gibt's Glögg, holen wir uns eine Tasse«, sagte Malou, nahm Kirstine ins Schlepptau und marschierte los.

Kirstine war unendlich dankbar. Bevor Malou aufgetaucht war, hatte sie nur hilflos in einer Ecke des Raums gestanden und nicht gewusst, was sie mit sich anfangen sollte. Es war niemand da, den sie kannte, außer ein paar Lehrern, und mit denen traute sie sich nicht zu sprechen. Anne war auch noch nicht gekommen. Drüben am Kamin, in einem der tiefen Sessel, saß Zlavko mit einem Schüler über ein Brettspiel gebeugt, und Birgit war in ein Gespräch mit Jens und Ingrid vertieft. Die übrigen Lehrer waren über Weihnachten sicherlich nach Hause zu ihren Familien gefahren.

»Hier!«, sagte Malou und drückte ihr eine Tasse Glögg in die Hand.

»Prost und frohe Weihnachten.«

»Hallo, ihr zwei!« Ein Paar Arme umfasste sie beide von hinten.

»Molly! Du bist hier?«, rief Malou überrascht.

»Tja, ich wollte Weihnachten eigentlich bei meiner Schwester verbringen, aber ich komme einfach überhaupt nicht mit ihrem Mann klar. So ein richtiger Anwaltstyp, also hab ich's doch gecancelt. Holst du mir auch eine Tasse?« Molly machte eine Kopfbewegung in Richtung Glöggtopf, der auf einer Anrichte stand. Über den dunklen Dreadlocks trug sie einen schwarzen Hut, und auf ihrem T-Shirt war ein durchgestrichener Weihnachtswichtel zu sehen, mit der Unterzeile *Christmas sucks*.

»Und deine Eltern?«, fragte Malou, als sie Molly eine Tasse heißen Glögg reichte.

»Die sind Diplomaten. Ich glaube, jetzt gerade sind sie in Japan. Kann auch Hongkong gewesen sein, ich bring das ständig durcheinander.«

Sie suchten sich eine Ecke und warteten dort auf einem Sofa, bis das Essen serviert wurde.

»Okay Molly, erfahren wir jetzt endlich, mit wem du beim Julfest rumgemacht hast?«, fragte Malou mit gedämpfter Stimme, damit keiner der Lehrer mithören konnte.

»Er heißt Frédéric, seine Eltern leben in Paris.« Molly sprach den Namen mit starkem französischem Akzent aus.

»Was ist mit Vitus, warst du nicht total in ihn verschossen?«

»Nein, das ist schon lange her. Wir sind nur Freunde.«

»Bist du jetzt mit Frédéric zusammen?«, fragte Kirstine. Sie beneidete Molly um ihre unkomplizierte Art.

»Nein, aber das kann ja noch werden«, sagte Molly und lächelte. »Ich habe vor, ihn bis zum Frühlingsball davon zu überzeugen, dass wir das perfekte Paar wären. Ich will unbedingt mit ihm dorthin gehen.«

»Was, ein Ball? Wann?«, fragte Malou begeistert.

»Sorry, der ist nur fürs Abschlussjahr«, sagte Molly. »Im Prinzip können Schüler einladen, wen sie wollen, aber normalerweise gehen sie mit jemandem aus dem eigenen Jahrgang.«

»Wie unfair!«, rief Malou. »Warum ist er nicht für die ganze Schule?«

»So ist es nun einmal«, sagte Molly. »Aber ihr werdet auch was davon haben. Die Tänze für den Ball üben nämlich alle Jahrgänge ein. Und die neuen Mädchen üben mit den Jungs aus dem Abschlussjahrgang, weil sie älter und damit theoretisch auch vernünftiger sind. Was sagt ihr dazu?«

»Haben die Lehrer keine Angst, dass Jungen und Mädchen sich zu nahekommen?«, fragte Malou.

»Die meisten drücken auch mal gern ein Auge zu, vor allem wenn sie genug Wein intus haben. Wart's nur ab«, sagte Molly. »Schließlich waren die auch mal jung. Selbst wenn das hundert Jahre her ist.«

»Da kommt Anne«, sagte Kirstine. Alle begrüßten das blonde Mädchen, die in ihrer frisch nachgeschnittenen Pagenfrisur eine schicke Haarspange mit Weihnachtsglöckchen trug. Bei jeder Kopfbewegung ertönte ein leises Klingeln.

»Ich hatte eine kleine modische Krise«, sagte sie und strich ihren bordeauxroten Rock glatt.

»Du siehst *so* hübsch aus«, sagte Molly. »Oh, wie schön, dass ihr alle hier seid. Jetzt bin ich erst recht froh, dass ich die Faschisten-Feier bei diesem Anwalt gecancelt hab.«

Plötzlich räusperte sich jemand.

»Liebe Schülerinnen und Schüler, liebe Kolleginnen und Kollegen. Das Essen ist serviert, bitte begebt euch zu Tisch«, verkündete Birgit.

Das Menü bestand aus Gänsebraten, den Kirstine noch nie zuvor gegessen hatte, denn zu Hause gab es immer Schwein, aber mit Äpfeln, Pflaumen und brauner Soße schmeckte er richtig gut. Zum Essen wurde Wein serviert – Schüler und Schülerinnen erhielten je ein Glas – und Malou bekam ganz rote Wangen, und sah nicht mehr das kleinste bisschen traurig aus. Anschließend gab es Milchreis mit selbstgemachter Kirschsoße. Zlavko erwischte die Mandel, die traditionell im Milchreis versteckt war, und gewann ein riesiges Marzipanschwein, dem er sofort den Kopf abbiss.

Nach dem Essen wurden die Lichter am Weihnachtsbaum angezündet, und Birgit setzte sich ans Klavier, das eigens zu diesem Anlass in die Bibliothek geschoben worden war. Mit großem Enthusiasmus begann sie, Weihnachtslieder zu spielen, und während sie um den Baum herumgingen, sangen alle so gut mit, wie sie konnten, auch wenn es manchmal ein wenig schief klang. Als sie fertig waren, holte Birgit einen Sack hervor und verteilte an alle Geschenke. Sie hatte inzwischen rote Wangen und kicherte wie ein kleines Mädchen vor sich hin, während sie den Weihnachtsmann gab. Molly bekam ein Lederarmband mit einer kleinen Perle aus Bernstein, das sie sich sofort übers Handgelenk zog, Malou ein hübsches Notizbuch mit Goldprägung und eingestanzten Rosen auf dem Einband, Anne ein prächtiges Haarband und Kirstine ein paar warme Wollhandschuhe mit rot-weißem Muster. Im Anschluss ließen sich alle müde und satt auf die Sofas fallen. Wie Molly prophezeit hatte, wurde Portwein zum Kaffee gereicht, und niemand kümmerte sich mehr darum, wie viele Gläser Glögg die Schülerinnen und Schüler tranken. Kirstine beobachtete, wie Malou und Molly eine Flasche Portwein mit sich in eine Ecke schmuggelten und kichernd die Köpfe zusammensteckten.

»Wer macht mit beim Schrottwichteln?«, rief Birgit und machte sich umgehend daran, Platz auf dem Tisch zu schaffen und Würfel und Becher hervorzuholen. Anne sagte, sie sei müde und gehe ins Bett, und auch Kirstine wollte eigentlich passen, aber Malou kam auf sie zugestürmt, zog sie vom Sofa und hinüber zum Tisch. Schon bald waren alle begeistert damit beschäftigt, durch Würfeln möglichst viele von den Päckchen, die Birgit in der Mitte des Tischs platziert hatte, an sich zu raffen. Es war ein kniffliges Spiel, sogar bluffen war erlaubt oder Geschenke durch Mogeleien an sich zu bringen. Gerade hatte Birgit Zlavko das größte Paket abgejagt, und er fluchte in einer Sprache, die Kirstine nicht kannte, als Molly plötzlich ausrief: »Hey, da ist Jakob – ein bisschen spät, Kumpel. Die Gans haben wir aufgegessen.« Malou und Molly krümmten sich kichernd auf den Stühlen und versuchten, in der allgemeinen Verwirrung ein Päckchen von einem Schüler aus dem zweiten Jahr zu stibitzen.

Kirstine drehte sich um. Jakob stand in seiner dicken Winterjacke da wie jemand, der sich in der Adresse geirrt hatte. Plötzlich konnte sie ihren Puls in den Ohren dröhnen hören. Warum war er gekommen?

»Machst du mit?«, fragte Birgit. Ihre Haare standen seltsam zu einer Seite hin ab und die Wangen waren rötlich gefärbt. »Setz dich, du bist gerade noch rechtzeitig.«

»Was?!? Ach so, nein, ich wollte eigentlich nur … ja, frohe Weihnachten wünschen.«

»Dann bist du aber weit gereist, um uns deine Weihnachtswünsche zu überbringen«, stellte Zlavko fest und zog eine Augenbraue hoch.

»Klar machst du mit. Los, setz dich!« Birgit zog einen weiteren Stuhl an den Tisch heran und nötigte Jakob, die Jacke abzulegen.

»Trink ein Glas Portwein, dann wird dir wärmer!« Birgit goss das Getränk mit so viel Schwung in ein Glas, dass das Tischtuch einige Spritzer abbekam. Jakob hob das Glas und trank, und in diesem Moment wechselte er einen Blick mit Kirstine. Ihre Wangen brannten, und sie konnte seinen Gesichtsausdruck nicht richtig deuten. Vor allem sah er unendlich traurig aus.

Das Spiel ging noch einige Runden weiter, Malou und Molly kassierten einen Verweis, weil sie allzu ungeniert schummelten, und am Ende zog Zlavko mit dem großen Paket von dannen, das, wie sich herausstellte, ein Badmintonset enthielt. Kirstine wusste nicht, wie ihr geschah. Jedes Mal, wenn sich Jakobs und ihre Blicke trafen, war es, als spürte sie einen Stromschlag in ihrem Körper. Plötzlich kam es ihr albern vor, dass sie nichts mehr mit ihm hatte zu tun haben wollen. Zorn und Zweifel verschwanden, während Jakob so unglücklich dasaß. Dann war das Spiel zu Ende, und langsam zerstreute sich die Gesellschaft. Einige Schülerinnen und Schüler nahmen am Kamin vor dem heruntergebrannten Feuer Platz.

Wärme und Wein machten sich bei Kirstine abermals in Form eines Schwindelgefühls bemerkbar, ihr ganzer Körper fühlte sich schlapp und schwer an, sie brauchte frische Luft. Ohne ein Wort schlich sie aus der Bibliothek. Hätte sie wenigstens Jakob eine gute Nacht wünschen sollen? Noch konnte sie umdrehen, aber das würde sicher nur peinlich. Stattdessen steuerte sie durch die Galerie auf die Treppe zu. Der Mond tauchte den Schlosspark in blasses Licht, es war ein kontrastreiches Bild aus Schnee und kahlen, schwarzen Bäumen. Für einen Augenblick zeichnete sich der gewaltige Schatten eines Raubvogels vor dem weißen

Schnee ab, ehe er wieder in der Dunkelheit verschwand. Sein greller Schrei durchbrach die Stille.

»Kirstine.« Wie zärtlich er ihren Namen aussprach. »Kirstine, warte.«

Sie drehte sich um. Das Mondlicht bahnte sich seinen Weg durchs Fenster und fiel auf sein Gesicht. Er sah müde aus. Und so gequält.

»Weshalb bist du zurückgekommen?« Das klang härter als es eigentlich sollte.

Er fuhr sich verlegen durchs Haar. »Ja, warum habe ich das getan«, murmelte er und wandte sich von ihr ab, so, als würde er mit sich selbst sprechen. »Vermutlich um ein für alle Mal zu beweisen, dass ich ein absoluter Idiot bin.« Er lachte einmal kurz nervös auf. »Es ist ziemlich offensichtlich, dass du mich für einen … perversen Sünder hältst, oder wie auch immer du es nennen willst. Und selbst wenn nicht – und du mich stattdessen auch mögen würdest – ist es von Anfang an zum Scheitern verurteilt, oder? Es wäre in so ziemlich *jeder* Hinsicht falsch. Du bist Schülerin im ersten Jahr – und ich Lehrer, verdammt noch mal. Es wäre falsch und verboten und bestimmt auch gefährlich. Aber hier steh ich nun. Das ist also der endgültige Beweis: Ich bin ein absoluter Vollidiot.«

Kirstine machte einen Schritt auf ihn zu und legte ihm die Hand auf den Arm. »Ich finde nicht, dass du das bist, und auch kein perverser Sünder, oder wie du es eben genannt hast.«

»Doch, tust du«, widersprach er.

»Okay, ein kleiner Idiot. Vielleicht.«

Er lächelte zaghaft und wandte sich ihr wieder zu. Seine Kiefermuskeln waren angespannt.

»Aber kein … kein perverser Sünder«, sagte sie.

»Gut«, sagte er und nickte. »Das ist gut. Denn solltest du mich als solchen bezeichnen und auch alle anderen hier für merkwürdig und falsch halten, dann schließt das dich mit ein, Kirstine. Denn du bist eine von uns. Und du bist alles andere als falsch. Wirklich alles andere. Du bist hübsch und wundervoll und süß und witzig. Und ich bin echt, verdammt nochmal, verliebt in dich.«

Kirstine stand mit weit aufgerissenen Augen da, der mondbeschienene Flur schien sich um sie zu drehen, und sie hatte das Gefühl, den Boden unter den Füßen zu verlieren.

»Und wenn du dich jetzt nicht bewegst«, flüsterte er, »dann küsse ich dich.«

Kirstine rührte sich nicht von der Stelle. Stattdessen schloss sie die Augen und ließ sich sachte gegen ihn fallen, sein Brustkorb fühlte sich ungewohnt fest an. Sanft presste er seine Lippen auf ihre. Ein leichtes Schaudern lief durch ihren Körper, als sie seine Zunge an ihrer spürte, doch seine Arme gaben ihr Sicherheit. Sie verlor jegliches Gefühl für Raum und Zeit, es gab nur noch sie beide und das silbrige Licht des Mondes und Jakobs glühende Lippen auf ihren.

Plötzlich zerriss ein Schrei die Stille und den Moment zwischen ihnen. Kirstine hielt einen Augenblick lang inne und löste sich dann aus Jakobs Umarmung. Der stand mit ernster Miene regungslos da. Dann hörten sie einen verzweifelten Hilfeschrei.

»Los!« Jakob ergriff ihre Hand, und sie rannten los.

Der Schrei war von oben gekommen. Jakob nahm immer zwei Treppenstufen auf einmal und zog Kirstine hinter sich her. Sie eilten in den Mädchenkorridor hinauf.

»Es kommt von dort«, keuchte Kirstine atemlos. »Das ist unser Flur!«

»Bleib hinter mir!«, befahl Jakob. »Ist da wer?«

»Hier drin!«, hörten sie jemanden rufen. Die Stimme kam aus Annes und Sofies Zimmer.

Sie stürzten ins Zimmer. Bei dem Anblick, der sich ihr bot, blieb Kirstine das Herz fast stehen. Zwischen den Betten hockte Molly, und neben ihr lag Anne mitten auf dem Fußboden. Ihre Arme und Beine waren nach allen Seiten ausgestreckt, und das Nachthemd war zerrissen, sodass ihre Brüste freilagen, und ihr Körper war mit blutigen Wunden und Kratzspuren übersät.

»Ich komm nicht zu ihr durch!«, sagte Molly panisch. Annes Kopf war nach hinten gestreckt, und in den Augen war das Weiße zu sehen.

»Weg von ihr!«, rief Jakob, und beim Klang seiner Stimme fuhr Molly erschrocken zusammen. »Sie könnte verhext worden sein.« Hastig murmelte Jakob einige aneinandergereihte Runen, während er neben Anne kniete, um ihren Puls zu fühlen.

»Sie atmet, wir müssen sie sofort runter zu Ingrid bringen.« Jakob hob Anne hoch, als wäre sie ein Kind. Ihre Arme und Beine hingen schlaff herunter. »Molly, lauf du voraus und such Ingrid. Sag den Lehrern, sie sollen mitkommen. Kirstine, du hältst mir alle anderen von Leib. Los, es muss schnell gehen!«

25. DEZEMBER
13 UHR 58

Malou

Malou kaute auf einem ihrer Fingernägel. Sie schaffte es nie, die Nägel lang wachsen zu lassen, am Ende biss sie immer darauf herum. Der Festsaal wirkte heute riesig, weil nur so wenige Schülerinnen und Schüler da waren. Plötzlich öffnete sich die Tür zum Hof, und ein rothaariges Mädchen mit geröteten Wangen stürmte außer Atem herein. Sie war bestimmt den ganzen Weg von der Bushaltestelle aus gerannt.

Kamille entdeckte sie schnell unter der still wartenden Schülerschar.

»Es ist völlig irre, dass du gekommen bist«, begrüßte Malou sie. »Ich hätte dir das Ganze auch am Telefon erzählen können.«

»Ach, hör schon auf! Ich hätte es eh nicht ertragen, zu Hause rumzusitzen.« Kamille umarmte zuerst Malou innig, dann Kirstine. Sie sah aus, als hätte sie geweint.

»Seid ihr in Ordnung? Ich hab mir solche Sorgen gemacht.«

»Und was sagt deine Mutter dazu, dass du an eine Schule zurückkehrst, an der irgendein Psychopath frei herumläuft und Leute überfällt?«, fragte Malou, nachdem Kamille sich zwischen sie gequetscht hatte.

»Das hab ich ihr nicht erzählt. Ich hab nur gesagt, dass ihr alle hier seid und ich megaviel verpasse, wenn ich nicht dabei bin. Morgen fahre ich wieder zurück.«

Malou schaute sich um. Kamille war nicht die Einzige, die zum Infotreffen angereist war, das Birgit erst am Morgen angekündigt hatte. Sie entdeckte Benjamin und Vitus, vor ihnen Sara und Sofie, die Annes Zimmergenossin war, und daneben Molly. Sofie hatte sich an die Schulter ihrer Schwester gelehnt und weinte still in ein Taschentuch.

»Gibt es Neuigkeiten?« Kamille schälte sich aus ihrer dicken Winterjacke.

»Die Lehrer waren die ganze Nacht damit beschäftigt, Annes Zimmer zu untersuchen. Aber niemand hat uns etwas verraten, sie haben uns bloß weggeschickt. Jakob hat heute Morgen nach uns geschaut, aber als ich ihn gefragt habe, ob sie den Typen geschnappt haben, meinte er nur, das sei nicht so einfach – was immer das auch heißen mag.«

»Psst, da kommen sie!« Kirstine bedeutete ihnen, leise zu sein und zeigte in Richtung der Tür, die sich gerade öffnete. Birgit kam herein, gefolgt von Jens, Zlavko und Jakob.

Die Schulleiterin war es auch, die das Wort ergriff. »Wie ihr alle wisst, wurde gestern Nacht eine Schülerin schlimm verletzt. Ich kann euch insofern beruhigen, als dass es Anne schon besser geht und sie heute Nachmittag wieder zu Bewusstsein gekommen ist. Sie wird sich aber noch einige Zeit erholen müssen und noch heute in ein Krankenhaus gebracht, das näher am Wohnort ihrer Familie liegt.«

Malou hatte gar nicht gemerkt, dass sie die Luft angehalten hatte, seit die vier Lehrkräfte den Saal betreten hatten, atmete jetzt aber tief durch. Kamille griff nach ihrer Hand und drückte sie sanft.

»Wir sind noch dabei, zu untersuchen, was gestern passiert ist, aber es deutet alles darauf hin, dass Anne von einem Geist besessen war, und dieser Geist für ihre Verletzungen verantwortlich ist.«

Was … Ein Geist?

Überraschtes Gemurmel breitete sich im Saal aus.

»Was bedeutet das? Ich habe noch nie von einem Geist gehört, der Menschen auf diese Art verletzen kann.« Es war Molly, die das sagte.

Birgit nickte Jens zu. »Es war nicht direkt der Geist selbst, der Anne verletzt hat, das stimmt.« Jens ließ seinen Blick auf Molly ruhen. »Vermutlich hat sich der Geist Annes ermächtigt, ihren Körper übernommen. Sie selbst erinnert sich nicht daran, was passiert ist, was hin und wieder nicht untypisch bei Besessenheit ist.«

»Sie hat sich also selbst verletzt?«

Malou drehte sich verblüfft zu Kirstine, die diese Frage gestellt hatte. In so großen Versammlungen ergriff sie sonst nur selten das Wort.

»Ja, so könnte man es sagen, aber sie war sich dessen nicht bewusst. Anne ist noch zu schwach, um befragt zu werden, aber ich vermute, dass sie sich an einer Geisterbeschwörung versucht hat, was ziemlich unglücklich ausging.«

»Ich kann nicht genug betonen, wie wichtig es ist, dass ihr euch an die Schulregeln haltet«, fügte Birgit hinzu. »Es ist verboten, eigenmächtig Magie auszuüben. Wenn man keine Kontrolle darüber hat, kann es fatal enden. Das beweist diese Sache deutlich.« Birgit ließ ihren Blick über die Anwesenden schweifen, und Malou merkte, wie ihr Pulsschlag stieg, als sich ihre Augen für einen kurzen Moment trafen.

»Sind wir in Gefahr?«

Die Frage kam von einem aus dem Jahrgang über ihnen, den Malou nicht kannte.

»Nein«, antwortete Jens. »Solange ihr euch an die Schulregeln haltet und keinen dilettantischen Versuch unternehmt, Geisterbeschwörungen durchzuführen, ist der Aufenthalt an dieser Schule nicht gefährlich.«

Mehrere Schülerinnen und Schüler meldeten sich mit weiteren Fragen, aber nach ein paar kurzen und knappen Antworten verkündete Birgit, dass die Zeit nun leider um sei, da sie sich um Anne kümmern und die Sache weiter untersuchen müssten.

Während Birgit und die Lehrer den Raum verließen, war es ungewöhnlich still im Saal.

»Glaubt ihr, es war derselbe Geist?«, flüsterte Kamille, als sie zu ihrer WG gingen.

»Nicht hier!«, zischte Malou. Erst als sie auf ihrem Zimmer waren und Malou überprüft hatte, dass kein Lehrer in der Nähe war, sprachen sie leise weiter.

»Fuck, ist das gruselig«, sagte Kamille und schlang die Arme um ihren Körper, als würde sie frieren. »Meint ihr, das war eine Warnung des Geistes, weil wir den Mord immer noch nicht aufgeklärt haben?«

Malou fuhr sich mit den Händen durchs Gesicht. »Ich weiß es nicht.«

»Ich verstehe nicht, dass Anne es selbst getan haben soll. Die Verletzungen …« Kirstine saß auf dem Bett und starrte in die Luft, als versuchte sie, sich den Anblick ins Gedächtnis zu rufen.

»Es muss schrecklich gewesen sein, sie so zu finden.« Kamille setzte sich neben sie und legte einen Arm um sie. »Willst du uns davon erzählen?«

Tränen stiegen in Kirstines Augen, und sie ließ den Kopf gegen Kamilles Schulter sinken. Malou stand immer noch da und betrachtete die beiden.

Sie war gar nicht auf die Idee gekommen, Kirstine danach zu fragen. Malou schüttelte den Gedanken ab. Das hier war Kamilles Terrain – besser, sie ließ die Freundin das machen.

»Sie lag auf dem Boden. Es war kalt im Zimmer, ich glaube, das Fenster stand offen. Sie war halb nackt, und da war sehr viel Blut. Es war so … wie bei einem Tier. So wie dieser Fuchs …«, schluchzte Kirstine.

»Fuchs? Welcher Fuchs?« Kamille schaute fragend zu Malou, aber die schüttelte nur den Kopf. Sie hatte keine Ahnung, wovon Kirstine sprach.

»Ein toter Fuchs, den ich im Wald gefunden habe. Der lag auf dieselbe Art und Weise da. Die Glieder zu allen Seiten ausgestreckt, sodass der Körper irgendwie ein Pentagramm bildete. So lag Anne auch da.«

»Aber weshalb sollte sich ein Geist eines Fuchses bemächtigen?« Malou brachte die Ereignisse nicht zusammen.

Kirstine zuckte mit den Schultern und schaute sie aus verquollenen Augen an. »Was machen wir denn jetzt?«

Malou presste die Lippen zusammen. »Wir müssen Victoria kontaktieren.«

Es war nicht das richtige Mädchen. Beinahe wäre es schiefgegangen, aber das ahnt niemand. Und ich kann es immer noch wiedergutmachen. Ich darf nur nicht leichtsinnig werden, ich muss genau planen. Mich anstrengen. Und das Mädchen. Diesmal muss es die Richtige sein. Genau die Richtige.

Hi! :-)

Krass, was mit dieser Anne passiert ist.
Kennst du die?

Ja, ihr Zimmer liegt auf unserer Etage.
Das ist so gruselig :-(…

Shit! Bist du okay?

Ja. Eins der anderen Mädchen war
dabei, als sie sie gefunden haben.
Sie war ziemlich fertig …

Crazy Shit …

Wie waren deine Ferien?

Ganz okay – etwas langweilig.

Meine auch. Ich freu mich fast drauf,
dass die Schule wieder losgeht …

Übrigens werden wir uns im nächsten Halbjahr wohl ein bisschen häufiger sehen …

Wieso das?

Wait and see :-)

3. JANUAR
21 UHR 45

Victoria

Schau mich an …

Victoria zuckte zusammen und setzte sich aufrecht hin. Sie musste über den Hausaufgaben eingenickt sein. Sie wollte mit der Arbeit für Geisterkunde unbedingt fertig sein, ehe die Schule wieder begann. Victoria seufzte tief und legte die Hände vors Gesicht. Draußen war es dunkel geworden, und das Licht der Schreibtischlampe strahlte nicht bis in die Ecken des Zimmers. *Sie war so müde.* Wenn sie doch nur schlafen könnte; aber jedes Mal, wenn sie die Augen schloss, kehrten die weißen Schatten zurück. Sie hatte damit gerechnet, dass es zu Hause in den Ferien besser würde, doch nichts hatte sich geändert.

»Könnt ihr mich nicht in Frieden lassen?« Victoria spürte warme Tränen auf den Handflächen, während sie ihr Gesicht weiterhin verbarg. Sie war nur scheinbar allein in ihrem Zimmer. Sie spürte es. Es war, als ginge der Traum weiter, obwohl sie wach war. Ein süßlicher Duft umwehte sie, die Temperatur sank.

»Verschwinde«, flüsterte Victoria. »Lass mich in Ruhe.« Sie würde den Kopf nicht heben, würde nicht aufsehen.

Ein Knirschen, wie ein Schritt auf vereistem Schnee, ließ sie erzittern.

»Nein«, flehte sie und bohrte die Handknöchel in die Augenhöhlen.

»Nein …«

Sieh mich an …

Es war ein Flüstern wie ein Wind. Victoria löste das Gesicht von den Händen. Der weiße Schatten stand direkt vor ihr. Doch es war kein Schatten mehr. Es war ein junges Mädchen, immer noch weiß, und ihr Gesicht war zu einem stummen Schrei verzerrt.

Victoria schrie.

Hey Victoria. Hast du Zeit zu quatschen?

Hey, hab nochmal probiert anzurufen …

Hab's eben nochmal probiert, kannst du gerade nicht rangehen? Melde dich mal.

Alles okay bei dir?

Victoria?!!

5. JANUAR
10 UHR 17

Victoria

Ein eisiger Januarregen peitschte auf sie herab, als sie aus dem Bus stiegen. Victoria war bereits ordentlich durchgefroren. Sie zog ihre Kapuze weiter übers Gesicht, um sich vor dem Regen und den Blicken der Mädchen zu schützen. Sie war gestern Abend absichtlich erst spät in die Schule zurückgekehrt und direkt ins Bett gegangen, und bis jetzt war es ihr gelungen, den anderen und ihren Fragen auszuweichen.

»Zunächst gehen wir durch den Wald und runter zum See.« Thorbjørns tiefe Stimme hatte keine Mühe, zu ihnen allen durchzudringen. Alle Mädchen aus dem ersten Jahr machten mit ihm und Jakob einen Ausflug nach Tissø. In der Wikingerzeit hatte sich dort ein Gehöft befunden, das damals von enormer ritueller Bedeutung gewesen war, mit unzähligen Kultplätzen und Opferfunden.

»Fuck, es ist scheißkalt. Und der Matsch ruiniert meine Stiefel komplett.« Malou warf einen verstohlenen Blick zum regengrauen Himmel hinauf.

»Wer kommt bei so einem Wetter bitte auf die bescheuerte Idee, einen Ausflug zu machen?«

»Hast du denn keine Gummistiefel?«, fragte Kamille, die

selbst Mütze, Fausthandschuhe und ein Paar mit Lammfell gefütterte Gummistiefel trug.

Victoria hielt den Blick auf den schmalen Pfad gerichtet, der von rutschigem Laub bedeckt war und im Matsch versank. Sie musste sich nicht umdrehen, um zu wissen, dass die Mädchen ihrer WG hinter ihrem Rücken vielsagende Blicke austauschten. Ihre bange und rastlose Neugier fühlte sich wie ein lästiger Mückenschwarm an, der nicht von ihr ablassen wollte. Sie legte einen Schritt zu, ehe eine von ihnen Gelegenheit ergreifen und Victoria fragen würde, was sie so gerne wissen wollten: Hatte der Geist Anne angegriffen? Und wenn ja, waren sie schuld daran?

Die hohen Buchen des Waldes wurden nach und nach durch kleine, verkümmerte Bäume abgelöst, die ihre kahlen, schwarzen Äste dem grauen Himmel entgegenreckten. Der Pfad schlängelte sich zwischen den mickrigen Gewächsen hin und her, immer wieder waren große Schlammpfützen oder umgestürzte, glitschige Baumstämme im Weg, an denen sie sich vorbeimanövrieren mussten, ohne dabei allzu nasse Füße zu bekommen. Hinter einer Kurve endete der Weg abrupt, und sie standen direkt am Seeufer. Das Wasser war stahlgrau und beinahe eins mit dem Himmel. Ein paar Wasservögel ließen ihre schrillen Rufe erklingen, ansonsten war es wie ausgestorben.

»Bezauberndes Plätzchen«, murmelte Malou.

»Willkommen in Tissø«, sagte Thorbjørn, als alle versammelt waren, »oder auch in *Tyrs* See, wenn man nach der Bedeutung des Namens geht. Genau hier sind einst unzählige Waffen geopfert worden, denn *Tyr* war, wie ihr wisst, einer der wichtigsten Kriegsgötter der Wikingerzeit. Wir werden noch ein Stück weiter gehen, dorthin, wo das Gehöft gelegen hat. Zu dem Hof gehörte ein Gebäude, in dem kultische Handlungen ausgeführt und den Götterstatuen geopfert wurde. Die Geschichte ist hier richtig lebendig, wie vor allem die von euch, die zur Erde gehören, spüren werden, aber im Prinzip sollte jeder von euch auffallen, dass das hier ein ganz besonderer Ort ist.«

Sie liefen ein Stück weiter am Ufer entlang, bevor es einen Hang hinauf ging. Ein Schwarm Enten flog zunächst dicht über ihren Köpfen und anschließend über den See hinweg. Victoria versuchte, der Kraft des Ortes nachzuspüren, aber das Einzige, was sie merkte, war die Kälte.

»Kommt alle her. Stellt euch um mich rum«, forderte Thorbjørn sie mit einer entsprechenden Handbewegung auf. »Genau an dieser Stelle befand sich das Gebäude. Jetzt seht her.« Thorbjørn zog einen Gegenstand aus seinem Rucksack. »Kann mir jemand sagen, was das ist?« Er hielt eine Metallstange in die Höhe. An einem Ende wies sie eine Art Ornament auf.

»Ja, Kirstine?«

»Ist das vielleicht der Stab einer *Völva*?« Ihre Stimme verflog fast in dem starken Wind.

»Ganz genau. Natürlich ist das hier eine Kopie. Und wofür hat man ihn verwendet?« Thorbjørn nickte Kirstine aufmunternd zu.

»Die *Völva* verwendete ihn, um *Seiðr* auszuführen.«

»Vollkommen richtig. *Völva* bedeutet eigentlich Stabträgerin, der Stab war beim *Seiðr* von großer Bedeutung. Die *Völven* waren in der Wikingerzeit Seherinnen, also hellsichtige Frauen. Wenn sie – unter anderem mithilfe des Stabes – *Seiðr* ausführten, dann konnten sie die Zukunft voraussagen, jemandes Schicksal vorhersehen oder einen Feind verfluchen. Die Göttin Freyja war eine besonders mächtige *Völva* und – wie

Völven insgesamt – bekannt und berüchtigt für ihre großen Verführungskünste.«

Kamille stieß einen Pfiff aus und stupste Kirstine mit dem Ellbogen in die Seite, die daraufhin errötete.

»Jetzt, im zweiten Schulhalbjahr, sollt ihr langsam anfangen, eure praktischen Fertigkeiten zu trainieren. Bisher haben wir uns vor allem auf die Theorie konzentriert, doch nun ist es an der Zeit, dass ihr euch mit der Praxis vertraut macht. Natürlich passiert das nicht von heute auf morgen, daher ist es umso wichtiger, dass wir damit beginnen. Ihr sollt hier und jetzt versuchen, mit der Kraft der Erde in Verbindung zu treten. Dazu nehmt ihr den Völvenstab in die Hand und konzentriert euch. Wer fängt an … Kirstine?«

Kirstine trat zögernd in die Mitte und nahm den Stab, den Thorbjørn ihr hinhielt.

»Sammle dich, bleib ruhig, fokussiere dich auf den Stab und leite deine Kraft in ihn hinein«, wies er sie an.

Einen Augenblick lang stand Kirstine mit geschlossenen Augen da, dann öffnete sie sie wieder und befolgte Thorbjørns Anweisungen mit ernster Miene in höchster Konzentration. Der Wind ergriff ihr Haar, das sich aus dem Pferdeschwanz gelöst hatte, die Luft um sie herum war energiegeladen.

»Da, der Stab!« Kamille zeigte mit dem Finger darauf und jetzt konnte auch Victoria es sehen. Der Stab veränderte die Farbe, das schwarze Metall wurde orange. Langsam wurde ihr klar, dass er begonnen hatte zu glühen.

Plötzlich ließ Kirstine den Stab keuchend los, und er landete zischend im nassen Gras.

»Großartig, Kirstine! Du hast es wirklich geschafft, dich mit deiner Kraft zu verbinden. Ein ziemlicher Durchbruch, wenn du mich fragst. Wenn du erst einmal verinnerlicht hast, wie sich das anfühlt, dann wird es im Weiteren ein Leichtes für dich sein.« Thorbjørn klopfte Kirstine anerkennend auf die Schulter.

»Wer will als Nächstes?«

»Oje, hast du dir die Hand verbrannt?«, fragte Kamille, als Kirstine zu ihnen zurückkehrte.

»Nein, schau!« Sie hielt ihr die Handfläche entgegen, sodass die Freundinnen deutlich erkannten, dass sie unversehrt war.

»Du bist einfach der Hammer, Kirstine. Du bist echt richtig gut geworden. Man könnte meinen, du wärst verliebt oder so.«

»Wie meinst du das?«, flüsterte Kirstine.

»Aus dem Grund dürfen wir nichts mit den Jungs anfangen. Verliebt zu sein kann sich echt heftig auf die Kräfte auswirken!«

»Würdet ihr euch bitte konzentrieren!«, brummte Thorbjørn. »Wer ist die Nächste?«

Nach der beeindruckenden Leistung von Kirstine waren die Mädchen begierig darauf, es auch zu probieren, doch keine von ihnen hatte einen ähnlichen Erfolg. Victoria hätte am liebsten gepasst, aber Thorbjørn bestand darauf, und so musste sie sich fügen. Nichts passierte, und nach fünf quälenden Minuten entließ er sie mit der Bemerkung, sie solle weiter daran arbeiten, sich mit der Kraft zu verbinden, und die Kontrolle abzugeben. Anschließend sollten sie das Gebiet auf eigene Faust erkunden und sich Notizen für einen Aufsatz über Opferrituale in der Wikingerzeit und jüngeren Eisenzeit machen. Victoria wollte sich allein auf den Weg begeben, doch dieses Mal ließ Kamille sich nicht einfach abschütteln.

»Victoria, warte, lass uns zusammen gehen, ja? Dann können wir kurz reden.« Entschlossen hakte sie sich bei Victoria unter und zog sie mit zum Waldrand hinüber, wo sie allein waren. Malou und Kirstine schlossen sich ihnen an.

»Warum bist du nicht ans Telefon gegangen oder hast auf meine Nachrichten geantwortet?« Malou blickte sie finster an, und Victoria spürte ihre Abneigung zusammen mit dem strömenden Regen auf der Haut prickeln. Sie konnte sie alle spüren. Malous schwelende Wut, Kamilles erdrückende Fürsorge und Kirstines nervöse Angst. Und sie konnte ihnen nicht geben, was sie wollten. *Vergebung.*

»Was glaubst du, Victoria?«, fragte Kamille. »Hat sich Trine mit dem Angriff gerächt, weil wir den Mord nicht aufgeklärt haben?«

Victoria spürte, wie sich alles in ihr zusammenzog. »Du darfst niemals den Namen eines Geistes erwähnen!«, zischte sie.

»Okay, okay, wusste ich nicht.« Kamille hielt beschwichtigend die Hände vor sich hin.

»Es erregt seine Aufmerksamkeit«, sagte Victoria, während sie versuchte, ihre Stimme unter Kontrolle zu halten. »Ich finde nicht, dass wir an diesem Ort darüber reden sollten.«

»Was stimmt denn nicht mit diesem Ort?«, fragte Malou. »Wir versuchen rauszufinden, was mit Anne passiert ist. Aber dir ist sie ja vielleicht egal?« Sie trat einen Schritt näher, ihre Pupillen sahen aus wie schwarze, kleine Steine.

»Es tut mir leid, aber ich kann euch nicht helfen.«

»Was soll das heißen?«, fragte Malou. »Du bist die Einzige, die mit diesem verdammten Geist in Kontakt steht, und wir haben nichts anderes. Die Lehrer können wir nicht mehr fragen, nachdem das mit Anne passiert ist. Du bist unsere einzige Chance, du musst den Geist nach weiteren Hinweisen bitten, wir brauchen eine Spur, irgendwas.«

»Ich kann nicht …«, flüsterte sie. *Ich kann nicht, ich will nicht, ich wage es nicht.* »Was Anne passiert ist, tut mir leid, es war nicht Trines Schuld.«

»Und wessen Schuld war es?«, Malou blickte ihr trotzig direkt in die Augen. »Was willst du damit sagen?«

Victoria machte einen Schritt zurück und noch einen. Dann drehte sie sich um und ging davon.

Es ist meine Schuld. Ich habe den Geist angezogen. Ich bin es, den er haben wollte.

Hey, was geht?

Viel los …?

Hey, warum antwortest du mir nie?
Eigentlich ziemlich unhöflich …

Zu viele Hausaufgaben.

Schülerregel Nummer 2: Pass auf, dass
du nicht zu viele Hausaufgaben machst.

Meinst du, die Lehrer sehen das auch so?

Nee – ist ja auch ne SCHÜLERregel.
Eine wichtige. Du darfst das alles nicht
so ernst nehmen …

Süße …

Hör auf.

… sicher?

…?

Okay, kapiert. Ich hör auf. Schlechten Tag gehabt?

Neuer Rekord.

Hast du Lust, ne Runde spazieren zu gehen? Frische Luft ist gut fürs Gehirn :-)

Weiß nicht …

Komm schon – in einer halben Stunde – am üblichen Ort?

Ich bin heute keine gute Gesellschaft. Halt besser Abstand.

Ich bin ein großer Junge. Kann schon selbst bestimmen, wer gute Gesellschaft ist ;)

Komm schon!

Biiiiiiitte …

Ich mach so lang weiter, bis du ja sagst.

Seufz … na gut

:-)

20. JANUAR
11 UHR 20

Malou

Das winzige Skalpell lag kalt in ihrer Hand. Malou drehte es langsam, sodass das Licht darauf reflektierte. Der Schmerz machte ihr keine Angst, auch nicht der Anblick von Blut. Nein, es war vielmehr so, dass ihr das Gefühl, ein scharfes Messer in der Hand zu halten, Sicherheit gab. War das normal? Also für eine Magierin? Oder war sie ein Freak, so wie ihr Lehrer für Blutmagie, der gerade mal wieder einen seiner Wutanfälle hatte?

»Wir sprechen über den kleinsten Schnitt in einen Finger, den ihr euch überhaupt vorstellen könnt«, grollte Zlavko. »Ein paar Tropfen Blut – wir veranstalten doch hier kein Kettensägen-Massaker! Also seid so gut und behaltet euer lächerliches Geheule für euch. Ihr seid die nächste, vielversprechende Generation von Magiern – keine Versammlung wehleidiger Helikopterkids.«

Malou ließ den Blick durch die Klasse wandern. An den Tischen saßen jeweils zwei Mädchen. Jede von ihnen hatte ein Skalpell und ein Glas mit Wasser bekommen. Jetzt sollten sie sich in einen Finger schneiden und ein paar Blutstropfen in das Wasser fallen lassen. Vor Weihnachten hatten sie damit experimentiert, sich mit einer Nadel in den Finger zu stechen, und selbst das war einigen schwergefallen. Heute sollten sie es das erste Mal mit dem Skalpell versuchen.

Sie beobachtete, wie Kirstine, kreidebleich im Gesicht, das Skalpell auf die Zeigefingerkuppe zuführte, aber offensichtlich konnte sie sich nicht überwinden, sich selbst zu schneiden. Blutmagie war das Fach, das alle am meisten hassten. Auch Malou. Bei ihr lag es allerdings nicht daran, dass es ihr schwerfiel.

»Malou?« Zlavko beugte sich auffordernd über sie. Warum fiel es diesem Typen bloß so wahnsinnig schwer, die Privatsphäre anderer Leute zu respektieren? Sie seufzte tief und führte das Skalpell mit einer schnellen Bewegung über ihren Zeigefinger. Es war so scharf, dass sie den Schnitt kaum spürte. Blut stieg in der kleinen Schnittwunde auf, und sie beeilte sich, es ins Wasser fallen zu lassen. Die Blutstropfen schwebten kurz als kleine, rötliche Wolken im Wasser, bevor sie sich mit ihm verbanden und verschwanden. Enttäuscht betrachtete Malou das Wasser, das genauso aussah wie vorher. Was hatte sie denn bitte erwartet? *Irgendetwas auf jeden Fall.*

»Umfass das Glas mit beiden Händen.« Zlavko stand so nah hinter ihr, dass sie sein Flüstern an ihrer Wange spürte. Gehorsam schloss sie die Hände um das Glas. Der Finger mit der Schnittwunde hinterließ einen blutigen Abdruck auf der Außenseite.

»Dein Blut ist ein Teil von dir«, wisperte Zlavko. »Du bist ein Teil des Wassers. Es wird dir jetzt folgen. Es wird dich spiegeln. Wie fühlst du dich, Malou?«

Malou schloss die Augen und versuchte, alles zu ignorieren – den Lehrer, der immer noch viel zu dicht bei ihr stand, und die anderen Mädchen, die sich beschwerten, jammerten oder nervös kicherten. Wie fühlte sie sich? Sie fühlte … Wärme? Ja, Zlavkos starrer Blick trieb ihr den Schweiß auf die Stirn. Aber es war nicht nur das. Sie spürte die Hitze, als würde sie von innen her brennen. Warum musste dieser Idiot Zlavko sie auch so quälen? Ohne jeden Zweifel wusste er, dass sie es hasste. Warum hatte ausgerechnet sie eine Begabung für Blutmagie? Warum konnte sie es nicht ein einziges Mal leicht haben? Hatte sie nicht schon genügend Nieten in dieser Scheißlotterie namens Leben gezogen?

Sie spürte, wie das Glas in ihren Händen vibrierte. Als sie die Augen öffnete, konnte sie sehen, wie sich winzige Blasen auf dem Glasboden bildeten, von wo aus sie langsam zur leicht dampfenden Oberfläche aufstiegen. Das Wasser war warm geworden. Erschrocken ließ sie das Glas los.

»Verdammt, Malou!«, polterte Zlavko. Der laute, scharfe Klang seiner Stimme ließ sie zusammenfahren. »Warum hast du aufgehört? Wovor hast du Angst?«

Im selben Moment wurde seine Aufmerksamkeit auf Sofie gelenkt, sie hielt ihre blutige Hand so weit wie möglich von sich weg und sah aus, als würde sie jeden Moment in Ohnmacht fallen.

»Ein kleiner Schnitt, hab ich gesagt!«, schrie er. »Halt die Hand hoch, über Herzhöhe.« Bevor er zu Sofie ging, um die Blutung zu stillen, beugte er sich noch einmal über Malou. »Du verrätst dein Potenzial, Malou. Wir beide müssen uns dringend mal unterhalten. Nach der Stunde bleibst du bitte hier.«

»Ich bin von deinen Leistungen sehr enttäuscht.«

Malou antwortete nicht. Aber sie schaute ihm direkt in die Augen. Er sollte bloß nicht glauben, dass sie sich einschüchtern ließe.

»Ich hatte ziemlich hohe Erwartungen an dich.« Ausnahmsweise zeigte sich keine Spur des herablassenden Grinsens auf Zlavkos Gesicht.

Das war doch mega unfair! Hatte es irgendeins der anderen Mädchen geschafft, dass das Wasser reagierte? Nein. Und trotzdem saß ausgerechnet sie hier. Er hatte es immer nur auf sie abgesehen. Der nächste Gedanke schmerzte mehr als der Schnitt mit dem Skalpell: Sie war allerdings auch die Einzige, die zum Blutzweig gehörte.

»Willst du das hier eigentlich? Und falls ja, wovor hast du solche Angst?«

Jetzt senkte sie den Blick doch. Wovor sie Angst hatte? Der Anblick von Blut hatte ihr immer ein flirrendes Gefühl von Kontrolle gegeben, von Macht. Es fühlte sich gut an, und trotzdem hatte sie das Gefühl unterbrochen. Warum? Sie hatte ja bereits Blutmagie angewandt, die weit über ihrem eigentlichen Niveau lag, sie hatte ein verdammtes Leben gerettet. Als vor wenigen Monaten das mit Victoria passiert war, hatte sie nicht gezögert. Sie hatte gewusst, dass ihr Blut die Freundin retten konnte. Es hatte sich völlig natürlich angefühlt. Doch jedes Mal, wenn sich Zlavko über sie beugte, löste sich ihr Selbstvertrauen in Luft auf. Auch jetzt, dabei war es so wichtig, gerade jetzt stark zu sein. Zu ihrem Schrecken bemerkte Malou, dass sich ihre Augen mit Tränen füllten. *So eine Scheiße! Reiß dich zusammen!*

»Ich weiß genau, warum du nicht so gut bist, wie du sein könntest«, flüsterte Zlavko. »Wie du sein *müsstest*. Du hast noch immer nicht erkannt, was du bist. Wie alle anderen albernen Mädchen fürchtest du dich vor der dunklen Seite der Magie. Geben zu können. Nehmen zu wagen. Zu opfern. Der Magie des Blutes. Aber du enttäuschst mich, Malou. Ich habe gedacht, du wärst anders. Ich dachte, dir seien die dunklen Seiten des Lebens nicht fremd.«

»Und ich dachte, schwarze Magie sei in Rosenholm verboten.« Malou schaute ihm trotzig ins Gesicht und hoffte, dass ihm nicht auffiel, wie feucht ihre Augen waren.

»Schwarze Magie, weiße Magie.« Zlavko grinste hämisch. »Das sind Begriffe für Leute, die keine Ahnung haben. Die Wirklichkeit ist nicht schwarz oder weiß. Es wird immer eine Mischung sein. Es gibt keine Magier, die nur weiße Magie ausüben. Wer etwas anderes behauptet, ist entweder dumm oder lügt.«

»Und Birgit sieht das auch so?«

Zlavko schnaubte, antwortete aber nicht. Offenbar hatte sie einen Volltreffer gelandet.

»Wenn ich dir einen guten Rat geben darf, Malou, dann den, dass du dich auf dich und deine Ausbildung konzentrieren solltest, statt dir deinen kleinen Kopf darüber zu zerbrechen, in welchen Dingen ich die Meinung der restlichen Lehrerschaft teile.« Sichtlich verärgert stand Zlavko auf und wies mit dem Kopf Richtung Tür, um ihr zu bedeuten, dass sie entlassen war. »Und außerdem erwarte ich, dass du bis Freitag doppelt so viele Seiten schreibst wie die anderen. Vielleicht macht das manche Dinge für dich klarer.«

Malou marschierte aus dem Raum und warf die Tür hinter sich so heftig ins Schloss, dass es im Flur widerhallte.

So ein fucking Idiot!

Sie lief und nahm nicht richtig wahr, wohin sie unterwegs war. Hauptsache, so weit wie möglich weg von Zlavkos Klassenzimmer. Plötzlich stand sie an einem Ort, den die Schülerinnen und Schüler sonst nie betraten. Aber sie war schon einmal hier gewesen. Am Prüfungstag. Es war der Flur hinter der Bibliothek, in dem die vielen alten Klassenfotos hingen. Malous Augen waren voller Tränen, während ihr Blick über die Schwarz-Weiß-Fotos glitt. Das Schlimmste war, dass er recht hatte. Sie war lange nicht so gut, wie sie es hätte sein sollen. Früher war sie immer Klassenbeste gewesen. Aber nicht in Rosenholm. Und ihr blieb gar nichts anderes übrig, als in kurzer Zeit richtig gut zu werden. Victoria weigerte sich, mit ihnen über Trine zu sprechen, also musste sich Malou um alles allein kümmern. Es war ja schließlich auch ihre Schuld gewesen. Sie hatte die anderen dazu überredet, die Séance abzuhalten.

»Äh, alles in Ordnung bei dir?«

Sie hatte ihn nicht gehört. Wie hatte er es geschafft, sich so lautlos an sie heranzuschleichen? Sie wandte sich ab und wischte sich schnell über die Augen. Warum musste sie ihn ausgerechnet jetzt treffen? *Was für ein beschissener Scheißtag!* Das Universum war eindeutig nicht auf ihrer Seite.

»Mir geht's gut.« Malou wischte sich unter den Augen entlang und hoffte, dass ihre Wimperntusche nicht verlaufen war.

Benjamin richtete seinen Blick auf die Bilder an der Wand und tat, als würden die seine Aufmerksamkeit voll und ganz beanspruchen. »Sag mal, bist du öfter hier?«

»Was meinst du damit?«

»Na ja, das ist das zweite Mal, dass wir uns hier begegnen. Okay, genau genommen haben wir uns beim letzten Mal in der Bibliothek getroffen, aber du kamst aus dieser Richtung.«

Malou schüttelte den Kopf. »Nein, ich war seit damals nicht mehr hier.«

»Es ist schon komisch mit all den Schülerinnen und Schülern, die vor uns hier waren. In hundert Jahren stehen womöglich zwei andere Schüler hier im Flur und schauen sich Bilder an, auf denen wir zu sehen sind.«

»Werden nicht immer nur die Abschlussklassen hier aufgehängt? Dann bin ich mir nämlich nicht sicher, ob ich die Ehre haben werde, hier irgendwann mal in einem Rahmen hinter Glas zu hängen.« Eigentlich hatte sie einen Witz machen wollen, aber ihre Stimme klang verbitterter, als sie beabsichtigt hatte.

»Warum sollte es nicht klappen? Wenn man die Dinge hier in Rosenholm zu ernst nimmt, wird man bloß wahnsinnig. Ein bisschen Spaß zu haben, ist auch wichtig.«

Er trat einen Schritt auf sie zu, ließ den Blick aber weiterhin auf die alten Fotografien gerichtet. Er machte sie nervös. Die anderen Mädchen glaubten, dass sie eine Menge Erfahrung mit Jungs hatte, und sie ließ sie in dem Glauben. Aber in Wahrheit war ihr bisher kaum ein Junge nah genug gekommen. Vielleicht hatten sie Angst vor ihr? Benjamin hatte jedenfalls keine.

Er wandte ihr das Gesicht zu. Sie begegnete seinem Blick. Wenn das hier ein Film wäre, hätte er sie jetzt geküsst. Der Gedanke durchfuhr sie, als sich plötzlich eine Tür am Ende des Flurs öffnete.

»Hast du nicht eigentlich etwas anderes zu tun?«

Birgit. Hatte sie sie beobachtet?

Benjamin drehte sich von Malou weg, zum Fenster. Seine Augen zuckten unruhig, als würde er nach etwas suchen.

»Birgit hat recht, ich bin spät dran. Ich muss los.« Ein kleines Lächeln zuckte kurz in seinem Mundwinkel. *Ein bitteres Lächeln.* War er es leid, dass sie ständig unterbrochen wurden?

»Aber denk an das, was ich gesagt habe«, murmelte er so leise, dass Birgit es nicht hören konnte, »sorg dafür, dass du ab und zu auch ein bisschen Spaß hast.« Er zwinkerte ihr zu, während er sich schon rückwärts durch den Flur entfernte. Erst als Birgit die Tür hinter ihm zumachte, fiel Malou auf, dass Benjamins Schritte auf den alten Holzdielen des Schlosses auch diesmal kein einziges Geräusch gemacht hatten.

5. FEBRUAR
14 UHR 45

Kirstine

Skeptisch blickte Kirstine in ihren schwarzen Kessel, in dem eine graugrüne Masse munter vor sich hin blubberte. Es roch stark nach Knoblauch. Lisa, ihre Lehrerin in Naturmagie, lief zwischen den Tischen umher und überprüfte, wie sie mit der Grippe-Kur zurechtkamen, die sie in der heutigen Stunde herstellen sollten. Es traf sich bestens. Die umgehende Grippewelle hatte bisher bereits ein Drittel aller Schülerinnen und Schüler erwischt. Kirstine hatte ihre Mixtur auf Basis von Knoblauch und Brennnesseln angerührt, hegte jedoch ernste Zweifel, dass irgendjemand sie einnehmen würde.

An Kamilles Tisch sah es ganz anders aus. Ihr Kessel war mit einer dunkellila Flüssigkeit gefüllt, die nach Holunderbeeren und Basilikum roch. Auch Lisa machte einen großen Bogen um Kirstines Gebräu und steckte ihre Nase lieber in Kamilles Kessel.

»Holunderbeeren werden schon seit Jahrhunderten gegen Grippe verwendet. Und Basilikum wirkt schleimlösend«, erläuterte Kamille. »Und dann habe ich noch ein wenig Purpur-Sonnenhut beigemischt, um die Abwehrkräfte zu stärken.«

Lisa nickte und lächelte. »Klingt nach einer effektiven Mischung«, lobte sie. »Und wie das duftet.« Dann sagte sie laut, damit die ganze Klasse sie hören konnte: »Denkt daran, dass das oberste Ziel der Naturmagie ist, das Wohlbefinden zu verbessern. Es geht also darum, alle Sinne so weit wie möglich zu befriedigen.«

Kirstine blickte auf ihr Gefäß und seufzte. Naturmagie war nicht gerade ihre Stärke. Kamille dahingegen hatte eindeutig ein Händchen dafür. Sie kannte sich nicht nur viel besser mit den Pflanzen aus, sondern ließ sich in ihren Entscheidungen einfach vom Instinkt leiten, wenn es darum ging, Heiltränke zu brauen oder mithilfe von Pflanzen ein verletztes Tier oder einen kranken Menschen zu heilen.

In Nordisch hatte Kirstine zum Glück Fortschritte gemacht. Vor wenigen Tagen war es ihr gelungen, allein mit Hilfe eines Runenzaubers einen Bücherstapel zum Umstürzen zu bringen – niemand sonst hatte das bislang geschafft. Sie gehörte inzwischen zu den Klassenbesten. Kaum zu glauben, dass sie das noch erleben durfte.

Nach dem Unterricht blieb sie noch eine Weile im Raum und nahm sich extra viel Zeit, um den Kessel von der übelriechenden Masse zu reinigen. Sie musste mit jemandem darüber sprechen. Der Anblick, wie Anne blutig und leblos mit den Gliedmaßen nach allen Seiten ausgestreckt dagelegen hatte, verfolgte sie bis in ihre Träume. War es wirklich ein Geist, der das getan hatte? Sie bekam das grausige Szenario einfach nicht aus dem Kopf, und im Schlaf vermischten sich die Bilder von der blutenden Anne mit jenen des getöteten Fuchses, sowie dem blutigen Stern auf Jakobs Brust.

Sie hatte versucht, mit Jakob darüber zu sprechen, aber der hatte nichts davon hören wollen, und seitdem hatte sie keine weitere Gelegenheit mehr gefunden. Kirstine spürte, wie sich ein butterweiches Lächeln auf ihrem Gesicht ausbreitete, während sie den Kessel ein letztes Mal ausspülte und mit einem Handtuch abtrocknete. Sie wusste, dass das, was sie taten, an der Schule strengstens untersagt war, und wenn es herauskäme, würde sie von der Schule fliegen und Jakob seinen Job verlieren, für den er so hart gekämpft hatte. Doch aus irgendeinem Grund kümmerte sie das nicht. Aus irgendeinem Grund war die stets ängstliche, stets tugendhafte, stets besorgte Kirstine für eine Weile verschwunden. All das war ihr egal, sie wollte nur mit ihm zusammen sein. *Fühlt es sich so an, verliebt zu sein?*

»Kirstine, du bist immer noch hier?« Sie zuckte zusammen. Die Lehrerin blickte sie neugierig an. Kirstine holte tief Luft und stellte ihre Frage.

»Ein Pentagramm? Also ein fünfzackiger Stern?«, wiederholte Lisa überrascht, nachdem Kirstine vorgebracht hatte, was ihr auf dem Herzen lag. »Ich dachte, du wolltest etwas zum heutigen Unterricht fragen«, sagte sie und Kirstine glaubte, ein Funkeln in ihren Augen zu bemerken.

»Ich bin vor kurzem auf das Zeichen gestoßen. Und seitdem ist es mir immer wieder aufgefallen«, redete Kirstine sich raus.

»Das glaub ich dir gern«, sagte Lisa. »Der fünfzackige Stern ist ein uraltes, heidnisches Symbol. Früher galt er als Fruchtbarkeitssymbol, und in der Antike war er ein Zeichen für Glück und Gesundheit. Im Christentum symbolisiert der fünfzackige Stern die fünf Wunden Jesu, während er im Wicca das Element Erde verkörpert.« Lisa hielt inne und sah Kirstine einen Moment lang an.

»Ergibt irgendetwas davon Sinn für den Kontext, in dem du das Zeichen gesehen hast?«

Kirstine zuckte mit den Schultern. »Steht es in irgendeiner Form mit Geistern in Verbindung?«, fragte sie.

Lisa lächelte. »Alles ist miteinander verbunden. Wenn es eine Sache gibt, die du aus meinem Unterricht mitnehmen solltest, dann das. Aber ja, der fünfzackige Stern steht mit Geistermagie in Verbindung, und man war überzeugt davon, dass er vor Geistern schützen, sie herbeirufen und festhalten kann. Das sieht man auch an den Namen, die er trägt. Ich selbst bevorzuge den Namen *Drudenfuß*. Weißt du, woher das Wort stammt?«

Kirstine schüttelte den Kopf.

»Ein *Drude, Nachtmahr* oder *Nachtalb* bezeichnet ein oftmals weibliches, erotisches Traumwesen, das schlafende Menschen quält, indem es sie reitet. Ein anschauliches Beispiel dafür, wie die Angst vor der weiblichen Sexualität die Geschichte in unserem Teil der Welt geprägt hat, wenn du mich fragst.«

»Und der Drudenfuß hielt das Wesen fern?«

»Ja – oder fest, wenn man es wollte.«

»Was hätte ein Geist davon, wenn er das Pentagramm selbst benutzt?«

»Wie meinst du das?« Lisa ließ ihre Augen über Kirstines Gesicht schweifen. In etwa so, wie ihre Mutter es immer tat, wenn sie sich Sorgen machte und herausfinden wollte, was mit ihr los war. »Hast du etwas Bestimmtes im Kopf?«

Kirstine schüttelte den Kopf. »Nein, war nur so ein spontaner Gedanke.«

»Wenn du mehr über Geisterkunde erfahren willst, solltest du vielleicht Jens fragen«, sagte Lisa und klappte ihre alte, abgenutzte Ledertasche zu. »Er hat viel mehr Ahnung davon.«

»Okay, vielen Dank für die Hilfe.« Kirstine eilte zur Tür hinaus, während sie den prüfenden Blick im Rücken spürte, der in ihr schlagartig ein sonderbares Gefühl von Heimweh, vermischt mit kribbelnder Klaustrophobie, hervorrief.

23. FEBRUAR
11 UHR 20

Victoria

Victoria ließ ihren Blick über die Geschenke wandern. Sie hatte von ihren Eltern ein neues iPhone bekommen, obwohl mit dem alten noch alles in Ordnung war. Sie überlegte kurz, ob sie es aus der Schachtel nehmen sollte, legte es aber wieder hin. Die Großeltern hatten ihr eine für ihren Geschmack viel zu auffällige Umhängetasche geschenkt, und die Mädchen einen Satz Skiunterwäsche, weil sie immer fror. Victoria zog das Wollunterhemd unter ihre Bluse und schnappte sich ihren Mantel.

»Ich geh eine Runde«, sagte sie zu Kirstine, die es sich gerade mit ein paar Büchern über Heilpflanzen bequem gemacht hatte.

»Soll ich mitkommen?«

»Nein danke, ich brauche nur etwas Luft. Ach, und Kirstine? Danke für den Geburtstagskuchen und das alles.«

»Gern geschehen. 16. Geburtstag – das ist ein großer Tag.«

Victoria ging die Treppe runter und hinaus in den Schlosshof, als sie spürte, wie das Handy in der Hosentasche vibrierte. Es hatte geschneit, die Luft war glasklar, und die Sonne schien. Der vereiste Schnee knirschte unter ihren Schuhsohlen.

Alles Gute zum Geburtstag, Süße. Sweet Sixteen, was? Hoffe, du hast einen schönen Morgen gehabt?

Danke. War gut.

Gehen wir ne Runde raus?

Mache gerade was mit den Mädels. Später vielleicht.

Okay, sag einfach Bescheid.

Victoria steckte das Telefon zurück in die Tasche und sah sich um. Aus dem Augenwinkel hatte sie eine Bewegung wahrgenommen. Vielleicht war es nur ein Vogel. Oder vielleicht trieb sie der Schlafmangel langsam in den Wahnsinn. Sie wagte es kaum noch sich hinzulegen, und wenn sie es doch tat, waren die weißen Schatten sofort da. Sie holte tief Luft und ging in den Wald.

Der Schnee lag hier unberührt, und sie konnte leicht erkennen, wo Tiere Spuren hinterlassen hatten. Ein großer Hund oder vielleicht ein Dachs war hier entlanggegangen, und sie folgte den Spuren, ohne weiter darüber nachzudenken.

Sie führten sie vom Pfad weg und auf einen Abhang zu. Darunter floss ein kleiner Bach, der noch nicht zugefroren war, sodass man das Wasser in der stillen Winterluft plätschern hören konnte. Dann brachen die Spuren abrupt ab. Der Schnee war an einer Stelle etwa kreisförmig weggescharrt worden, und winzige Blutspritzer zeichneten sich auf dem weißen Untergrund ab. Vielleicht hatte das Tier ein anderes angegriffen? Kamille hätte mit Sicherheit durchschaut, was hier passiert war, sie hatte ein Händchen für so etwas. Victorias Blick fiel auf etwas Bräunliches, und sie hob es auf. Eine Feder. Sie war groß, bestimmt von einem größeren Raubvogel. Warum sollte ein Hund einen Raubvogel angreifen? Oder hatten sie sich um dieselbe Beute gestritten? Ein Schauer ging durch ihren Körper. Es war, als ob die Temperatur weiter gesunken wäre, und mit einem Mal umgab sie ein Duft. *Leicht und kräftig zugleich. Konzentriert und parfümiert.* Jetzt erkannte sie ihn. *Violen.* Aber im Winter wuchsen keine Violen, der Schnee bedeckte alles. *Nein, doch nicht jetzt …* Das war nicht möglich, die weißen Schatten kamen nie am helllichten Tag.

»Warum?« flüsterte sie. »Warum kannst du mich nicht in Ruhe lassen?«

Schau mich an, raschelten die Silberpappeln über ihr, und ihr wurde klar, was sie tun musste. Dagegen anzukämpfen war sinnlos, Trine würde sie früher oder später einholen. Victoria sank auf die Knie, sie legte sich in den Schnee und ließ sich vom Violenduft einhüllen.

»Ich bin jetzt hier, Trine. Ich bin jetzt hier. Zeig es mir.«

Der blaue Himmel verschwand. Es wurde dunkel, und die Luft war erfüllt vom Rauschen der Silberpappeln und dem Duft der Violen. Die zerklüftete, verzerrte Vision war ohne Farben und ohne ein anderes Geräusch als das beunruhigende Rauschen, das stieg und fiel. Der Mann trug das junge Mädchen in den Wald, bis zum Bach hinunter, wo er sie auf dem Boden ablegte. Sie konnte sich nicht rühren, aber sie war wach, ihre Augen waren weit aufgerissen, angsterfüllt. Er legte ihre Arme und Beine zurecht, glättete ihr Kleid, breitete ihre Haare aus, streichelte ihr über die Wange, flüsterte ihr Dinge ins Ohr. Er küsste ihren Hals, ließ seine Hände über ihren Körper hinabgleiten. Victoria wollte es nicht mitansehen. »Hör auf, hör auf!«, flehte sie, aber Trine ließ sie dieses Mal nicht davonkommen. Sie sollte alles sehen. Und Victoria sah, wie sich der Mann auf das junge Mädchen legte, während ihr Tränen die Wangen hinabströmten. Und sie sah, wie er sie zuletzt auf den Mund küsste, die Hände um ihren Hals legte und drückte und drückte und drückte, bis der Himmel schwarz wurde, und nichts war mehr da.

23. FEBRUAR
16 UHR 40

Kamille

»Victoria!« Kamille hörte am schrillen Klang ihrer eigenen Stimme, dass sie wirklich in Sorge war. Draußen war es still und bereits dunkel, und das einzige Geräusch war das Knirschen des Schnees bei jedem ihrer Schritte. »Wann hast du sie das letzte Mal gesehen?«

»Vor dem Frühstück«, sagte Kirstine, die direkt hinter ihr ging. »Sie wollte nur einen Spaziergang machen.«

»Victoria!« Malous Stimme ließ Kamille zusammenzucken. Sie konnte die Freundin nicht sehen, so dunkel war es bereits, doch sie hörte, dass sie ein Stück weiter voraus lief. Es war klirrend kalt, und Kamille fror so sehr, dass sie zitterte. Sie wählte noch einmal Victorias Nummer, auch diesmal ohne Erfolg. Stattdessen benutzte Kamille das Handy jetzt, da es tiefer in den Wald ging, als Taschenlampe. Der Schnee lag hier hoch, ein Tier hatte deutliche Spuren auf der weiß blitzenden Decke hinterlassen.

»Hier! Sie ist hier!« Malous Ruf gellte plötzlich durch den Wald. Er kam vom Bach her. Kamille und Kirstine rannten beide gleichzeitig los, aber Kamille stolperte im hohen Schnee, sodass Kirstine sie mit ihren langen Beinen überholte.

Malou hockte neben Victoria, die im Schnee lag. »Victoria!«

»Lass mich mal!« Kamille legte ihre Hände auf Victorias Stirn. Sie konnte die Freundin spüren, sie war noch nicht weg, aber ziemlich kalt. »Wir müssen sie sofort reinbringen!«

Kirstine schälte sich aus ihrer Jacke und legte sie um Victoria, dann hob sie den schmalen Körper hoch. Ihre Augen blickten panisch, aber entschlossen, wie die bei einer Mutter mit einem verletzten Kind im Arm.

»Ich laufe vor und hole Ingrid«, sagte Malou und rannte los.

Kamille ging voran und leuchtete in die Dunkelheit, während sie einen alten Vers vor sich hinmurmelte. Es war eine einfache Schutzformel, die sie als Kind von ihrer Mutter gelernt hatte, aber es war das Einzige, was ihr in dieser Situation in den Sinn kam, und selbst wenn er sonst keinen Zweck haben sollte, machte er ihr immerhin Mut.

Kirstine keuchte vor Anstrengung, aber ging unermüdlich weiter und ließ sich auch nicht von Kamille helfen.

Als sie beinahe am Schloss angelangt waren, kam Malou ihnen entgegen. »Ich finde Ingrid nicht. Ihr Zimmer ist abgeschlossen und sie macht nicht auf!«

Sie hielten an und Kamille ließ den Lichtstrahl über Victorias Gesicht gleiten. Eine warme Welle der Erleichterung durchströmte sie: Victorias Augenlider flackerten.

»Sie kommt zu sich! Kommt, wir bringen sie rein. Schaffst du das letzte Stück noch, Kirstine?«

Kirstine nickte und trug Victoria vorsichtig die Treppen hoch. Dabei murmelte sie zwischen zusammengebissenen Zähnen den Namen der Rune *Uruz*. Kamille wusste, dass es Kirstine half, ihre letzten Kräfte zu mobilisieren.

»Dreht die Heizung hoch, legt sie aufs Bett und deckt sie zu«, kommandierte Kamille, als sie im Turmzimmer angekommen waren. »Kirstine, leg deine Hände so auf sie und visualisiere die Sonnenrune *Sowilo* vor deinem inneren Auge. Malou, du kochst Wasser!«

Kamille selbst lief in ihr Zimmer und kramte in ihrem Vorrat. Alle Schülerinnen hatten die wichtigsten Kräuter der Naturmedizin bekommen, aber sie hatte zusätzlich eine ganze Menge anderer Pflanzen gesammelt und getrocknet. Hastig zerrieb sie etwas Fieberklee, Eisenkraut und Schafgarbe über einer großen Tasse.

»Malou, ist das Wasser fertig?« Sie goss es über die Kräuter. »Jetzt muss es einen Augenblick ziehen.« Kamille setzte sich neben Victoria und legte die Hände auf deren Körper. Bald spürte sie wieder das warme Kribbeln und wie die Energie aus ihren Händen in Victoria floss. Ihre Kraft war stärker geworden.

»Sie wacht auf«, sagte Malou und Kamille, die die Augen geschlossen hatte, öffnete sie wieder.

Victorias dunkle Augen schimmerten fiebrig.

»Hier, trink das, das hilft gegen die Kälte und das Fieber«, sagte Kamille. Sie stützte Victoria und zwang sie, die warme Flüssigkeit in kleinen Schlucken zu sich zu nehmen. »Du musst austrinken.«

»Danke«, flüsterte Victoria heiser, als die Tasse leer war. »Es ist schon besser.« Ein Schauer lief durch ihren Körper.

»Was ist passiert?«, flüsterte Kirstine, während Tränen über ihre Wangen liefen.

»Trine hat mir gezeigt, wie sie getötet wurde. Das ist es, was sie mir die ganze Zeit über zeigen wollte«, hauchte Victoria.

»Konntest du erkennen, wer es war?«, fragte Malou.

»Nein, es war bloß eine dunkle Gestalt ohne Gesicht. Wenn Trine ihn gesehen hätte, hätte sie ihn mir gezeigt. Ich konnte sein Gesicht nicht erkennen, weil … weil sie es auch nicht konnte …«

»Sie würde ihn also nicht wiedererkennen?«

»Nein … sie hat ihn nicht wiedererkannt. Sie konnte ihn nicht *sehen*. So hat es sich angefühlt.«

»Hat sie dir weh getan?«, fragte Kirstine.

»Nein, so war es nicht. Ich muss hinterher ohnmächtig geworden sein, aber es war nicht Trines Schuld. Sie wollte nur, dass wir erfahren, wie sie gestorben ist. Und uns warnen …«

»Wovor?«, flüsterte Kamille.

»Ich weiß es nicht«, murmelte Victoria, deren Zähne immer noch vor Kälte klapperten.

»Vielleicht war es gar nicht Trine, die Anne überwältigt hat«, sagte Kirstine. »Irgendetwas daran passt nicht. Warum sollte Trine uns sonst warnen?«

»Wir können sie ja fragen«, sagte Malou.

Kamille schaute sie erschrocken an. »Das meinst du ja wohl nicht ernst. Hör sofort auf, so etwas zu sagen!«

»Ich finde, Malou hat recht«, sagte Victoria leise.

»Victoria, du bist viel zu schwach. Das geht nicht«, protestierte Kamille. »Denk daran, was beim letzten Mal passiert ist.«

»Ich glaube nicht, dass sie mir wehtun wollte, sie war einfach nur verzweifelt. Und wir haben ihr versprochen, ihren Mörder zu finden. Solange wir nicht direkt nach dem Täter fragen, passiert uns nichts. Und sie muss nicht in mich fahren wie beim letzten Mal, sie kann auch auf einem anderen Weg mit uns sprechen.«

Etwas an der Art, wie Victoria über den Geist sprach, bereitete Kamille Unbehagen.

»Du sprichst von ihr, als würdest du sie kennen«, sagte sie.

»Irgendwie stimmt das ja auch. Seit ich hier auf der Schule bin, war sie die ganze Zeit über bei mir. Ich wollte es nur nicht wahrhaben.«

»Könntest du denn einfach so Kontakt mit ihr aufnehmen?«, fragte Malou.

»Das ist kein Problem. Ich spüre, dass sie schon hier ist. Malou, hol deinen Spiegel, den runden aus deinem Zimmer. Und zieht die Vorhänge zu.«

»Victoria … bitte. Sollen wir nicht besser noch mal nach Ingrid suchen, damit sie checken kann, ob mit dir alles in Ordnung ist?«

»Vertrau mir«, sagte Victoria und drückte Kamilles Hand. »Mir geht's gut. Komm, hilf mir, ich will mich auf den Boden setzen.«

Kirstine zündete ein Teelicht an und stellte es neben den Spiegel, der nun zwischen ihnen auf dem Boden stand.

»Macht die Deckenlampe aus. Und überlasst das Reden mir. Wir dürfen sie nicht unter Druck setzen, ja?« Victoria fand Malous Augen und ihr Blick war nicht länger fern, sondern klar und bestimmt.

Sie nahmen einander an den Händen, Victorias Hand in Kamilles war noch immer eisig kalt. Diesmal dauerte es nur ein paar Sekunden, bis die Kerzenflamme zu flackern begann, obwohl kein Luftzug im Zimmer war, und es eiskalt wurde. Kamille versuchte, ein Schaudern zu unterdrücken.

»Bist du es, Trine?«, flüsterte Victoria, ihr kalter Atem war zu sehen. Es war still, keine von ihnen rührte sich.

»Seht, der Spiegel!«, wisperte Malou plötzlich.

Das Spiegelglas beschlug, als hätte jemand bei kaltem Wetter dagegen gehaucht. Dann schrieb ein unsichtbarer Finger Buchstaben auf die Oberfläche. Die Linie zitterte und bebte, als ob es eine große Anstrengung bedeutete, einfach einen Buchstaben zu schreiben.

JA

»Danke, dass du da bist, Trine. Erzählst du uns, wann du gestorben bist?«

Gebannt starrten sie auf den Spiegel, aber nichts geschah. Die Sekunden schleppten sich dahin. Plötzlich flackerte die Flamme wieder auf. War sie verschwunden?

»Wenn du nicht willst, Trine, ist es auch …«

»Seht!«, flüsterte Kirstine.

Unendlich langsam tauchten, eine nach der anderen, mehrere Zahlen auf dem Spiegelglas auf.

1989

»Hast du Anne überfallen?«

NEIN

»Weißt du, wer es war?«

JA

Diesmal kam das Wort schnell.

»Kannst du uns verraten, wer es war?«

NEIN

»Ist es derselbe, der dich getötet hat?«

NEIN

Sie saßen eine Weile still da, während sich das Wort auf dem Spiegel formte. Victoria schwieg. Vielleicht überlegte sie, was sie als nächstes fragen sollte. Es musste eine einfache Frage sein.

»Zu welchem Zweig der Magie gehört er?«, fragte Victoria.

Ein einzelner Strich erschien auf dem feuchten Spiegel, doch dann passierte lange nichts, als ob der Geist zögerte. Dann erschienen die Worte.

ERDE
NATUR
BLUT
TOD

Victoria schaute verwirrt auf die Worte, die auftauchten und dann wieder verschwanden. »Was sollen wir tun?«, flüsterte sie.

Das Teelicht flackerte, der Geist war schon beinahe verschwunden, aber dann erschien dennoch ein Wort, von zittriger, unsicherer Hand geschrieben.

DER BALL

»Wird er wieder zuschlagen?« Victorias Stimme war so leise, dass sie fast nicht zu hören war.

Dieses Mal zeigten sich sofort Buchstaben auf dem Spiegelglas, ungelenk, als wären sie in großer Eile geschrieben worden.

JA!!!

Ein lautes Geräusch ließ sie alle vier zusammenfahren und das Teelicht erlosch. Als sie endlich die Lampe über dem Tisch eingeschaltet hatten, sahen sie, dass sich durch das komplette Spiegelglas ein Riss zog.

24. FEBRUAR
00 UHR 22

Kirstine

»Sie schläft jetzt.« Kirstine hatte an Victorias Bett gesessen, bis diese sich endlich beruhigt hatte.

»Sie war völlig erschöpft, konnte aber trotzdem nicht einschlafen. Sie hat die ganze Zeit vor Kälte gezittert.«

Kirstine ließ sich neben Kamille fallen, die zusammengesunken am Fußende von Malous Bett saß. Während sie Victoria versucht hatte zu beruhigen, war sie selbst erstaunlich gelassen gewesen, doch nun kehrte das Unbehagen zurück.

»Und jetzt? Was zur Hölle sollen wir machen?« Kamille, die ansonsten vor Energie regelrecht übersprudelte, klang verzweifelt und entmutigt. Vielleicht hatte sie einfach nur genau so viel Angst wie Kirstine.

»Ist es nicht naheliegend?« Malou stand vom Bett auf und stellte sich mitten in den Raum. »Die Lehrer haben sich geirrt, wir haben uns geirrt. Es war kein Geist, der sich Annes bemächtigt hat. Es war nicht Trine. Es handelt sich hier um zwei unterschiedliche Dinge, einen alten Mord und einen neuen Überfall. Und das bedeutet, dass jetzt gerade vermutlich irgendein kranker Psychopath die Schule unsicher macht. Und Trine kann uns nicht sagen, wer es ist – aus irgendeinem merkwürdigen Grund, den wir nicht kennen – also müssen wir die Teile selbst zusammenfügen.«

»Von welchen Teilen sprichst du, Malou? Wir haben keine Teile. Wir wissen überhaupt nichts«, wendete Kamille ein.

»Das ist nicht wahr. Wir wissen jede Menge. Kommt schon, wir gehen alles noch mal durch.«

»Malou, wir haben die ganze letzte Stunde nichts anderes gemacht, wir kommen so nicht weiter. Du bist ja geradezu besessen davon, ein Muster darin zu erkennen, aber was, wenn es doch alles nur Zufall ist, und 'nen Scheiß beweist?«

Einen Augenblick lang verschlug Kamilles Ausbruch Malou die Sprache. Dann schien sie sich wieder zusammenzureißen.

»Du bist müde, das sind wir alle, aber Kirstine war doch nicht dabei, als wir darüber gesprochen haben. Vielleicht fällt ihr ja noch was auf, das uns entgangen ist.«

»Na gut, Malou, dann eben noch einmal. Du tust doch sowieso, was du willst«, murmelte Kamille und wickelte sich in die Bettdecke.

»Also«, sagte Malou, die Kamilles Kommentar ignorierte. »Wir wissen, dass Trine im Jahr 1989 getötet wurde. Das gibt uns eine Orientierung, um ihren Mörder zu finden. Wir wissen außerdem, dass der Täter nicht derselbe ist, der Anne überfallen hat, dass die Vorfälle aber dennoch in Verbindung miteinander stehen. Und wir wissen, dass dieser Psychopath wieder zuschlagen wird und er alle magischen Zweige beherrscht.«

»Das kann man gar nicht«, warf Kamille ein. »Alle Magier können zwar magische Handlungen ausführen, die den anderen Zweigen angehören, aber man hat immer einen Zweig, der am stärksten ist.«

»Genau das hat Trine aber gesagt.«

»Vielleicht wusste sie nur nicht, welchem er angehört. Vielleicht ist ihre Nachricht so zu verstehen?«, schlug Kirstine vor.

»Was wiederum bedeutet, dass wir nichts in der Hand haben«, blaffte Kamille.

»Wir wissen, dass er Heiligabend in der Schule war«, sprach Malou unbeirrt weiter. »Und dass er Anne angegriffen und sie so verletzt hat, dass sie überall blutete.«

»Und der Stern«, warf Kirstine ein. »Ich bin sicher, dass er eine Bedeutung hat. Der Täter hat aus Annes Körper ein Pentagramm geformt.«

»Wofür steht das Pentagramm?«, fragte Malou.

»Das weiß ich nicht«, sagte Kirstine, »aber vielleicht hat es mit Trine oder einem anderen Geist zu tun. Vielleicht sollte es sie fernhalten. Lisa hat mir erklärt, dass der Stern früher auch als Drudenfuß bezeichnet wurde, und man verwendete ihn, um Geister abzuschrecken.«

»Und der Ball«, rief Malou. »Als Victoria Trine fragte, was wir tun sollen, hat sie ›der Ball‹ geschrieben. Was hat das zu bedeuten?«

»Der Frühlingsball«, flüsterte Kirstine.

»Was?« Kamille blickte verwirrt in die Runde.

»Molly hat uns davon erzählt«, erklärte Kirstine. »Der findet für den Abschlussjahrgang statt.«

»Na klar«, sagte Malou. »Der Frühlingsball. Da müssen wir unbedingt hin. Und rauskriegen, wer Anne überfallen hat. Bevor er wieder zuschlägt.«

Trine …

Trine …?

Warum hast du mich verlassen? Weshalb bist du zu mir gekommen, wenn du mich ja doch nur wieder verlassen wolltest? Nach allem, was ich für dich getan habe? Nachdem ich das Rätsel gelöst habe, das du mir aufgegeben hast? Ich kann dich nicht spüren, nicht hören, aber ich weiß, dass du mich hörst. Weit über all jenen kleinen, nutzlosen Menschenschicksalen schwebe ich. Und ich rufe. Ich rufe nach dir. Aber du schweigst, und dein Schweigen lässt mir keine andere Wahl. Du zwingst mich es zu tun, Trine.

4. TEIL
FRÜHLING

Lass nicht zu lange schmachten
die auserwählte Maid,
sonst stirbt die holde Rose
gewiss vor Traurigkeit.

Aus ›*Des Hirsches Flucht*‹ von Christian Winther,
übersetzt von Ryno Quehl (1857)

Ich habe das Mädchen gefunden, jetzt weiß ich, wer es sein soll. Mit ihr kann ich alles wieder gutmachen. Aber ich muss vorsichtig sein, ich muss ihr Vertrauen gewinnen, darf sie nicht erschrecken. Und diesmal werde ich auf den richtigen Zeitpunkt warten. Die Violen müssen blühen. Genau wie damals. Und die Pappeln müssen im Wind rauschen. Genau wie damals. Und das Mädchen muss sterben. Genau wie damals …

Wichtige Information
zum Tanzunterricht

Der Tanzunterricht für die neuen
Schülerinnen beginnt am 14. März
um 15 Uhr im Festsaal.
Das Training ist obligatorisch.

Kleiderordnung: Rock, möglichst lang.

14. MÄRZ
15 UHR 00

Kamille

»Wo bleibt Victoria?« Kamille zupfte an ihrem gelben Sommerkleid. Sie hatte es ganz hinten aus dem Schrank gezogen, und es war ziemlich zerknittert.

»Wahrscheinlich ist es unter ihrer Würde, mit uns Amateuren zu üben. Fräulein Oberklasse hat bestimmt schon im Kindergarten Gesellschaftstänze gelernt«, knurrte Malou.

»Malou, sei bitte nicht so gemein«, ermahnte Kamille sie und warf ihr einen ihrer mütterlichen Jetzt-reicht-es-wirklich-Blicke zu. Malou verdrehte die Augen, schwieg aber.

Seit Kamille Malou besser kennengelernt hatte, wusste sie, dass sich unter deren harter Schale ein weicher Kern verbarg. Das Problem war nur, dass die Schale manchmal verdammt hart war.

»Ich denke, sie kommt noch«, meinte Kirstine. »Zu mir hat sie jedenfalls gesagt, dass sie diesen Tanz auch nicht kann. Seht mal, da ist sie …«

»Hi!« Victoria trippelte eilig auf sie zu und winkte ihnen zu. Sie trug einen schwarzen, bodenlangen Rock, der aussah, als wäre er einzig dazu geschneidert worden, um darin zu tanzen. Im Festsaal waren Tische und Stühle beiseite geräumt worden, sodass es eine freie Fläche gab. Höchstens die Gruppe Jungs aus dem Abschlussjahrgang, die in der hintersten Ecke des Raums herumstand, war im Weg.

»Das ist ja fast ein bisschen aufregend«, sagte Malou und drückte Kamilles Arm so fest, dass diese zusammenzuckte.

Einige der Jungs reckten die Hälse und versuchten gar nicht erst zu verbergen, wie schamlos sie die Mädchen musterten, andere taten, als wäre nichts dabei und erweckten den Eindruck, als stünden sie meilenweit über dieser Art Unsinn. Kamille entdeckte Vitus' blonde Locken in der Menge. Er drehte den Kopf und sah sie für einen kurzen Moment direkt an. Er lächelte. Das brachte Kamille so durcheinander, dass sie es nicht einmal schaffte zurückzulächeln.

Dann bemerkte sie, dass Birgit ebenfalls im Saal war. Sie klatschte in die Hände und bat die Schülerinnen und Schüler, still zu sein.

»Hallo zusammen! Heute Nachmittag beginnen wir mit dem Tanzunterricht. Alle Schülerinnen und Schüler von Rosenholm müssen die klassischen Tänze beherrschen. Die Jungen der Abschlussklasse tanzen mit den neuen Schülerinnen und umgekehrt. Nur die mittleren Jahrgänge tanzen miteinander. Wir erwarten dadurch, dass die älteren Schüler sich verantwortungsvoll und erwachsen benehmen, denn aufgrund ihrer Reife und ihrer Erfahrung beherrschen sie ihre Kräfte besser und lassen sich nicht so leicht hinreißen. Jeder Regelbruch kann zum Ausschluss vom Frühlingsball führen. Ist das klar?«

Birgit blickte streng über den Rand ihrer Brille und scannte die Gruppe der Jungs. Nicht gerade viele von ihnen nickten.

»Ich teile euch gleich die Tanzpartner zu, dann fangen wir an. Der wichtigste Tanz, den wir üben, ist der Les Lanciers, aber wir werden auch einen Walzer versuchen, sobald ihr ein bisschen Routine habt«, sagte Birgit und kramte ein Blatt Papier hervor. »Aber zunächst verkünde ich jetzt die Paare: Adrian und Sofie, stellt euch gern hier auf, Bertil und Yasim, …«

Kirstines Tanzpartner hieß Tobias und war einen halben Kopf kleiner als sie. Sie wurde knallrot, als er galant ihre Hand nahm und sie zu den anderen Paaren führte. Victoria sollte mit Frédéric tanzen – Mollys Flirt –, der sich vor ihr verbeugte und einen unsichtbaren Hut zog, bevor er ihr seinen Arm bot wie in einem alten Stummfilm.

»Vitus …« Kamilles Herz machte einen Satz. »… und Kamille.« Sie schaffte es nicht, ein Grinsen zu unterdrücken, als Malou ziemlich indiskret beide Daumen in die Luft reckte.

»Hab ich nicht gesagt, dass wir uns in Zukunft häufiger sehen werden?«, flüsterte Vitus ihr ins Ohr und ergriff ihre Hand.

»Was? Woher wusstest du …?«, flüsterte sie zurück, aber Vitus grinste nur und zwinkerte ihr zu.

»Benjamin und Malou.«

Malou gelang es etwas besser, ihren Gesichtsausdruck unter Kontrolle zu halten. Während Benjamin sich über ihre Hand beugte, einen flüchtigen Kuss darauf hauchte und sie dann zu den anderen Paaren führte, nickte sie nur gelassen und lächelte ihm zu. Schließlich wurde das letzte Paar aufgerufen – Sara wurde einem Jungen zugeteilt, der William hieß – und dann waren alle bereit.

Birgit bat Frédéric, mit ihr zusammen die Schritte zu demonstrieren. Kamille traute sich kaum zu blinzeln, um bloß nichts zu verpassen.

»Ich denke, die meisten haben das Prinzip verstanden. Stellt euch bitte zur Quadrille auf«, befahl Birgit.

»What!«, jammerte Kamille. »Ich hab überhaupt nichts kapiert!«

»Ganz ruhig, wir machen es einfach Schritt für Schritt«, sagte Vitus, legte den einen Arm um ihre Hüfte und ergriff mit der anderen Hand ihre, so wie Birgit es ihnen gezeigt hatte. »Außerdem bin ich ja auch noch da. Ich übe diesen Tanz jetzt schon drei Jahre, ein bisschen was kann ich also.« Er lächelte ihr zu und Kamille spürte, wie sich ihr Magen kurz zusammenzog wie beim Aufzugfahren. *Verdammt noch mal! Reiß dich zusammen.*

Birgit schaltete einen riesigen Ghettoblaster ein, und die Musik begann.

»Jetzt grüßen!«, rief sie.

Kamille war bei weitem nicht die Einzige, die die Schritte nicht hinbekam. Die Schüler lachten und stießen ständig zusammen, weil sie sich nicht erinnern konnten, wer zuerst vortreten musste, aber Vitus führte sie mit fester Hand an der Hüfte, sodass Kamille ziemlich zufrieden mit sich war, als Birgit schließlich verkündete, dass sie für heute fertig waren. Schlechter war es Kirstine ergangen, die nach der Tanzstunde todunglücklich aussah.

»Vielen Dank für den schönen Tanz«, sagte Vitus und verbeugte sich zum Abschied leicht vor Kamille. »Bis nächste Woche.«

»Das war mega!«, flüsterte Malou auf dem Weg die Treppe hinauf. »Die Sache mit diesem Ball gefällt mir!«

Kamille warf ihr einen scharfen Blick zu. »Äh, hast du etwa vergessen, weshalb der Ball so wichtig ist?«

»Natürlich nicht, aber man darf ja wohl trotzdem ein bisschen Spaß haben? Hey, niemand nimmt die Sache ernster als ich.«

»Ja, das weiß ich.« Malou hatte unzählige Abende in der Bibliothek verbracht, aber obwohl sie inzwischen Trines Todesjahr kannten, hatten sie sie immer noch nicht in einem der Jahrbücher oder auf einer der Klassenlisten entdeckt. Nirgendwo tauchte eine Trine auf.

»Ich kann einfach nicht fassen, dass wir zwei ausgerechnet mit Benjamin und Vitus tanzen«, fuhr Malou fort.

»Ich könnte mir vorstellen, dass Vitus seine Finger im Spiel hat«, sagte Kamille. »Ich hab's erst nicht kapiert, aber er hat mir in den Weihnachtsferien geschrieben, dass wir uns demnächst viel häufiger sehen werden ...«

»Ah, klar! Die zwei haben das eingefädelt!«, sagte Malou.

»Ich habe keine Ahnung, ob auch Benjamin ...«

»Das ergibt total Sinn. Wäre sonst ja auch ein allzu großer Zufall gewesen, oder? Also, nachdem ich beim Julfest mit Benjamin geredet hab und du mit Vitus. Das passt doch perfekt!«

»Wie meinst du das?«

»Der Abschlussjahrgang darf sich die Begleitung zum Ball aussuchen. Und die beiden haben schon ein Auge auf uns geworfen, schließlich haben sie dafür gesorgt, dass wir ihre Tanzpartnerinnen werden. Jetzt müssen wir nur weiterhin ein bisschen flirten, damit sie bloß nicht auf die Idee kommen, eine andere zum Ball mitzunehmen – und schwupp, haben wir eine höchst offizielle Einladung zum Ball.«

»Bist du dir sicher, dass das ein guter Plan ist?« Sie waren in der kleinen Teeküche angekommen. Kamille bemerkte erst jetzt, dass Kirstine am Küchentisch stand.

»Was, wenn die beiden euch doch nicht einladen? Was machen wir dann bitte? Und was, wenn sie euch einladen? Bringt ihr euch nicht in Gefahr? Ihr dürft nicht vergessen, dass wir jemanden suchen, der gefährlich ist, und dass wir nicht wissen, wen. Es könnte jeder sein. Im Grunde sogar Benjamin.«

»Come on«, sagte Malou. »Im Übrigen war Benjamin an Heiligabend gar nicht in der Schule. Wir sollten uns auf diejenigen konzentrieren, die an besagtem Abend da waren. Wo ist die Liste?«

Sie hatten eine Liste erstellt, auf der alle standen, die Weihnachten in der Schule verbracht hatten. Neben jedem Namen hatten sie notiert, ob derjenige den ganzen Abend in der Bibliothek gewesen war, oder ob er die Möglichkeit gehabt hatte, Anne zu folgen, als sie auf ihr Zimmer gegangen war.

»Was meint ihr, auf wen sollten wir uns konzentrieren?« Malou zog die Liste hervor und legte sie auf den Küchentisch. »Ich tippe immer noch auf Zlavko. Ihm würde ich so was zutrauen.«

»Aber wir haben doch schon festgestellt, dass er die ganze Zeit über in der Bibliothek war«, wandte Kirstine ein.

»Wir *glauben*, dass er in der Bibliothek war. Aber bist du dir hundertprozentig sicher, dass er sich nicht rausgeschlichen haben könnte?«

»Was ist mit Jakob?«, fragte Kamille und deutete auf den entsprechenden Namen. »Hier steht, dass er spät gekommen und kurz darauf wieder gegangen ist.«

»Er war es nicht«, sagte Kirstine.

»Woher weißt du das? Du hast doch gerade selbst gesagt: Im Prinzip kann es jeder gewesen sein.«

»Ich habe ihn gesehen, unmittelbar bevor wir sie gefunden haben«, sagte Kirstine.

»Aber er könnte es doch getan haben, bevor du ihn getroffen hast? Vielleicht kam er deshalb so spät?«

»*Er war es nicht!*« Kirstines Stimme klang leise, aber dahinter loderte Zorn.

»Okay, okay!«, sagte Kamille. »Schon gut!« Aber Kirstine wandte sich ab und ging. Krachend fiel die Tür hinter ihr ins Schloss.

»Hast du das gesehen?«, flüsterte Kamille Malou zu.

»Jep. Jetzt macht der Ausdruck ›die Stimmung ist geladen‹ vollständig Sinn«, antwortete Malou und strich sich über die Haare, dass es knisterte. Die Luft um sie herum war noch immer wie elektrisch aufgeladen.

Schulregeln des
Internats Rosenholm:

3. Allen Schülerinnen und Schülern des Internats ist der sexuelle, romantische oder intime Kontakt untereinander verboten.

27. MÄRZ
15 UHR 30

Kirstine

»Stopp«, flüsterte Jakob mit heiserer Stimme, rollte von ihr herunter und auf den Rücken. »Ich brauch 'ne kurze Atempause.«

Kirstine setzte sich auf und betrachtete ihn, wie er in der intensiven Frühlingssonne auf dem Waldboden zwischen all den weißen Anemonen lag. »Ist etwas nicht okay?«

»Nein, alles okay. Ich muss mich nur einen Moment hinlegen … Du bist einfach zu hübsch, das ist los.«

Sie lächelte erleichtert und legte sich wieder neben ihn. Die Bäume trugen noch keine Knospen, aber die Sonne wärmte heute schon. Bald würde der Wald grün sein.

»Bist du es etwa leid, mich zu küssen?«, fragte sie, um ihn aufzuziehen.

»Ich werde es nie leid, dich zu küssen«, entgegnete er, während seine Lippen wieder ihren Mund suchten. Er küsste sie stürmisch, während seine Finger mit federleichten Bewegungen über ihr Kinn, ihren Hals und ihre Ohrläppchen strichen. Jetzt war es Kirstine, die ihn unterbrach.

»Du hast gesagt, wir würden einen Waldspaziergang machen«, lachte sie. »Dass du mir den See im Wald zeigen willst. Gehen wir jetzt oder nicht?«

Er fuhr hoch und saß einen Moment lang nur da und schüttelte den Kopf. Dann lief er ihr in den Wald hinterher.

Ein Stück weiter auf dem Pfad holte er sie ein. »Komm mal kurz her.«

»Nein, ich will den See sehen«, protestierte sie, ließ sich aber trotzdem einfangen.

»Er ist da vorne zwischen den Bäumen«, nuschelte er, während er eine Reihe schneller Küsse auf ihren Hals regnen ließ. »Ist er nicht schön?«

»Lass das, das kitzelt. Das hier ist übrigens nicht gerade gut für meine Noten. Du solltest mir lieber etwas über Runenmagie erzählen, darüber müssen wir nämlich einen Aufsatz schreiben. Wir haben einen total fiesen Lehrer, der uns immer viel zu viele Hausaufgaben aufgibt. Hast du von ihm gehört?«

Er lachte und hob sie in die Luft, und dann fielen sie wieder auf den Waldboden.

»Es ist gut für deine Noten in den praktischen Fächern«, sagte er und vergrub das Gesicht in ihrem Haar.

»Wie meinst du das?«, fragte sie und schubste ihn halbherzig weg.

»Warum fällt es dir plötzlich so leicht, dich mit deiner Kraft zu verbinden? Vielleicht, weil du ein klitzekleines bisschen verliebt bist? Und weil du gerade dabei bist, dich und deine Sexualität kennenzulernen.«

»He, Jakob, also!« Sie befreite sich und kam wieder auf die Beine. Er blieb liegen und schaute spitzbübisch zu ihr hoch, während er mit einer Hand die Augen von der Sonne abgeschirmte.

»Fräulein Jensen, sagen Sie mir doch bitte, was wir Ihrer Meinung nach hier gerade tun?«

»Wir schauen uns den See im Wald an!«, sagte sie mit einem gespielt beleidigten Gesichtsausdruck. »Jetzt zeig mir, wo er ist.«

Eine Weile gingen sie weiter durch den Wald, ohne etwas zu sagen.

Hoch oben in einer Baumkrone saß ein Star und sang sein Lied.

»Warum sind Sexualität und magische Fähigkeiten eigentlich so eng miteinander verbunden?«, fragte sie Jakob, während sie um den kleinen Waldsee spazierten.

»Sexualität birgt enorme Kraft, sie setzt gigantische Mengen Energie frei. Man kann Gutes mit ihr ausrichten oder sie missbrauchen, doch wenn man mit ihr nicht umzugehen weiß, kann es böse enden.«

»Inwiefern böse?«

»Keine Angst, meine kleine Walküre, ich werde schon gut auf uns beide aufpassen. Mach dir darüber mal keinen Kopf. Entfesselte Magie kann gefährlich sein, aber genau deshalb kommt man nach Rosenholm, oder? Damit man lernt, die Energien zu beherrschen und nicht die Kontrolle über sie zu verlieren.« Er lächelte sie besänftigend an.

»Ist dir das schon einmal passiert? Hast du die Kontrolle schon mal verloren?«

»Ja, hab ich, als ich jünger war«, antwortete er und lachte plötzlich auf. »Meine Brüder sind ein gutes Stück älter als ich, ich bin der Nachzügler, und sie haben sich immer einen Spaß daraus gemacht, mich so lange zu triezen, bis ich mich so sehr aufgeregt habe, dass irgendetwas passiert ist. Als ich 14 war, hab ich mal alle Fenster im ersten Stock unseres Hauses zerspringen lassen. Meine Eltern waren stinksauer. Vor allem auf meine Brüder.«

»Du hast die Fenster zerspringen lassen? Wie hast du das denn geschafft?«

»Weiß ich nicht genau, ich war so wütend, dass ich mich nicht daran erinnern kann. Meine Brüder lieben die Geschichte heute noch, sie packen sie auf Familienfeiern regelmäßig aus. Ihnen zufolge muss ich irgendein Schimpfwort gerufen haben, das die Fenster zum Bersten gebracht hat. Damals kannte ich mich mit Runenmagie noch nicht wirklich aus, und so habe ich es geschafft, ganz schönen Schaden anzurichten.«

»Und deine Eltern?«, fragte sie. »Was haben die gesagt?«

»Tja, die haben uns eine ordentliche Standpauke gehalten. Und dann durften wir den restlichen Sommer lang Rasen mähen, den Schuppen streichen und all so was. Meine Eltern sind auch Magier. Andernfalls wäre es interessant geworden, die Sache zu erklären …«

Sie waren stehen geblieben, Jakob sah Kirstine vielsagend an, doch sie wich seinem Blick aus. Stattdessen schaute sie auf den Knopf an seinem Kragen.

»Meine Eltern dachten, ich wäre vom Teufel besessen«, flüsterte sie. »Sie hatten Angst vor mir.«

»Komm.« Jakob nahm sie bei der Hand und zog sie zu einem umgestürzten Baumstamm, auf den sie sich setzten. »Erzähl mir, was passiert ist.«

»Ungefähr ein halbes Jahr vor der Aufnahmeprüfung waren meine Eltern mit mir bei einem Prediger, der meinte, dass er mir bei meinen Problemen helfen könne. Er war echt ekelhaft. Ein alter, sehniger Mann mit eingefallenem Gesicht, das mehr an einen Totenkopf erinnerte, das schüttere Haar hatte er sich quer über die verschwitzte Stirn gekämmt. Er hat die ganze Zeit gesagt, er könne die Sünde in mir spüren. Und dass ich mich dazu bekennen solle. Ich solle ihm all meine sündigen Gedanken gestehen. ›Bekenn dich! Bekenn dich!‹ Er hat es die ganze Zeit geschrien. Mir direkt ins Gesicht.« Kirstine hielt einen Augenblick inne. Mit der Erinnerung kamen plötzlich auch die Gefühle wieder hoch. Sie spürte, wie sich ihr Magen zu einem festen Knoten zusammenzog und ihr Puls schneller wurde.

»Ich wollte nur, dass es vorbei war, verstehst du? Das war das Einzige, was ich wollte. Dass er einfach die Klappe hielt und mich in Ruhe ließ. Als ich es bemerkte, war es schon zu spät. Es war, als ob sich die Luft elektrisch aufgeladen hätte, und plötzlich stand der heruntergekommene, alte Sessel, in dem er saß, in Flammen. Er sprang auf und brüllte wie am Spieß. Ihm war nichts passiert, aber er schrie nur immer wieder, ich sei vom Teufel besessen, und er wolle mich nie wieder sehen.«

»Du hast ihn in Brand gesteckt?«, entfuhr es Jakob. »Einfach mal angezündet. Sauber!«

»Findest du das witzig?« Da saß sie und gestand ihm ihr größtes Geheimnis, und er lachte nur. Kirstine sah ihn an. Und mit einem Mal löste sich der Knoten. Und aus irgendeinem Grund fing auch sie an zu lachen.

»So hast du dem alten Sack immerhin eine Lektion verpasst«, lachte Jakob. »Das einzig Richtige, wie mir scheint.«

Kirstine spürte, wie ihr Lächeln verschwand, sie schüttelte den Kopf. »Das haben meine Eltern anders gesehen. Danach wurde alles noch viel schlimmer. Sie hatten Angst, mich auch nur eine Sekunde lang aus den Augen zu lassen. Sie haben mich komplett überwacht.«

»Das war sicher nicht einfach.« Jakob legte seinen Arm um Kirstine und zog sie an sich. »Aber schön, dass du jetzt hier bist.«

»Nachdem das mit Anne passiert ist, frage ich mich manchmal, ob es die richtige Wahl war«, sagte Kirstine. »Nicht zu glauben, dass hier so etwas geschehen kann.«

»Natürlich war Rosenholm die richtige Wahl. Versuch, die Sache mit Anne hinter dir zu lassen. Also, die Jahre hier sollten eigentlich die schönsten deines Lebens sein, Kirstine! Du bist jung, du bist hübsch, du gehst auf eine total außergewöhnliche Schule, du hast einen fantastischen Freund – genieße es!«

Kirstine grinste und ließ sich von ihm heranziehen.

»Als ich damals hier zur Schule gegangen bin, haben wir uns über so ernste Sachen keine Gedanken gemacht. Nur darüber, wie man eine süße Freundin kriegt.«

Kirstine schüttelte den Kopf über ihn. »Ist damals gar nichts in der Art passiert?«

»Nope. Das Gruseligste war der Karamellpudding, den wir sonntags immer vorgesetzt bekamen.«

»Hast du mal von einem Mädchen gehört, das in Rosenholm getötet worden ist?«

»Was? Nein, zum Glück nicht, wann soll das denn gewesen sein?«

»1989 oder so.«

»Also, hören Sie mal, Fräulein Jensen, für wie alt halten Sie mich? Ich bin gerade mal fünf Jahre älter.«

»Sechs.«

»Okay, also sechs Jahre älter. Aber 1989 war ich jedenfalls noch nicht geboren.«

»Aber vielleicht wurde ja darüber gesprochen?«

»Davon habe ich noch nie gehört. Woher hast du das?«

»Wir haben darüber letztens in Geisterkunde geredet. Es gab einige … Anzeichen, die darauf hindeuten könnten, dass ein junges Mädchen umgebracht wurde.«

Du sollst nicht lügen. Kirstine versuchte, den Gedanken zu verdrängen.

»Ach, Geisterkunde«, schnaubte Jakob. »Geister sind äußerst unzuverlässig. Sie können – in sehr seltenen Fällen – gefährlich sein, aber normalerweise lügen sie einfach nur, was das Zeug hält. Für ein kleines bisschen Aufmerksamkeit oder um ein wenig Verwirrung zu stiften, erzählen sie einem alles Mögliche. Offensichtlich ist es verdammt langweilig, tot zu sein. Es passiert nichts, und sie müssen sich selbst unterhalten, indem sie hier und da mal 'ne interessante Geschichte erfinden.«

Er drückte sie an den Schultern ein klein wenig von sich weg, sodass sich ihre Blicke trafen. »Denk daran, dass Geister nur Seelen Verstorbener sind. Und Menschen sind im Großen und Ganzen äußerst unzuverlässig. Außer mir, natürlich«, sagte er und küsste sie zärtlich auf die Nase.

»Du bist zuverlässig?«, fragte Kirstine.

»Absolut«, sagte er und beugte sich herunter, um ihre Lippen zu treffen.

»Dann verrate mir, was deiner Meinung nach mit Anne passiert ist.«

»Och, Kirstine, nicht das schon wieder«, sagte Jakob und seufzte müde. »Wie Birgit bereits gesagt hat, war Anne selbst schuld, weil sie einen auf Geisterbeschwörerin machen musste.«

»Das glaube ich nicht. Ich glaube nicht, dass es ein Geist war. Du hast sie doch auch gesehen. Sieht so jemand aus, der besessen ist?«

Jakob runzelte die Stirn. »Keine Ahnung, was ich in dem Moment genau gedacht habe. Es ging so schnell. Birgit hat mir von dem Geist erzählt, nachdem sie und Jens alles untersucht hatten. Wir sprechen hier von zwei der besten Magier des Landes. Überlass es ihnen und versuch, nicht weiter darüber nachzudenken.«

»Aber vielleicht haben sie etwas übersehen?« Kirstine weigerte sich, das Thema aufzugeben. »Sind alle Lehrer der Meinung, dass Besessenheit der Grund war?«

Jakobs Augenlider zuckten nur einen kurzen Moment, dennoch war es ihr nicht entgangen.

»Jakob …?« Kirstine machte sich von ihm los.

»Ich sollte nicht darüber reden … es geht wirklich nur die Lehrer etwas an.«

»Sag's mir.«

»Okay, aber du musst versprechen, mit niemandem darüber zu reden.«

Kirstine nickte. »Natürlich nicht.«

»Lisa glaubt nicht, dass Anne besessen war. Aber das ist nicht ihr Spezialgebiet, sie ist Naturmagierin – sie hat eine sehr praktische Herangehensweise.«

»Was glaubt sie dann, was passiert ist?«

»Das weiß ich nicht, aber sie meinte, es sähe ihrer Meinung nach eher nach Blutmagie aus.«

»Blutmagie?«

»Ja, aber sie hat auch gesagt, dass die Kratzer aussahen, als stammten sie von einem Tier. Das zeigt nur, dass sie keine Ahnung hat, wovon sie redet. Vertrau auf Birgits Einschätzung. Das mache ich jedenfalls.«

Er fasste sie an beiden Schultern und wollte sie an sich heranziehen, aber Kirstine wand sich aus seinem Griff und stand auf.

»Kirstine, was ist los? Gehst du?«

Kirstine spurtete durch den weißen Anemonenflor, der den Waldboden bedeckte, davon.

»Tut mir leid, aber mir ist plötzlich etwas eingefallen, was ich vergessen hatte.«

27. MÄRZ
23 UHR 47

Malou

»Es passt perfekt. Zlavko war Weihnachten an der Schule, er ist Blutmagier, er ist Lehrer, also kennt er sich mit allen Zweigen der Magie aus – vielleicht war es das, worauf Trine versucht hat, uns hinzuweisen: Der Mann, der Anne überfallen hat, ist ein Lehrer.«

»Aber glaubst du wirklich, Zlavko würde eine Schülerin angreifen? Klar, er ist irgendwie unheimlich, aber trotzdem …«, sagte Kirstine.

»Hör zu«, sagte Malou. »Blutmagier sind ziemlich selten. Es gibt in Rosenholm nicht gerade viele von uns, oder? Und Weihnachten, als fast alle nach Hause gefahren waren, gab es gerade mal zwei. Ich war die eine. Ihr kommt sicher drauf, wer der andere war, oder?«

»Aber ein Lehrer …«, sagte Victoria.

»Ihr habt ihn nicht so erlebt wie ich. Einmal, als er noch wütender auf mich war als sonst, hat er allen möglichen Scheiß zu mir gesagt, nachdem ihr anderen gegangen wart. Über schwarze Magie und so. Darüber, dass man nimmt. Dass man opfert. Und ich glaube kaum, dass er über das eigene Blut gesprochen hat. Es war völlig krank.«

»What? Er hat von schwarzer Magie als etwas Gutem gesprochen?«, fragte Kamille.

Malou nickte.

»Aber das darf man nicht an der Schule«, wandte Victoria ein, »es ist strengstens verboten!«

»Ich glaube nicht, dass Zlavko das interessiert«, sagte Malou. »Und hey, selbst das mit dem Stern passt. Erinnert ihr euch noch an die erste Stunde, in der Zlavko darauf bestanden hat, dass wir alle seinen halbnackten Körper betrachten?«

»Ein Pentagramm!«, flüsterte Kirstine. »Er hat ein Pentagramm an der Seite. Ich erinnere mich daran, weil die Narbe noch frisch war. Sie war noch blutig.«

»Genau.« Malou nickte.

»Fuck, was machen wir, wenn er es wirklich ist?«, fragte Kamille.

»Er *ist* es«, beharrte Malou. »Alles deutet darauf hin.«

»Was machen wir bloß?«, fragte Kirstine.

»Wir müssen es jemandem erzählen«, sagte Kamille, »aber wem? Schließlich haben wir keine Beweise, und ich will gar nicht daran denken, was Birgit sagt, wenn wir bei ihr auftauchen und behaupten, dass sie falsch liegt, und wir dann auch noch einen ihrer Lehrer beschuldigen.«

»Wie wäre es mit Lisa?«, schlug Victoria vor. »Vielleicht hat sie selbst schon daran gedacht, immerhin hat sie rausgefunden, dass alles auf Blutmagie hindeutet.«

»Wir können Lisa nicht einweihen«, sagte Kirstine leise. »Wir können es keinem der Lehrerinnen und Lehrer erzählen. Jakob wird gefeuert, wenn rauskommt, dass er getratscht hat.«

»Und was ist so schlimm daran, wenn sie ihn feuern?«, fragte Malou. Sie betrachtete das große Mädchen, das so zusammengesunken dasaß, als wollte es sich unsichtbar machen. *Irgendwas ist hier faul.* »Und außerdem, warum hat Jakob dir es überhaupt erzählt? Weshalb sollte er das tun?«

»Ich habe ihn gefragt …«, sagte Kirstine. Ihre Wangen waren knallrot, und sie starrte auf ihre Hände.

»Da läuft was zwischen euch, oder?«

Kirstine biss sich auf die Lippe und hielt den Blick immer noch gesenkt.

»Na klar! Du schamloses Ding!«

»Malou!«, rief Kamille und legte den Arm um Kirstine. »Jetzt reicht es aber!«

»Was denn? Wir denken die ganze Zeit, Kirstine wäre eine kleine, unschuldige Jungfrau und dabei hat sie unseren Lehrer klargemacht! Wenn das nicht schamlos ist, weiß ich auch nicht.«

»Oh Mann, Malou, du bist ungefähr so feinfühlig wie ein Presslufthammer«, stöhnte Kamille. »Merkst du nicht, dass du sie verletzt?«

»Hey, ich sag doch nur, dass es ein guter Fang ist. Es geht doch nicht darum, dass du ein Verbrechen oder so begangen hast.« Malou fuchtelte mit den Armen, aber Kamille sah sie nur kopfschüttelnd an.

»Vielleicht kann uns das irgendwie weiterhelfen«, dachte Malou laut.

»Was meinst du?«, fragte Kamille.

»Wir brauchen einen Lehrer, mit dem wir reden können, richtig? Wenn bloß eine von uns ein besonders gutes Verhältnis zu einem hätte. Ein vertrauliches Verhältnis. Oder vielleicht einfach nur … ein Verhältnis?«

Kirstine hob den Kopf und trocknete sich die Augen.

»Malou, das kann ich nicht, ich habe Jakob versprochen, niemandem etwas zu erzählen …« Auf der Suche nach Rückendeckung warf sie Kamille und Victoria verzweifelte Blicke zu, aber diesmal bekam sie keine Unterstützung.

»Du musst ihm ja nicht sagen, dass du uns davon erzählt hast«, meinte Victoria. »Du könntest ja auch selbst darauf gekommen sein.«

»Du musst es tun«, sagte Malou. »Aber du darfst nichts über Trine verraten.«

Kamille griff nach Kirstines Hand und drückte sie. »Es tut mir leid, aber ich fürchte, Malou hat recht. Jakob ist unsere beste Möglichkeit, einen Lehrer zum Reden zu bewegen. Stell dir vor, es ist wirklich Zlavko. Stell dir vor, er tut es wieder.«

28. MÄRZ
00 UHR 25

Kirstine

Das Schloss lag dunkel und ruhig da, und die Flure waren verwaist, als sich Kirstine in Richtung der Lehrerwohnungen schlich. Sollte sie von jemandem aus der Lehrerschaft aufgehalten werden – das war die verabredete Tarnung – sollte sie behaupten, auf der Suche nach Ingrid zu sein, um ein Mittel gegen akute Übelkeit zu bekommen. »Nichts hält die Leute besser auf Abstand als die Gefahr, sich anzustecken«, hatte Kamille gesagt.

Kirstine holte tief Luft. Gott sei Dank war auf dem Lehrerkorridor nichts los. Mit der Taschenlampe ihres Handys schlich sie sich zu Jakobs Tür; sie wusste zwar, wo er wohnte, aber war noch nie in der Wohnung gewesen. Zuerst probierte sie es mit einem zaghaften Klopfen, aber als niemand reagierte, musste sie es fester versuchen. Auf dem stillen Flur klang es wie ein Donnerschlag.

»Ja, ja, ich komme schon, einen Moment noch.«

Die Stimme klang weit weg, er musste zu Bett gegangen sein, aber es war ja auch schon nach Mitternacht.

Sie hörte, wie er sich an der Tür zu schaffen machte, und endlich ging sie auf. Kirstine schlüpfte sofort ins Zimmer. »Psst«, flüsterte sie und machte die Tür hinter sich zu. »Ich bin's nur.«

»Kirstine? Was machst du hier?«

Es war fast dunkel im Raum, nur ein einziger Lichtstreifen fiel durch eine offene Tür, die in ein anderes Zimmer führte. Das musste das Schlafzimmer sein. Natürlich hatten die Lehrer nicht nur ein Zimmer, sondern eine kleine Wohnung. Jakob tastete an der Wand herum und schaltete das Licht an. Seine Haare waren zerzaust, und er trug Boxershorts und ein T-Shirt, das aussah, als hätte er es eben schnell über den Kopf gezogen.

»Alles okay?« Er blickte sie ein wenig verwirrt und überrascht an, doch dann änderte sich sein Gesichtsausdruck, seine Augen wurden größer und ein kleines Lächeln umspielte seine Mundwinkel. Auf einmal wurde Kirstine klar, dass er denken musste, sie wäre wegen etwas ganz anderem gekommen.

»Ja, alles gut«, sagte sie schnell. »Tut mir leid, dass ich dich wecke, aber ich muss mit dir darüber reden, was du mir erzählt hast. Wegen Anne.«

Nachdem sie das gesagt hatte, sah er nicht weniger verwirrt aus, aber er räumte schnell einen Platz für sie auf dem kleinen, karierten Sofa frei, das in der Mitte des Wohnzimmers stand.

»Ähm, okay. Setz dich, es ist etwas chaotisch. Ich war gerade dabei, Wäsche zu sortieren … und Stunden vorzubereiten …«

Kirstine sah sich um. In dem kleinen Wohnzimmer herrschte wirklich ein ziemliches Durcheinander. Über sämtlichen Stuhllehnen war Wäsche zum Trocknen aufgehängt, und es lagen aufgeschlagene Bücher und Papierstapel herum, dennoch war es gemütlich. Auf der breiten Fensterbank stand eine Ansammlung seltsam aussehender Kakteen.

»Willst du was trinken? Ich hab Leitungswasser.«

Kirstine schüttelte den Kopf. »Ich muss dir was sagen.«

Jakob setzte sich neben sie aufs Sofa. Kirstine holte tief Luft und bemühte sich, alles ganz ruhig zu erzählen. Jakob unterbrach sie nicht, sondern ließ sie aussprechen. Als sie anschließend innehielt, fuhr er sich mit der Hand durch das strubbelige Haar und ergriff ihre Hand.

»Kirstine, Zlavko hat Anne nicht angegriffen. Vielleicht hast du ja recht, und es war kein Geist, der sie verletzt hat, wer weiß? Aber Zlavko war es jedenfalls nicht. Es tut mir leid, falls das, was ich dir erzählt habe, dir Angst eingejagt hat, ich hätte einfach die Klappe halten sollen.« Er rieb sich mit den Händen übers Gesicht. »Glaub mir, ich kenne Zlavko, er würde so etwas nie tun. Er ist ein wenig speziell, ich weiß, und auch, dass viele von euch ihn nicht leiden können, aber eigentlich ist er ein echt netter Kerl.«

»Und wenn du dich irrst?«

»Tu ich nicht, Kirstine. Mach dir wegen Zlavko keine Sorgen. Vertrau mir.«

7. APRIL
16 UHR 30

Kamille

Kamille hielt die Luft an, als Malou und Benjamin mit einem Walzer an ihnen vorbeifegten. Sie waren zweifellos das schönste Paar im ganzen Raum. Malou hielt den Hals stolz in die Höhe gereckt, und Kamille bemerkte einen Anflug von Neid. Die beiden hätten Prinz und Prinzessin auf einem Ball sein können. Egal wie oft Vitus und sie den Walzer auch übten, so würden sie niemals aussehen.

Nachdem sie den Les Lanciers alle einigermaßen gemeistert hatten, waren sie zum Walzer übergegangen. Der war deutlich schwieriger, doch wenn man Malou und Benjamin so betrachtete, war das nicht zu erahnen. Sie sahen aus, als hätten sie nie etwas anderes getan. Als die Musik zu Ende war, gab Benjamin Malou einen Handkuss, und der Blick, den er ihr dabei zuwarf, ließ sie erröten. Es stand ihr.

»Jetzt seid ihr dran«, sagte Malou übertrieben grinsend, als die Paare die Tanzfläche verließen, um sie den anderen zu überlassen.

»Ist die holde Jungfrau bereit?«, fragte Vitus und führte Kamille auf die Tanzfläche. Er schaute sie aus seinen grünen Augen freundlich und aufmerksam an, aber sie schaffte es nicht, den

Blick von ihren Füßen zu lösen. Sie besaß keine Tanzschuhe und ausgetretene Sneakers zu einem langen Kleid sahen einfach zu blöd aus, deshalb hatte sie sich entschieden, heute barfuß zu tanzen. *Nackte Zehen und spitze Lackschuhe passen allerdings auch nicht besonders gut zueinander.* Vitus' Blick folgte ihrem.

»Das da … das ist eine verdammt gute Idee«, sagte er. »Ich sollte zusehen, dass ich diese beschissenen Schuhe loswerde.« Er beugte sich hinunter und zog Schuhe und Strümpfe aus, als die Musik einsetzte. »Ups, jetzt sind wir zu spät.«

Die Tanzstunde ging viel zu schnell zu Ende. Es war die letzte vor dem Frühlingsball.

»Vielen Dank für die schöne Stunde, liebste Tanzpartnerin«, sagte Vitus und umarmte Kamille kurz, während Birgit mit irgendetwas anderem beschäftigt war. »Hoffentlich können wir bald wieder zusammen tanzen.«

Kamille merkte, wie sich ein idiotisches Grinsen auf ihrem Gesicht breitmachte, während sie viel zu eifrig nickte. Zum Glück konnte er nicht sehen, wie schnell ihr Herz gerade schlug.

»Guck mal, eine Nachricht von Molly.« Malou zog Kamille am Arm diskret zur Seite, als sie kurz darauf auf dem Weg nach oben waren. Nachdem sich die anderen Mädchen an ihnen vorbeigeschlängelt hatten, hielt Malou ihr das Handy unter die Nase.

Pass auf, du hast das nicht von mir, aber Benjamin sagt, dass er eine von den Neuen zum Ball einladen will … schätze, wir machen bald zusammen Party!!!

Vitus hat sich übrigens auch eine
aus eurem Jahrgang ausgeguckt ;)
Ist das nicht meeeeeega?!?

Ich hätte jedenfalls nichts dagegen,
zum Ball zu gehen;)

Ahh, hör auf dich zu zieren Malou –
sag schon, dass du dich mega freust!

Malou zog das Telefon wieder zu sich und hielt Kamille so davon ab, weiterzulesen.

»Die Einladungen werden bald verteilt«, sagte Malou. »Dann wissen wir, ob's geklappt hat.

»Was wollen wir überhaupt auf diesem Ball?«

»Lanciers tanzen!« Malou zwinkerte ihr zu.

»Malou!«

»Na ja, und Zlavko im Auge behalten. Falls er denkt, dass er auch nur die geringste Chance hat, sich aus dem Staub zu machen, hat er sich geschnitten.«

»Und du meinst, wir können ihn aufhalten?«

»Ich habe keine Angst vor ihm.«

»Aber ich«, gab Kamille zu.

»Keine Sorge, ich pass schon auf dich auf. Du solltest dich lieber um etwas anderes sorgen.«

»Worum?«

»Was wir anziehen!«

10. APRIL
14 UHR 10

Malou

Ehwaz, die Pferderune. Schon wieder. *Kann für Tod, Ekstase, die Reise in andere Welten, Gestaltenwandel stehen.*

Malou notierte die Erklärung, und Victoria legte den kleinen Spielstein aus Knochen zurück in den Beutel. In Geisterkunde nahmen sie gerade Runenmagie durch, aber Malou fiel es schwer sich zu konzentrieren, und die Runen, die sie gezogen hatte, wiesen in alle möglichen Richtungen. Jens hatte sie eine Weile beobachtet, dann aber bloß resigniert den Kopf geschüttelt. Victoria dagegen zog eine *Ehwaz* nach der anderen.

»Wie deutest du das, Victoria?«, fragte Jens. »Was habt ihr über diese Rune gelernt?«

»*Ehwaz* steht in Zusammenhang mit Odins Pferd *Sleipnir*, das ihn durch die verschiedenen Welten trägt. Sie kann einen in Ekstase versetzen oder mit anderen Menschen und fremden Welten verbinden«, antwortete Victoria. »Und sie kann vor dem Tod warnen.«

»Es ist richtig, dass die Pferderune ein Warnzeichen vor dem Tod sein kann, aber wie bei allen anderen Zeichen müssen wir unsere Vernunft einsetzen und sie richtig lesen. Ich sehe hier keinen Tod, aber ich deute die Runen als Zeichen dafür, dass deine

Sinne immer noch zu empfänglich für Nachrichten aus dem Reich der Toten sind. Es ist wichtig, dass du weiterhin am Zusatzunterricht teilnimmst«, sagte er ernst und dann so leise, dass auch Malou und Victoria es kaum hören konnten: »Du darfst nicht unvorsichtig werden.«

Malou warf Victoria einen fragenden Blick zu, aber Victoria wich ihm aus. Stattdessen schrieb sie höchstkonzentriert Jens' Einschätzung in ihr Notizbuch.

Die Stunde zog sich ewig, aber schließlich entließ Jens sie. Sie waren gerade erst in der Teeküche angekommen, als Molly hereinstürmte, ganz außer Puste vom Treppensteigen.

»Hier sind die Einladungen, Mädels! Ich darf sie dieses Jahr an euch verteilen – und auch ich werde mit meinem Liebsten hingehen!«

»Glückwunsch!«, sagte Kirstine. »Freut mich für dich.«

»Danke! Also, ich hab ja schon damit gerechnet, dass er mich fragen würde, aber trotzdem ist es schön. Birgit hat mir außerdem diesen Umschlag mit zwei Einladungen gegeben und mich gebeten, ihn euch zu bringen. Lasst uns mal sehen ...« Molly riss den großen, weißen Umschlag auf und zog zwei kleinere, hellgrüne hervor. »Der hier ist für Kamille und der ...« Sie hielt so abrupt inne, als habe jemand ihren Stoppknopf gefunden und gedrückt. Ein verdutzter Ausdruck breitete sich auf ihrem Gesicht aus. Kamille, die schon dabei gewesen war, ihren Umschlag aufzureißen, stoppte die Bewegung ebenfalls. Malou spürte ihren Puls hart gegen die Schläfen trommeln.

»Was ist los, Molly?«, fragte sie.

»Es tut mir wirklich leid, Malou ...«, sagte Molly leise. »Ich muss etwas falsch verstanden haben. Der hier ist für Victoria.«

»Malou? Malou, mach jetzt auf!«

Sollte sie doch der Teufel holen! Konnte Kamille sie nicht mal fünf Minuten in Ruhe lassen? Und diese beschissene Schule, in der man nicht mal ein eigenes Zimmer hatte, dabei gleich mitnehmen.

»Hau endlich ab!«, rief sie.

»Bitte, mach auf. Ich bin's doch nur. Du kannst dich doch nicht den ganzen restlichen Tag im Badezimmer verkriechen.«

»Lass mich in Ruhe! Was willst du von mir? Mir deinen Triumph unter die Nase reiben?«

»Was? Nein! Mensch, Malou, du bist manchmal so was von doof. Ich will wissen, ob du okay bist. Ich mach mir Sorgen um dich, okay!?!«

»Auf deine Hilfe kann ich verzichten. Und auf dein Mitleid auch. Und jetzt verschwinde!«

»Ich mein's ernst. Entweder kommst du da raus oder ich hol einen von den Lehrern. Du hast eine Minute.«

»Oh fuck, du bist so nervtötend! Okay, okay. Ich komm ja schon.« Malou stand vom Badezimmerboden auf, ging zum Waschbecken und schöpfte sich kaltes Wasser ins Gesicht. Im Spiegel wirkte ihre Haut blass, das Make-up hatte schwarze Streifen auf ihren Wangen hinterlassen, und ihre Augen waren rot und geschwollen.

»Du blöde Scheißkuh«, flüsterte sie ihrem Spiegelbild zu. »Du naive Idiotin.« Warum war sie sich so sicher gewesen, dass Benjamin sie einladen würde? Und jetzt würden die anderen sie so zu sehen bekommen … Sie spürte, wie ihr die Tränen wieder in die Augen stiegen. Warum hatte Benjamin bloß Victoria vorgezogen? »Reiß dich zusammen!«, flüsterte sie ihrem Spiegelbild zu und biss sich fest auf die Unterlippe. »Reiß dich zusammen, reiß dich zusammen.« Sie beugte sich über das Becken und schaufelte sich noch mehr Wasser ins Gesicht. Dann band sie die Haare zu einem strammen Knoten zusammen und streckte den Rücken durch.

»Malou …?«

»Ich komme ja schon!« Sie öffnete die Tür und starrte Kamille trotzig ins Gesicht. »Zufrieden?«

»Es tut mir wirklich sehr leid …«

»Lass gut sein. Ja okay, es hat mich getroffen. Unser Plan hat sich damit erledigt. Darf ich jetzt vielleicht in mein Zimmer gehen und meine Ruhe haben? Ach nein, es ist ja auch dein Zimmer.«

Kamille schaute sie mit einer Mischung aus Mitleid und Furcht an.

»Hör schon auf …«

Aber Malou ertrug es nicht, Kamille noch länger zuzuhören, sie marschierte in ihr Zimmer, knallte die Tür hinter sich zu und ließ sich aufs Bett fallen. Dass Kamille sie nicht einfach in Frieden lassen konnte! Kurz darauf hörte sie, wie die Tür wieder geöffnet wurde.

»Malou, jetzt hörst du mir zu, ob du willst oder nicht.« Kamilles Stimme hatte einen scharfen Tonfall angenommen, als hätte sie eine Entscheidung getroffen, die sich nicht rückgängig machen ließ. »Die anderen haben Megaschiss, dich auf dem falschen Fuß zu erwischen. Du bist echt tough, was? Kirstine hat natürlich Todesangst, dass du in die Luft gehen könntest, aber selbst Victoria ist völlig …«

»Ich hasse sie …«, schluchzte Malou in ihr Kopfkissen.

»Wen? Victoria?«

»Ja, ich hasse sie. Sie hat einfach alles. Hast du die Bilder vom

Haus ihrer Familie gesehen? Sie ist reich und hübsch und klug und dünner, als ich jemals sein werde, selbst wenn ich ab sofort nie wieder was esse. Und jetzt hat sie mir auch noch Benjamin weggeschnappt. Ich hasse sie!«

»Natürlich hasst du sie nicht …«

»Doch, ich hasse sie!«

»Tust du nicht.« Kamille seufzte, ließ sich auf der Bettkante nieder und strich Malou vorsichtig über die Haare. »Du siehst nur lauter Sachen in ihrem Leben, die du auch gern hättest. Aber du verschließt die Augen davor, dass Victoria es wirklich schwer hat. Erst das mit Trine und jetzt mit Anne … Kirstine sagt, dass Victoria nachts kaum schläft, sondern ständig ruhelos umherwandert.«

»Sie ist aber offenbar fit genug, um Benjamin den Kopf zu verdrehen. Warum hat er sie eingeladen? Kennen die beiden sich, oder was?«

Kamille seufzte. »Na ja … Sie hat uns gerade davon erzählt, während du … weg warst. Sie waren im Winter zur selben Zeit auf der Krankenstation, aber sie musste ihm versprechen, niemandem davon zu erzählen. Sie haben sich damals ein bisschen unterhalten, und seitdem haben sie sich manchmal geschrieben und sind spazieren gegangen …«

Malou vergrub den Kopf unter ihrem Kissen. Sie hatte es aufgegeben zu verbergen, dass sie schon wieder weinte.

»Warum hat sie das nicht erzählt? Bestimmt, damit ich wie eine komplette Idiotin dastehe, wenn rauskommt, dass er von Anfang an sie einladen wollte.«

»Jetzt werd mal nicht paranoid. Ich weiß zwar auch nicht, weshalb Victoria nichts gesagt hat, aber sicher nicht, um dich blöd dastehen zu lassen. Die Einladung hat sie genauso überrascht wie uns. Ich weiß schon, dass du echt gern zum Ball wolltest, und zwar nicht nur, um Zlavko im Auge zu behalten. Aber mal ganz ehrlich, bist du wirklich in Benjamin verliebt?«

»Fuck, du bist so gemein! Kannst du mich nicht einfach in Ruhe lassen? Willst du unbedingt, dass es mir noch schlechter geht?«

»Ich sag das, weil ich deine Freundin bin, nicht um gemein zu sein. Ich habe dich bloß nicht von Benjamin wie jemand reden hören, der wirklich in ihn verknallt ist. Also, bist du's?«

War sie es? War sie verliebt?

»Ich weiß es nicht. Jetzt gerade jedenfalls nicht. Gerade finde ich bloß, dass er ein Riesenarschloch ist.«

»Ganz genau. Niemand, dem du hinterherheulen solltest.«

»Ich heule nicht seinetwegen. Und wenn du jemandem verrätst, dass du mich hast weinen sehen, mache ich dich fertig!«

»Entspann dich mal, du musst gar nicht immer so cool tun. So was passiert doch jedem mal, manchmal ist halt was peinlich oder man wird versetzt und ist deshalb traurig. Du musst nicht immer megatough und megaperfekt sein.«

»Doch, muss ich.«

»Warum denn? Niemand ist perfekt, weshalb solltest du es dann sein?«

»Weil … sonst merken die anderen, dass ich in Wirklichkeit der totale Loser bin.«

»Du bist doch kein Loser, Malou! Du bist hübsch und klug und mutig. Du bist stark, und du bist eine Kämpferin. Aber das ist alles nicht das, was ich an dir am tollsten finde. Weißt du, wann ich dich am liebsten mag?«

»Nein.«

»Wenn du schläfst. Weißt du, dass dein Mund immer so ein bisschen offensteht, wenn du schläfst? Und dass du ein wenig schnarchst? Manchmal sabberst du auch.«

»Einen Scheiß tu ich.« Alter, manchmal war Kamille wirklich unglaublich nervig.

»Doch, das tust du. Dann liegst du im Bett und quiekst im Schlaf wie eine süße, kleine Wühlmaus mit verwuschelten Haaren, ohne Make-up und mit Sabber am Kinn. So mag ich dich am allerliebsten. Nicht, weil du cool oder klug bist. Sondern, weil du mein kleines Mäuschen bist.«

»Leck mich!«, murmelte Malou in ihr Kissen, musste aber doch ein bisschen lächeln. »Und wenn du irgendeiner lebenden Seele erzählst, dass ich schnarche, dann war's das mit deinem Leben!«

»Verstanden!«, sagte Kamille und packte Malou wie ein kleines Kind in die Decke ein. Sie ließ es zu. »Ich verspreche dir, dass ich es nie im Leben jemandem verraten werde, mein kleines Mäuschen.«

Hast du meine Einladung gekriegt?

Hab ich, danke.

Okay, äääh, heißt das, du kommst mit?

Weiß nicht so recht. Malou war ziemlich pissed. Aber das kannst du dir ja denken?

Äh … Nein?!?

Weshalb?

Weil sie wohl dachte, dass du sie einlädst. Wie eigentlich alle.

Wollte ich aber nicht, ich will mit dir hin.

Aber du hast es extra so gedreht, dass ihr zusammen tanzt.

Also beim Unterricht?

What?!? Nein!

Woher hast du das denn?

Malou

Malou hat anscheinend was falsch verstanden! Sorry, echt jetzt, aber ich wollte die ganze Zeit dich fragen. Ich dachte, das war klar?

Du hast ziemlich heftig mit ihr geflirtet.

Gar nicht! Ich war nur höflich zu ihr, wir waren Tanzpartner …

Sie hat sich Hoffnungen gemacht.

Kann ja sein, aber das ist nicht meine Schuld … shit happens. Sie wird schon drüber wegkommen.

Hey … Victoria!

Du kannst doch nicht mich dafür bestrafen, dass Malou es falsch verstanden hat. Das ist nicht fair!

Süße …?

Denk an Schülerregel Nummer … keine Ahnung, bis wohin wir gekommen waren – jedenfalls lautet sie wie folgt:
Sag Ja, wenn dich ein süßer Typ zum Tanz einlädt!

Bist du ein süßer Typ?

Bin ich. Ich schwöre.

Okay. Dann komm ich mit.

28. APRIL
16 UHR

Kamille

»Sind wir fertig?«

Kamille nickte. »Danke, dass du mir geholfen hast. Allein zu gehen, wäre zu armselig gewesen, und ich glaube nicht, dass ich Malou hätte fragen können …«

»Klar – jederzeit, das wird super.« Victoria warf ihr ein Lächeln zu, das offenbar aufmunternd gemeint war.

»Was ziehst du denn an?«, fragte Kamille, während sie die Treppe hinuntergingen und in einen langen Flur einbogen, der parallel zu dem mit den Lehrerwohnungen verlief.

»Ach, wir waren letztes Jahr zu einer Hochzeit auf einem Schloss eingeladen. Da hatte ich so ein bauschiges Kleid an, das hat mir meine Mutter geschickt. Es ist rot.«

»Bestimmt ist es superschön.« Kamille lächelte zurück und bedachte dann Victorias blasses Gesicht mit prüfendem Blick. »Hast du eigentlich Schiss vor Stress mit dem Ball? Malou hat ja fest damit gerechnet, dass sie und ich hingehen würden …«

»Irgendwie ist es ja auch logisch, dass ich mitgehe. Trine hat mich aufgesucht, und wir haben ihr versprochen, dass wir rausfinden, wer sie getötet hat. Und sie hat gesagt, dass wir zum Ball gehen sollen. Ich vertraue darauf, dass das so richtig ist.«

Kamille nickte. »Klingt ein bisschen wie *fulfill your destiny*.«

Victoria grinste. »Tja, vielleicht fühlt es sich wirklich so an. Wie geht es Malou?«

»Ich denke, sie ist okay. Sie hat einfach nur so fest damit gerechnet, dass Benjamin sie einladen würde.«

»Das verstehe ich gut«, sagte Victoria. »Ich bin ja auch davon ausgegangen.«

»Malou ist eine Gute, manchmal geht einfach nur ihr Temperament mit ihr durch. Sie ist überzeugt, dass Zlavko der Mörder ist, und jetzt ist sie vollkommen besessen davon, Beweise für ihre Theorie zu finden. Irgendwie scheint sie zu denken, dass es in ihrer Verantwortung liegt.«

»Das kenn ich gut«, sagte Victoria.

»Hey, ich glaube, hier ist es.« Kamille zeigte auf eine Tür. »Der Raum neben dem Materiallager. Birgit hat mir den Schlüssel für genau eine Stunde überlassen, dann muss ich ihn wieder zurückbringen.« Sie nestelte am Schloss herum. »Ich bin gespannt, ob überhaupt noch was übrig ist. Die älteren Mädchen durften sich schon bedienen.«

»Wir werden schon was finden.«

Endlich bekam Kamille die Tür auf. Der Raum hatte hohe Decken und war lang und schmal. Die Luft roch abgestanden und war staubig, und an der gegenüberliegenden Wand waren die Vorhänge vor einem einfachen, großen Fenster zugezogen. Vor dem Fenster standen sich zwei riesige Spiegel in Goldrahmen gegenüber. An den Wänden rechts und links hingen unzählige Kleider.

»Das sind ja hunderte! Wahnsinn!«, flüsterte Kamille. »Wo sollen wir denn da anfangen?«

»Hast du dir schon eine Farbe überlegt?«, fragte Victoria, während sie langsam die Reihen entlanggging und dabei die Hand über die verschiedenen Stoffe gleiten ließ.

»Vielleicht grün? Und gern so ein bisschen prinzessinnenhaft. So was wollte ich immer schon mal tragen.«

»Geh schon mal zu den Spiegeln und zieh deine Klamotten aus, dann suche ich dir was raus.«

Kamille zog ihre Hose und ihren Pullover aus.

»Vergiss die Socken nicht«, sagte Victoria und konnte sich ein kleines Grinsen nicht verkneifen, »Ballkleider und Minnie-Maus-Socken passen echt nicht zusammen. Hier, probier das mal an.«

Kamille streifte die Socken von den Füßen. Das Kleid, das Victoria über dem Arm trug, war hellgrün und sowohl an der Taille als auch am weiten Ausschnitt mit Perlen und Pailletten besetzt.

»Warte, ich helfe dir.« Victoria zog das Kleid über Kamilles Kopf und schloss es im Rücken. Dann öffnete sie die Vorhänge, sodass Licht durch das Fenster hereinströmte. Victoria drehte sich, um Kamille im Spiegel zu betrachten.

»Hmmm …«

»Ich sehe wie eine Brautjungfer in einem amerikanischen Film aus«, stellte Kamille fest. »Und zwar in so einem, wo die Brautjungfern extra scheußliche Kleider kriegen, damit die Braut noch hübscher wirkt. Entsetzlich!«

Das Kleid war einfach zu viel, zu hellgrün, zu viel Tüll, zu große Puffärmel.

»Nein, das ist es nicht. Weg damit«, sagte Victoria und öffnete den Reißverschluss am Rücken.

Das nächste Kleid war flaschengrün und enganliegend mit einem glitzernden Band um die Taille. Die Farbe stand Kamille besser, allerdings war das Kleid mindestens einen halben Meter zu lang und hatte einen Ausschnitt, der ihr fast bis zum Bauchnabel reichte. Das dritte Kleid war zig Nummern zu groß und das vierte schulterfrei mit einem riesigen Rock in einer blaugrünen, meerähnlichen Farbe. Victoria kämpfte mit dem Reißverschluss, aber selbst als Kamille die Luft anhielt, war es unmöglich, ihn zu schließen.

»Aussortiert!«, stellte Victoria fest. »Das hier macht *wirklich* Spaß!«

»Nicht so viel, wie ich gedacht hatte«, seufzte Kamille und musterte ihr Spiegelbild. Vom Anprobieren der Kleider hatte sie ganz rote Wangen und zerzauste Haare. »Stell dich nicht so an, Spaßbremse, Kopf hoch!«, sagte sie zu sich selbst und pustete sich eine Strähne aus dem Gesicht.

»Ich glaube, wir sollten etwas Einfacheres nehmen«, sagte Victoria. »Und soll es wirklich *grün* sein?«

»Nee, nicht unbedingt«, sagte Kamille ein. »Wenn wir irgendwas finden, das einigermaßen passt, bin ich schon zufrieden.«

»Guck mal, das hier ist hübsch!«, sagte Victoria. »Zieh mal an.«

Kamille zog es über den Kopf und Victoria schloss den Reißverschluss.

»Jetzt siehst du tatsächlich aus wie eine Prinzessin!«

Kamille betrachtete sich im Spiegel. Das Kleid bestand aus einem leichten, flattrigen Stoff. Seine Farbe erinnerte sie an jenen getrockneten Lavendel, den ihre Mutter ihr mitgegeben hatte, damit sie den vertrauten Geruch von zu Hause immer bei sich trug. An der Taille lag es eng an. Der Ausschnitt war tief, sodass ihr Hals lang und schlank wirkte und ihr Dekolleté perfekt zur Geltung kam. Außerdem war das Kleid schlicht mit kurzen Ärmeln und einem langen, sich wellenden Rock, der aus mehreren Lagen des leichten Stoffs in derselben, pastellig lila Farbe bestand.

»Das ist wirklich schön, du bist so hübsch. Wenn du die Haare hochsteckst, wirkt dein Hals noch länger.« Victoria fasste Kamilles Haare zusammen und hielt sie hoch, sodass die Freundin sehen konnte, was sie meinte. Kamille nickte.

»Es ist wirklich gut. Sogar die Länge passt«, sagte sie und betrachtete ihre nackten Zehen, die unter dem Saum des Kleides hervorspitzten.

»Dann lass uns schnell aufräumen, bevor sich Birgit noch wundert, wo wir bleiben.«

Als Kamille zurück ins Zimmer kam, saß Malou mit ihren Blutmagie-Hausaufgaben auf dem Bett.

»Oh, ich dachte, ihr wärt noch in der Bibliothek«, sagte Kamille und wäre beinahe über ihre Gummistiefel gestolpert, während sie versuchte, das Ballkleid unauffällig im Kleiderschrank zu verstauen. Zum Glück hielt Malou die Augen starr auf ihr Buch gerichtet.

»Wir haben immer noch nichts gefunden«, sagte sie. »Dabei hat Kirstine vorsichtshalber sogar noch das komplette Jahrbuch des Jahrgangs 1987 durchgeschaut. Aber nichts, keine Trine – nicht 87, nicht 88, nicht 89 und auch nicht 90.«

»Puh.« Kamille schloss die Schranktüren und ließ sich auf ihr Bett sinken. »Hast du schon in dieser anderen Bibliothek angerufen?«

»In der *Königlichen* Bibliothek«, sagte Malou. »Ja, habe ich. Zuerst wollten sie mir nicht weiterhelfen. Sie haben gesagt, ich müsse selbst kommen und die Zeitungen aus dem Jahr 1989 durchschauen. Offenbar haben sie dort alle Zeitungen bis zurück zu den Anfängen auf so alten Filmrollen oder so was. Aber dann haben sie mich mit einem jungen Bibliothekar verbunden, der für mich herausfinden will, ob damals über ein junges Mädchen namens Trine, das ermordet wurde, in der Presse berichtet wurde. Das wird allerdings ein bisschen dauern, hat er gesagt, weil er alle Zeitungen aus dem kompletten Jahr durchsehen muss.«

»Wow, wie hast du ihn denn dazu gebracht?«, fragte Kamille beeindruckt.

»Ich bin ganz gut im Überreden«, meinte Malou nur und blätterte eine Seite um.

»Wollte er nichts dafür haben?«

»Er hat doch meine Telefonnummer bekommen, oder?« Malou zwinkerte Kamille zu.

»Du bist ein echtes Biest, Malou.« Kamille grinste. »Jetzt glaubt er wohl, dass ihr zusammen seid?«

»Das habe ich nie behauptet«, sagte Malou, »seine Sache, wenn er sich Hoffnungen macht.«

»Dabei hat er dich noch nicht mal zu Gesicht bekommen. Das hast du ja gut hinbekommen.«

Malou zuckte mit den Schultern. »Sag mal, welche Schuhgröße hast du?«

»Warum?«

»Zu diesem lilafarbenen Ballkleid kannst du ja wohl kaum deine Jesuslatschen tragen. Oder willst du vielleicht die Gummistiefel anziehen?«

Kamilles Gesicht wurde warm. »37«, sagte sie.

»Ich hab 38, das müsste also gehen. Kannst du in hochhackigen Schuhen laufen?«

Kamille schüttelte den Kopf. »Jedenfalls nicht mit Pfennigabsätzen.«

»Das hab ich mir schon gedacht. Ich hab ein Paar weiße Sandalen mit ganz kleinem Absatz, das solltest du hinbekommen. Ansonsten musst du üben, probier sie gleich mal an.«

Malou ging zum Schrank und wühlte darin herum, bis sie die Schuhe fand.

»Danke, Malou, das ist wirklich nett von dir. Ist das denn alles … okay für dich?«

Malou hob die Schultern. »Mehr oder weniger.«

»Es ist jedenfalls nicht Victorias Schuld«, sagte Kamille.

»Ich weiß.« Malou nahm eine von Kamilles Locken in die Hand. »Was machst du mit deinen Haaren?«

»Könntest du sie mir vielleicht hochstecken?«

»Na klar. Wir machen dich so hübsch, dass dein Vitus dich nie im Leben für ein anderes Mädchen sitzen lassen wird. Nicht so wie sein beschissener Freund Benjamin. Ich verstehe einfach nicht, weshalb er sich so ins Zeug gelegt hat, wenn er nicht an mir interessiert ist.«

»Ah, und was ist mit dir und diesem Bibliothekar?«, neckte Kamille sie. »Womöglich brichst du ihm das Herz, wenn er rausfindet, dass du dich nicht für ihn, sondern nur für einen uralten Geist interessierst!«

»Das ist was ganz anderes!«, fauchte Malou, konnte aber ein Grinsen nicht unterdrücken. »Komm, setz dich, wir probieren mal die Frisur aus.«

Malou ließ die Bürste durch ihre Haare gleiten, was Kamille so sehr an ihre Mutter erinnerte, dass ihr Tränen in die Augen schossen.

»Malou?«

»Hmm.«

»Ich hab Angst vor morgen.«

Malou legte ihre Hand auf Kamilles Schulter und drückte sie leicht. »Ich weiß. Aber Victoria und du, ihr seid zu zweit. Und alle Lehrerinnen und Lehrer werden da sein. Und Kirstine und ich bleiben in der Nähe. Wir halten unsere Handys die ganze Zeit bereit. Und übrigens habe ich einen Plan …«

»Oje, kein neuer Plan. Was ist es diesmal?«

»Mach dir darum keine Sorgen, ich hab alles im Griff. Und jetzt sitz still, sonst wird das nie was mit deiner Frisur.«

28. APRIL
23 UHR 12

Malou

Vielleicht war es nicht so klug, Zlavko spät abends aufzusuchen und ihn eines Verbrechens zu beschuldigen. Alleine. Vielleicht hätten die anderen Mädchen versucht, ihr das auszureden. Doch genau deshalb hatte sie ihnen nichts von ihrem Plan erzählt. Denn ihr blieb keine andere Wahl. Malou wollte Kamille morgen nicht zum Ball gehen lassen, wenn sie selbst nicht dabei sein und Zlavko im Auge behalten konnte. Und Victoria? Wer wusste schon, wie hart sie im Nehmen war. Nein, Malou musste ihn heute noch damit konfrontieren. Und er würde wohl kaum so blöd sein, sie in seinem eigenen Zimmer zu überfallen, während die anderen Lehrerinnen und Lehrer direkt nebenan schliefen.

Malou ging durch den Flur mit den Lehrerwohnungen. Zlavkos Name stand an der vorletzten Tür.

Sie zögerte kurz. Sollte sie es doch lieber sein lassen? Nein, verdammt, sie würde es durchziehen! Sie klopfte. Laut. Die Tür öffnete sich beinahe sofort.

»Du?!« Zlavko steckte den Kopf aus dem Zimmer und starrte sie wütend an. Er trug eine Hose, aber sein Oberkörper war nackt und seine sonst so gepflegten Haare hatte er zu einem unordentlichen Knoten zusammengebunden. Um sein Gesicht herum standen einzelne Strähnen ab und ließen ihn noch wahnsinniger wirken als sonst. »Was willst du hier?«

Sie streckte den Rücken durch. »Es gibt da etwas, das ich Sie fragen wollte. Es ist wichtig.«

»Ha! Das hat mir ja gerade noch gefehlt. Komm schon rein!« Mit einer übertrieben ironischen Bewegung öffnete er ihr die Tür.

In der kleinen Wohnung herrschte völliges Chaos. Alle Lampen brannten und Klamotten, Bücher und andere Dinge lagen verteilt in großen Haufen. Mitten im Wohnzimmer standen einige große Koffer.

»Ich war gerade dabei, zu packen«, sagte er nahe an ihrem Ohr. Er stand hinter ihr. *Und zwar wie immer viel zu nah.* Malou unterdrückte den Schauer, der sie überkam, und trat wie zufällig einen Schritt zur Seite. Die Genugtuung, ihm zu zeigen, wie sehr er sie erschreckte, gönnte sie ihm nicht.

»Sie fahren weg?«

»Ich habe gekündigt. Ich verlasse die Schule. Du bist mich also los«, zischte er verbittert, hob ein Buch vom Boden auf und warf es in einen der Koffer.

»Warum?«

»Meinungsverschiedenheiten mit der Führungsebene. Sagt man das heute nicht so?«

»Birgit?«

»Wir haben nicht dieselbe Auffassung davon, wie man sich am besten Respekt verschafft«, murmelte er und sammelte noch ein Buch auf. »Oder wie man die Sicherheit der Schülerinnen und Schüler gewährleistet.«

Malou kniff die Augen zusammen. »Birgit hat Sie durchschaut. Vielleicht weiß sie auch das mit Anne?«

»Was redest du da?« Sein Blick durchbohrte sie. »Sag mal, was zum Teufel willst du eigentlich hier?«

»Ich bin hier, um Sie zu fragen, warum Sie Anne überfallen haben. Ich weiß, dass es so war. Es war kein Geist, es war Blutmagie. Sie waren es.«

Sie hielt den Atem an. Zlavkos Gesicht veränderte sich in eine Maske aus Zorn. Dann zerfiel sie zu einem absurden Grinsen.

»Halt deinen Mund, kümmere dich lieber um deine eigenen Probleme. Glaubst du wirklich, *ich* hätte Anne überfallen?«

»Ich weiß, dass Sie es waren.« Malou konnte kaum hören, was sie sagte, so laut rauschte das Blut in ihren Ohren.

Zlavko ließ das Buch fallen, das er die ganze Zeit über in der Hand gehalten hatte. Langsam ging er auf Malou zu.

»Glaubst du ernsthaft, ich wäre auf simple Gewalt angewiesen, um zu bekommen, was ich will?« Er schnaubte. »Du hast wirklich erschreckend wenig Ahnung von Blutmagie. Die Leute geben mir alles. Ich muss nicht einmal darum bitten.«

Er stand jetzt direkt vor ihr. Sie fühlte sich wie gelähmt, wollte weggehen, doch ihre Beine waren wie angekettet, sie konnte sich nicht bewegen. Zlavko griff ihr vorsichtig unters Kinn und schob ihr Gesicht nach oben, bis ihr Blick seinen traf.

»Verstehst du das?«, flüsterte er.

Malou spürte einen stechenden Schmerz in ihrer Nasenwurzel und fühlte, wie etwas aus ihrem Nasenloch lief. Sie wollte sich wegdrehen, schaffte es aber nicht. Zlavko ließ den Daumen leicht über ihre Lippen gleiten und hielt ihn ihr dann vors Gesicht. *Blut.* Er hatte ihre Nase bluten lassen. Ohne sie zu berühren. Sie zitterte.

»Verstehst du das?«, flüsterte er wieder. Malou nickte.

»VERSTEHST DU?!«, rief er.

»Ja, ja, ich versteh's«, schluchzte sie.

»Gut.« Er nickte und ließ sie los. »Dann ist gut. Und jetzt solltest du gehen.«

Malou wich taumelnd zurück, wäre beinahe über einen Haufen Kleidung gefallen und stolperte aus der Tür.

Ihre Beine zitterten, während sie rannte.

29. APRIL
19 UHR 55

Kamille

»Ist das nicht zu krass? Ist der Ausschnitt nicht zu tief? Vielleicht hättest du nicht so viel Eyeliner nehmen sollen.«

»Du siehst super aus, jetzt hör schon auf. Und halt still.«

Kamille schloss die Augen und versuchte, geduldig zu warten, während Malou ihre Haare fertig stylte. Sie war schon über eine Stunde zugange, hatte sie geschminkt und ihr Gesicht gepudert, ihre Haare geglättet und geföhnt wie noch nie jemand zuvor.

»Jetzt musst du mir versprechen, Spaß zu haben. Und passt aufeinander auf, klar? Auch wenn Zlavko weg ist, müsst ihr trotzdem vorsichtig sein, man kann nie wissen.«

»Ich kann immer noch nicht fassen, dass du ihn mitten in der Nacht aufgesucht hast, Malou. Du bist doch völlig verrückt. Überleg mal, was da alles hätte passieren können.«

»Zum Glück ist aber nichts passiert. Und dank Birgit hätte ich mir diesen Ausflug sparen können. Die Hauptsache ist, dass er nicht mehr hier ist. So, jetzt darfst du gucken.«

Malou hatte darauf bestanden, dass sie erst in den Spiegel schauen durfte, wenn sie fertig war, und Kamille fürchtete, dass sie nach allem, was Malou ihr ins Gesicht geschmiert hatte, wie eine Barbie aussehen würde. Langsam öffnete sie die Augen und betrachtete sich in dem Spiegel, den Malou vor ihr in die Höhe hielt.

»Wow«, flüsterte sie. Es war überhaupt nicht zu viel. Die warmen, bräunlichen Nuancen des Lidschattens ließen ihre blauen Augen größer und die Farbe intensiver wirken. Ihre Haut war gleichmäßig und glatt, und ihre Haare schimmerten glänzend. Malou hatte einen Großteil hochgesteckt, während die übrigen Strähnen locker gewellt auf Kamilles Schultern fielen.

»Du kennst dich wirklich mit Magie aus, Malou«.

»Das auch. Aber dies hier verdankst du meinem guten, alten Make-up-Täschchen. Du wirst heute Abend alle anderen in den Schatten stellen!«

Kamille dachte insgeheim, dass sie mit »alle anderen« vor allem Victoria meinte.

»Danke. Was würde ich nur ohne dich machen?«

»Ohne mich wärst du verloren. Und du würdest Gummistiefel tragen. Zieh jetzt deine Schuhe an, du solltest deinen Prinzen nicht zu lange warten lassen. Und jetzt muss ich echt mal aufs Klo!«

Kamille schlüpfte in die Schuhe, die Absätze waren etwas ungewohnt, aber es würde schon gehen. Dann beugte sie sich über ihr Bett und zog das kleine Kästchen unter ihrem Kopfkissen hervor. Kamille umklammerte es mit der Hand und las die Karte zum mindestens fünfundzwanzigsten Mal. Sie hatte auf ihrem Bett gelegen, als sie gestern angekommen war. Bestimmt hatte Molly die Botin gespielt, denn die Jungs durften die Zimmer der Mädchen unter keinen Umständen betreten. Die Handschrift wirkte nicht wie die eines Jungen, sie war so erwachsen, mit schön geschwungenen Buchstaben.

Den Himmel kann ich dir nicht geben, also musst du dich mit diesem kleinen Geschenk begnügen. (Corny – I know!)

In der Schachtel lag eine Kette. Kamille betrachtete sie genau, während sie nach dem kleinen silbernen Blatt tastete, das schon um ihren Hals hing. Das Zeichen für Natur. Vitus trug genau das gleiche Blatt an einer Lederschnur um seinen Hals. Er hatte ihr tatsächlich Schmuck geschenkt. Es war das erste Mal, dass Kamille so etwas von einem Jungen bekommen hatte, und sie hatte niemandem davon erzählt. Malou und Victoria waren wahrscheinlich daran gewöhnt, Geschenke von Jungs zu erhalten, die völlig verrückt nach ihnen waren, und Kirstine hatte ja einen Freund oder wie immer man das nennen wollte. Aber für Kamille war das hier etwas Besonderes.

Sie hörte Malous energische Schritte aus der Küche und nahm die neue Kette schnell aus dem Kästchen, legte sie sich um und schloss die kleine Öse im Nacken.

»Fertig? Du darfst doch nicht gehen, bevor ich Fotos gemacht hab«, sagte Malou, als sie zurück ins Zimmer kam.

»Malou? Ich wünschte, du könntest auch mit …«

»Ach, Quatsch. Denk bloß dran, mich ein bisschen zu vermissen. Und jetzt lächle für die Kamera! Kirstine und ich haben außerdem viel zu viel zu tun, um uns zu ärgern«, sagte Malou, während sie Kamille ihr Handy beinah ins Gesicht rammte, um eine Nahaufnahme zu schießen.

»Was habt ihr denn vor?«

»Ich hab sie überredet, die Jahrbücher noch einmal durchzugehen. Hört sich das nicht nach einem spannenden Samstagsplan für zwei junge, hübsche Damen an?«

»Mann, Malou, kannst du dir nicht mal einen einzigen Abend freinehmen?«

»Doch, aber nicht den heutigen. Wir haben Trine versprochen, ihr zu helfen, oder etwa nicht? Komm schon!«, sagte sie und zog Kamille mit sich in die Küche.

»Fertig?«

Kamille drehte sich um und entdeckte Victoria, die mitten in der kleinen Küche stand.

»Wahnsinn!«, flüsterte Kamille. Malous Bemühungen, sie so aufzubrezeln, dass sie Victoria überstrahlte, waren vergebens gewesen. Victoria sah wie eine echte Disneyprinzessin aus. Sie trug ein dunkelrotes Ballkleid mit einem ärmellosen, engen Mieder, das ihre schlanke Figur und schmale Taille hervorhob. Der Rock breitete sich in perfekter A-Form bis zum Boden aus. Victorias Haut war schneeweiß und makellos, ihre beinahe schwarzen Haare fielen weich nach hinten. Nur eine Silberspange in Blattform und mit glitzernden Steinen besetzt, blitzte in den dunklen Locken auf, ansonsten trug sie keinen Schmuck. Auch ihr Make-up war einfach, ihre großen, dunkelbraunen Augen hatte sie nur minimal hervorgehoben, und ihre Lippen schimmerten pfirsichfarben.

»Du siehst unglaublich aus«, sagte Kamille, und Victoria zeigte ein Lächeln, das jedoch nicht ihre hübschen Augen erreichte.

»Danke«, sagte sie und umarmte Kamille vorsichtig, um ihr Make-up nicht zu verwischen. »Das Kleid steht dir richtig gut.«

»Hey, wartet mal, ihr könnt noch nicht gehen«, sagte Kirstine aus ihrem Zimmer. »Nicht, bevor ich euch nicht gesehen habe. – Seid ihr hübsch! Habt ihr eure Handys?«

»Yes!«

»Akkus geladen?«

»Aber so was von«, versicherte Kamille.

»Verliert euch gegenseitig nicht aus den Augen«, ergänzte Malou. »Ruft an, wenn was sein sollte. Wir bleiben in der Nähe.«

»Und Jakob ist ja auch da«, sagte Kirstine.

»Ja, wenn ihr meint, dass wir auf einen Lehrer setzen sollten, der Schülerinnen verführt«, kommentierte Malou.

»Er hatte keine Wahl«, sagte Kirstine. »Ich hab nämlich ihn verführt.«

»Ey, Kirstine!«, gluckste Kamille überrascht. »Malou hatte recht, du bist wirklich schamlos!«

Kirstine zuckte nur mit den Schultern.

»Also, wollen wir?«, wandte sich Kamille an Victoria.

»Ja, ich will nur noch eben ... Malou? Es tut mir leid, dass ich dir das mit Benjamin nicht erzählt hab. Das war ziemlich dumm von mir.«

Malou stand mit überkreuzten Armen im Türrahmen zu ihrem Zimmer. Kamille hielt den Atem an. *Komm schon, Malou!*

»Okay, passt schon«, sagte sie kurz angebunden.

»Wow, ich bin stolz auf dich!«, flüsterte Kamille und umarmte sie heftig.

»Pass auf deine Haare auf«, schimpfte Malou, während sie den Kopf über die Freundin schüttelte. »Und jetzt ab mit euch.«

Heute Abend blühen die Violen. Nach dieser Nacht werden wir uns nie wieder trennen.

29. APRIL
20 UHR 10

Victoria

Denkt an euer Versprechen, säuselte der Wind vor den großen Fenstern des Schlosses.

Ich habe es nicht vergessen, Trine.

Victoria fühlte sich ausnahmsweise mal leicht und lebendig, als sie bei Kamille untergehakt auf den Festsaal zusteuerte. Der wallende Rock raschelte bei jedem ihrer Schritte, und nervöse Vorfreude durchströmte ihren Körper. Warum sollte sie nicht auch mal feiern und jung und unbeschwert sein? Heute Abend würde sie sich fühlen dürfen wie alle anderen. Kamille lächelte sie an und drückte ihren Arm ein wenig fester.

»Willkommen, die Damen. Dürfte ich Ihre Einladung sehen?« Jakob machte eine tiefe Verbeugung und drückte die Doppeltür zum Festsaal weit auf, nachdem sie die Einladungen vorgezeigt hatten. Zur Feier des Abends trug er einen Smoking mit Fliege, die er offenbar nur mit Schwierigkeiten hatte binden können. »Ich wünsche euch ein wunderbares Fest und tut nichts, was ich nicht selbst auch täte«, sagte er und zwinkerte ihnen zu.

»Heißt, man darf ruhig einen Lehrer aufreißen«, flüsterte

Kamille und kicherte, nachdem Jakob die Türen hinter ihnen wieder geschlossen hatte.

Der Festsaal war prächtig mit grünen Buchenzweigen und Kerzen in großen Silberleuchtern geschmückt. An der Wand waren lange Tische mit weißen Tüchern aufgestellt, und darauf standen große Platten mit allerlei Kanapees neben Gläsern mit sprudelndem Sekt. Am anderen Ende des Saals war ein kleines Plateau aufgebaut, auf dem eine Gruppe Streicher saß und spielte.

»Keine Angst, nachher mach ich den DJ!«

Sie drehten sich um und blickten in Mollys grinsendes Gesicht, die den Arm um Frédéric gelegt hatte, er trug einen dunkelroten Samtanzug mit passender Fliege. Molly selbst hatte ein schwarzes Kleid an, das sie auf jede erdenkliche Weise misshandelt hatte. Der Rock hing in Fetzen herunter, sodass an mehreren Stellen ihre Beine und die zerrissene Strumpfhose durchblitzten, und über der engen Korsage trug sie ein durchsichtiges, ebenfalls löchriges Oberteil. Die langen Dreadlocks thronten in einem riesigen Knoten auf ihrem Kopf, und ihr Make-up war noch schwärzer als an gewöhnlichen Tagen. Ihre Lippen waren knallrot geschminkt, aber der Lippenstift war schon ziemlich verschmiert, und Victoria bemerkte denselben Rotton um Frédérics Mund.

»Molly!«, kreischte Kamille und fiel ihr um den Hals. »Das ist so abgefahren, so etwas habe ich noch nie gesehen. Es ist, als wäre man auf einem Ball bei der Königin. Und das Kleid ist der Hammer!«

»Ja, oder?«, sagte Molly und drehte sich, damit sie sie von allen Seiten betrachten konnten. »Aber ihr seht auch echt toll aus. Wo sind eure Dates?«

»Wir sind eben erst angekommen«, sagte Victoria.

»Ich habe Vitus gerade drüben beim Sekt gesehen, typisch für ihn, sich erst einmal einzudecken, oder? Kommt, wir holen uns auch ein Glas!«

Molly rauschte mit Kamille und Frédéric davon und ließ Victoria allein zurück.

Sie nickte Birgit zu, die in einem eleganten, hochgeschlossenen Kleid aus auberginefarbenem Stoff vorbeiging. Ansonsten erkannte sie nicht viele Gesichter in diesem Wirrwarr aus Ballkleidern in festlichen Farben, glänzenden Smokings und wallenden Emotionen.

»Hi, Süße«, die Stimme war direkt an ihrem Ohr, sie verpasste ihr eine Gänsehaut. »Hast du mich vermisst?«

Victoria drehte sich um, und erblickte Benjamin mit einem Glas Sekt in jeder Hand. Der elegante Anzug stand ihm besser, als sie zugeben wollte. Seine unfassbar blauen Augen bohrten sich in ihre, während sie anstießen.

»Ich hatte schon befürchtet, du kneifst«, sagte er.

»Hätte ich fast auch«, gestand Victoria. Ihr war, als könne sie den Alkohol im selben Augenblick spüren, in dem die Bläschen ihre Zunge erreichten.

»Ich bin froh, dass du gekommen bist. Du siehst wunderschön aus.«

Victoria fiel nichts ein, was sie hätte erwidern können, doch zum Glück wurde sie von einem hellen Klirren gerettet. Birgit schlug mit einem kleinen Löffel gegen ihr Sektglas.

»Wir heißen euch alle herzlich willkommen zum diesjährigen Frühlingsball. Wir starten mit …«, bahnte sich ihre Stimme den Weg durch das Stimmengewirr schwatzender und lachender Schülerinnen und Schüler. »… einem Tanz. Bitte findet euch zu vier Paaren zusammen und macht euch für den Lancier bereit.«

Was, jetzt schon? Victoria sah sich verwirrt um.

Woher wusste man, mit welchen anderen Paaren man tanzen sollte? Alle wuselten und wimmelten durcheinander; allein beim Versuch, seine Tanzpartner zu finden, entstand bereits totales Chaos.

»Komm«, flüsterte Benjamin ihr ins Ohr und nahm sie bei der Hand. Sie ließ sich durch die Menge führen, in der überall Kichern und Lachen zu hören war.

»Dürfen wir bei euch mitmachen?«, fragte Benjamin und schwang Victoria elegant an seine Seite, als hätte der Tanz bereits begonnen.

Offensichtlich erwartete er keine Antwort.

»Uns fehlt noch ein Paar«, sagte ein großes Mädchen mit hellen Korkenzieherlocken. Victoria kannte niemanden von den anderen.

»Wartet auf uns!« Vitus und Kamille kamen kichernd angelaufen, aber standen sofort bereit, als die Musik losging. Victoria wurde bewusst, dass die beiden in den Tanzstunden immer miteinander geübt hatten und als Partner aneinander gewöhnt waren.

Für sie war es das erste Mal, dass Benjamin und sie zusammen tanzen würden.

»Das schaffen wir mit links«, sagte er ermutigend und legte einen Arm um ihre Taille.

Die ersten Schritte fühlten sich unbeholfen an, doch nach einer Weile wurde sie lockerer und ließ sich mehr von der Musik leiten. Benjamins Hand auf ihrer Taille ließ Schmetterlinge in ihrem Bauch tanzen, und diese vermischten sich mit all den sprudelnden Erwartungen aller anderen an diesem Abend, sodass es ihr bald schon schwerfiel zu erkennen, wo ihre eigenen Gefühle aufhörten und die der anderen anfingen. Mitunter wirbelte Benjamin sie so kraftvoll umher, dass ihre Füße kaum den Boden berührten und sie sich selbst mit Kamille im Chor kreischen hörte. Am Ende des Tanzes umfasste er mit beiden Händen ihre Taille und hob sie in die Luft. Dann stoppte die Musik und alle klatschten. Damit war es auch schon überstanden.

»Danke für den Tanz«, flüsterte ihr Benjamin ins Ohr, sodass sich ein Schauer auf ihrer Haut ausbreitete wie ein Lauffeuer, und sie konnte es nicht verhindern zu beben.

»Ich glaube, ich muss etwas trinken«, sagte sie, und Benjamin nahm ihre Hand und führte sie von der Tanzfläche, während die anderen sich für den Walzer bereit machten.

Victoria erhaschte einen Blick auf Kamille, die ihr breit lächelnd zuzwinkerte, als sie ihre Hand für den nächsten Tanz auf Vitus Arm legte. Einige Strähnen hatten sich aus der hübschen Frisur gelöst, die Malou ihr gemacht hatte, und Kamille sah wunderschön und unendlich glücklich aus, als Vitus lächelnd den Arm um sie legte und zum Tanz ansetzte.

Schulregeln des Internats Rosenholm:

4. An der Schule ist nur weiße Magie erlaubt.

29. APRIL
21 UHR 30

Malou

»Kommst du, Kirstine?«

Gemeinsam gingen sie durch die leeren Flure hoch zur Bibliothek. Alle, die nicht zum Ball eingeladen waren, hatten übers Wochenende nach Hause fahren dürfen, sodass die meisten gestern abgereist waren. Niemand erwähnte es je, aber Kirstine und Malou gehörten zu den wenigen, die auch dann in der Schule blieben, wenn die anderen die Wochenenden oder Ferien bei ihren Familien verbrachten.

Auf dem Weg schwiegen sie. Malou war das recht, auch wenn sie sich inzwischen an Kamilles ständiges Geplapper gewöhnt hatte. Anfangs hatte sie das wahnsinnig gemacht, aber jetzt fand sie es fast zu still im Zimmer, wenn Kamille am Wochenende ihre Mutter besuchte. Malou stoppte. Irgendetwas hatte ihre Aufmerksamkeit erregt.

»Was ist los?«, fragte Kirstine.

»Riechst du das auch?« Nein, es war gar kein Geruch. Es war mehr eine Empfindung. Etwas lag in der Luft. *Blut.*

»Da!« Kirstine ergriff ihre Hand. »Da drüben, an der Wand!«

Malou folgte dem Blick der Freundin. »Fuck, was ist das denn?!?«

Kirstine wich zurück, aber Malou war näher herangetreten. In dem schmalen Flur an der Wand hing ein Tier. Es war eine schwarze Katze. Und sie war tot. Jemand hatte sie an die Wand genagelt, die vier Beine weit von sich gestreckt. Am Bauch war ihr weiches Fell aufgerissen, und das Blut war aus dem toten Tier die Wand hinabgelaufen und hatte sich in einer kleinen Pfütze auf dem Boden gesammelt. Jemand hatte einen Stern aus Blut rund um die Katze gezeichnet und etwas an die Wand geschrieben.

TONIGHT WE'RE GONNA PARTY LIKE IT'S 1989

»Ein Pentagramm«, keuchte Kirstine. »Und die Jahreszahl! Was soll das bedeuten?«

Malou schüttelte ungläubig den Kopf. »1989. Das Jahr, in dem Trine ermordet wurde.« Sie ließ die Finger durch das weiche Fell der Katze gleiten. »Das kann kein Zufall sein … Er weiß das mit Trine. Er weiß, wann sie ermordet wurde. Sie hat gesagt, dass sie ihn kannte. Und er kannte sie auch.«

»Aber sie ist doch schon so viele Jahre lang tot …«, flüsterte Kirstine.

»Vielleicht kennt er sie als Geist? So wie wir es tun? Ich glaube …« Malous Stimme brach und löste sich in der Stille des dunklen Flurs auf, »… ich glaube, das hier bedeutet, dass er heute Abend zuschlagen wird. Auf dem Ball.«

»Du meinst Zlavko? Ist er denn zurück im Schloss?«

»Vielleicht …«

Irgendetwas stimmte nicht. Das hier war so brutal. Völlig unelegant. Überhaupt nicht das, was man von einem Blutmagier erwarten würde … Malou konnte ihren Blick nicht von der

Katze lösen. »Diese Katze hat kein Mensch getötet. Es war ein anderes Tier. Oder jedenfalls etwas … Tierisches. Genau wie das, das Anne verwundet hat«, murmelte sie.

»Aber ein Tier nagelt seine Beute nicht an die Wand«, flüsterte Kirstine.

»Nein, aber was, wenn es irgendein Wesen zwischen Mensch und Tier ist, das dies angerichtet hat? Irgendwas dazwischen. Langsam bekomme ich das Gefühl, dass ich mit meinem Verdacht falschlag …«

Die Gedanken wirbelten durch Malous Kopf. *Die blutigen Fetzen, die tote Katze, Lisa, die von einem Tier gesprochen hatte, lautlose Schritte auf alten, knarrenden Dielen … Was hatte er da getrieben, in dem leeren Flur hinter der Bibliothek, in dem sich sonst nie jemand aufhielt? Und hatte Birgit nicht nervös gewirkt, als sie ihn zu sich gerufen hatte? Vielleicht sogar ängstlich? Und was war mit den Gerüchten, von denen Molly berichtet hatte, die über ihn in Umlauf waren?*

»Malou, ich habe keine Ahnung, wovon du sprichst!« Kirstines Stimme klang schrill, und sie zupfte Malou am Ärmel, als wollte sie sie zurück in die Wirklichkeit holen.

Malou drehte sich zu ihr um. »Vielleicht hatte Jakob doch recht damit, dass es nichts mit Zlavko zu tun hat. Vielleicht steckt ein anderer dahinter. Erinnerst du dich noch daran, was Molly uns über Benjamin erzählt hat? Diese Gerüchte, dass er ein Gestaltwandler sei?«

»Ein Gestaltwandler? Benjamin?!«

»Vielleicht ist er für all das verantwortlich.«

»Aber, aber … Victoria?!«

»Ja, wir müssen sie warnen. *Du* musst sie warnen. Es kann sein, dass sie in Gefahr schwebt. Ruf sie an, und falls sie nicht rangeht, lauf zum Festsaal und erklär Birgit alles. Sie muss den Ball beenden. Ich muss mich inzwischen um etwas anderes kümmern.« Malou drehte sich um und rannte los.

»Warte!«, rief Kirstine ihr hinterher. »Wie soll ich ihnen das denn erklären …?«

»Tu es einfach!«, rief Malou in vollem Lauf über die Schulter. »Mach ein Foto von der Katze und zeig es ihnen. Du schaffst das! Aber beeil dich!«

29. APRIL
21 UHR 45

Kirstine

Kirstine lief die menschenleeren Gänge entlang, das Handy fest umklammert. Weder Victoria noch Kamille gingen ran. Das musste nicht heißen, dass ihnen etwas zugestoßen war, wahrscheinlich hörten sie durch die laute Musik einfach nur den Klingelton nicht.

Bitte, lass mich Jakob direkt finden, flehte sie im Stillen, während sie die Treppe zum Festsaal hinunterrannte. Sie war so außer Puste, dass sie befürchtete, ohnmächtig zu werden, ehe sie den Saal erreichte. Am Fuß der Treppe angelangt, sah sie die großen Flügeltüren in den Festsaal hinein. Dort stand er, Jakob, aber er war nicht allein. Jens leistete ihm Gesellschaft. Das letzte Stück lief Kirstine unter heftigem Seitenstechen.

»Kirstine, was ist los?«, fragte Jakob.

»Ihr müsst … Sie müssen den Ball abbrechen«, keuchte sie. »Victoria ist in Gefahr. Er wird sie womöglich umbringen!«

»Was redest du da?«, fragte Jens.

»Sie müssen den Ball abbrechen. Er wird heute Abend zuschlagen. Seht doch!« Kirstine hielt ihnen das Handy unter die Nase und stellte den Bildschirm auf maximale Helligkeit ein, damit sie die Katze, das Blut und die Nachricht erkennen konnten.

Jens zog eine Lesebrille aus der Hosentasche und sah sich den Bildschirm sorgfältig an.

»Sieht aus wie ein nicht genehmigtes Opferritual«, sagte er zu Jakob und reichte ihm das Telefon. »Hör mal, was meinst du damit, jemand will Victoria umbringen?«

»1989«, sagte Kirstine, »1989 wurde ein Mädchen an der Schule ermordet. Und jetzt gibt es jemanden, der es wieder tun will. Und dieser Jemand ist vielleicht Benjamin.«

»Benjamin?!? Kirstine …« Jakob betrachtete sie voller Unglauben.

In dem Augenblick ging die Tür auf und Birgit kam ihnen entgegen.

»Ich brauche nur eben eine kurze Pause, Jens, übernimmst du so lange für mich … Huch, was ist denn hier los?«

Jens und Jakob sahen sich schweigend an.

»Sie müssen den Ball abbrechen!«, wiederholte Kirstine verzweifelt.

»Ja, anscheinend hat jemand oben auf einem der Flure ein unerlaubtes Opferritual durchgeführt«, sagte Jens und zeigte ihr das Handy.

»Das ist ja abscheulich«, sagte Birgit. »Und vollkommen inakzeptabel.«

»Ja, und das macht einigen Schülern Angst. Aber alles andere verstehe ich auch nicht.«

»Sie sind alle in Gefahr«, versuchte es Kirstine erneut. »Irgendwer will versuchen, eine Schülerin zu töten. Vielleicht ist es Benjamin. Wir müssen Victoria warnen, sie ist mit ihm hier!«

»Victoria? Nein, jetzt redest du wirklich Unsinn, Kirstine.«

»Jemand hat Anne angegriffen, und jetzt sucht er nach einem

neuen Opfer. Wir denken, dass es Benjamin sein könnte, weil … weil er ein Gestaltwandler ist.« Der letzte Teil drohte in einer Mischung aus einem Wimmern und einem Schluchzen unterzugehen. Konnten sie ihr nicht einfach glauben?

Birgit riss die Augen auf und sah zu Jens, der ihren Blick vielsagend erwiderte.

»Hör mal, du bist ja vollkommen außer dir«, sagte Birgit und legte einen Arm um Kirstine. »Aber die Fantasie geht mit dir durch. Vor weniger als einer Minute habe ich Victoria mit eigenen Augen gesehen. Sie hat gemeinsam mit den anderen Schülerinnen und Schülern Walzer getanzt, und das – wie ich sagen muss – ziemlich beeindruckend und in bester Feierlaune. Sie war ganz sicher nicht in Gefahr und amüsierte sich offensichtlich prächtig. Deiner Freundin geht es gut, und ich kann dir garantieren, dass Benjamin – was auch immer er sein mag oder nicht – vollkommen harmlos ist.« Birgit tätschelte ein wenig geistesabwesend Kirstines Arm. »Ab und zu kommen hier solche Dinge leider vor. Es erinnert mich an einen plumpen Versuch, einen Liebeszauber durchzuführen. Und jetzt ab ins Bett. Morgen werden wir das Ganze noch einmal besprechen, aber in der Zwischenzeit kannst du ganz beruhigt sein. Das gesamte Kollegium trägt dafür Sorge, dass weder dir noch Victoria etwas zustößt.« Birgit verpasste Kirstine einen leichten Schubs in den Rücken, wie um sie wegzuschicken.

Kirstine machte ein paar Schritte auf die Treppe zu. All das, was Birgit sagte, ergab Sinn. Alles außer …

»Genauso, wie Sie auf Anne aufgepasst haben?«, fragte sie und drehte sich wieder zu ihnen um.

»Was meinst du damit?«, fragte Birgit, aus deren Stimme jegliche Fürsorge gewichen war.

»Anne wurde angegriffen. Während die Lehrer in der Schule waren. Vor Ihren Augen wurde sie für irgendein krankes Ritual missbraucht. Sie können es sich nicht leisten, die Sache nicht ernst zu nehmen.«

»Wie kommst du darauf?«, keifte Birgit. »Anne war von einem Geist besessen. Das ist äußerst tragisch, aber es war ihre eigene Schuld. Wir können beim besten Willen nicht verhindern, dass sich Schülerinnen und Schüler idiotisch verhalten.«

Kirstine konnte Jakobs Blick spüren.

Als sie diesen erwiderte, sah er sie durchdringend an und schüttelte langsam den Kopf, als wolle er sie daran hindern, noch ein einziges Wort zu sagen. Doch Kirstine riss sich los und richtete ihren Blick stattdessen auf Birgit.

»Das glaube ich nicht«, sagte sie. »Und Lisa tut das auch nicht. Sie sagt, Annes Wunden sahen aus, als seien sie von einem Tier verursacht worden. Durch Krallen. Wie die einer Katze. Ein Gestaltwandler hat Krallen, oder etwa nicht?«

»Und woher hast du das?« Birgits Stimme klang kontrolliert, doch große, rote Flecken an ihrem Hals verrieten, wie wütend sie war.

Kirstines Augen huschten zwischen Birgits bohrendem Blick und Jakob hin und her, der sein Gesicht von ihr abwandte.

Birgit starrte sie an, dann richtete auch sie den Blick auf Jakob. »Du?!? Hast du ihr das erzählt? Einer Schülerin? Aber ...«

Birgit blinzelte ein paar Mal und sah aus, als wolle sie noch etwas sagen, schluckte die restlichen Worte jedoch hinunter. Auch Jakob sagte keinen Ton. Birgit nahm einen tiefen Atemzug. »Jetzt gehst du auf dein Zimmer. Ich will heute Abend keinen Unsinn mehr von dir hören. Jakob, wir unterhalten uns später, jetzt gehst du erst einmal mit mir nach oben und suchst diese Katze, damit wir herausfinden, wer das getan hat. Jens, du bleibst hier an der Tür. Lass niemanden rein, bis ich zurück bin, okay?«

Birgit wartete nicht auf eine Antwort, sondern hastete davon, dicht gefolgt von Jakob. Der Blick, den er Kirstine im Vorbeigehen zuwarf, schmerzte mehr als ein Schlag ins Gesicht.

Wo bist du?

Da, wo die Klassenbilder hängen.

Bleib da, ich komm runter!

29. APRIL
22 UHR

»Hey, pass auf!«

»Halt die Klappe, sie ist betrunken.«

Die Stimmen vermischten sich mit dem wummernden Bass der Musik zu einem seltsamen Geräuschteppich, der in ihr das Gefühl auslöste, tief unter Wasser zu sein. Sie hatte Durst, ihre Kehle fühlte sich so trocken an, aber als sie einen Schluck aus dem Glas nehmen wollte, das sie in der Hand hielt, verfehlte sie ihr Ziel und bemerkte gerade noch so, dass die Flüssigkeit stattdessen an ihrem Kleid herablief. Der Raum drehte sich um sie, und die Kerzen wurden vor ihren Augen zu langen Schweifen, während sie den Kopf hin und her bewegte.

»Komm.« Er legte schützend den Arm um sie. »Du brauchst ein wenig frische Luft, dann geht es dir gleich besser.«

29. APRIL
22 UHR 05

Malou

Sie hatte sich getäuscht. Zlavko war nicht der Täter. Und Victoria war nicht das Opfer.

Das Geräusch von Malous Schritten auf den alten Dielen im Schloss hallte durch die leeren Flure. Die Klassenbilder. Weshalb hatte sie nicht früher daran gedacht? Nicht viele wussten, dass sie dort hingen, in dem verlassenen Flur hinter der Bibliothek, aber sie war dort gewesen. Zweimal. Die Listen mit den früheren Schülerinnen und Schülern, die Jahrbücher, das alles hatten sie durchgeschaut, aber nicht die Bilder. Erst als ihr Verdacht auf Benjamin gefallen war, war es ihr in den Sinn gekommen.

Sie lief um die Ecke in Richtung der Galerie. Kirstine stand wie eine Statue inmitten des leeren Flurs.

»Komm mit!« Malou packte sie am Handgelenk und zog sie zurück in Richtung Festsaal. Die Musik dröhnte bis hier oben.

»Es ist sinnlos, sie hören nicht auf uns.«

»Wir *müssen* da rein«, sagte Malou, »bevor es zu spät ist.«

»Birgit sagt, dass es Victoria gut geht«, keuchte Kirstine im Laufen.

»Es geht nicht um Victoria«, sagte Malou und stoppte ihren Lauf für einen kurzen Moment. »Ich habe mich geirrt. Schau, ich hab das alte Klassenfoto von Trines Jahrgang abfotografiert, 1989.« Sie zeigte ihr den Bildschirm des Handys und zoomte die Namen am Bildrand heran. »Da steht's.«

Rose Katrine Severinsen (Trine)

Kirstine riss die Augen auf. »Trine war ihr Spitzname … Deshalb haben wir sie auf keiner der Listen gefunden!«

»Und sieh hier.« Malou zoomte jetzt auf die Schülerinnen. Ganz links am Rand stand ein junges Mädchen mit rosigen Wangen und lächelte. Ihre roten Haare fielen weich um ihr Gesicht.

Kirstine sah Malou erstaunt an. »Kamille?«

»Wir müssen sie finden«, sagte Malou. »Wahnsinn, wie sehr die zwei sich ähneln!« Sie wischte ein Bild zurück. Jetzt lächelte Kamille in ihrem Ballkleid und mit den hochgesteckten Haaren in die Kamera. Es war wirklich fast unheimlich, wie sehr sie Trine ähnelte. Malou schob das Telefon in ihre Tasche, aber Kirstine griff nach ihrer Hand.

»Warte!« Sie studierte das Bild noch einmal im Detail. »Was trägt sie da um den Hals?« Kirstines Stimme war kaum mehr als ein Wispern.

Malou zoomte näher heran. »Ähm … ihre Halskette? Nein, es sind zwei Ketten, die eine hab ich noch nie gesehen. Der Anhänger besteht aus einer Sonne, einem Mond … und einem Stern.«

»Ein fünfzackiger Stern! Er hat sie gekennzeichnet – das ist ein Pentagramm!«

»Ein was?«

»Ein Pentagramm. Aber er benutzt es nicht, um andere Geister zu vertreiben. Er will sie festhalten!«

»Ich habe keine Ahnung, wovon du sprichst!«

»Ich erklär's dir später, aber du hast recht. Kamille ist in Gefahr, und Jens steht vor der Tür und lässt niemanden rein!«

»Fuck …« Malou sah sich hilflos in dem leeren Flur um und suchte in Gedanken verzweifelt nach einer Lösung. »Hey, wie kriegen sie das Essen in den Saal – es kommt wohl kaum durch die Doppeltüren, oder? Wir müssen die Küche finden!«

29. APRIL
22 UHR 20

Kirstine

Kirstine sah sich verwirrt um. Die Musik war ohrenbetäubend, es war daher unmöglich, auch nur irgendetwas zu verstehen, und im Festsaal war es nahezu dunkel. Malou hatte sie durch die Küche geführt, die um diese Zeit leer war, mit Ausnahme eines verliebten Pärchens, das sich auf der Suche nach ein wenig Privatsphäre hierhin verkrochen hatte.

»Hast du sie gesehen?«, rief Malou direkt in Kirstines Ohr, was diese normalerweise hätte zusammenzucken lassen, doch jetzt drangen die Worte gerade so zu ihr durch. Sie schüttelte den Kopf.

»Wir müssen uns aufteilen. Molly ist oben am DJ-Pult, ich werde sie fragen, während du auf der Tanzfläche nachsiehst. Behalte das Handy im Blick. Wir schicken uns sofort eine Nachricht, sobald eine von uns sie gefunden hat, okay?«

Kirstine nickte, und Malou ließ ihren Arm los und war im nächsten Augenblick in der Menge tanzender und schwitzender Teenager verschwunden. Kirstine versuchte, sich einen Weg über die Tanzfläche zu bahnen, doch es war kein Durchkommen, und sie konnte in der Dunkelheit, die lediglich von blinkenden Lichtern über einer kleinen Bühne durchbrochen wurde, nichts erkennen. Wenn sie einen Stuhl fände, könnte sie sich vielleicht am Rand der Tanzfläche darauf stellen und den Raum überblicken.

»Kirstine!« Jemand ergriff ihr Handgelenk und zog sie zu sich. Das Vertraute in der Bewegung ließ sie kurz an einen nicht lange zurückliegenden Waldspaziergang denken, aber der Anblick von Jakobs wutverzerrtem Gesicht verriet ihr, dass die Stimmung jetzt eine ganz andere war. »Was machst du? Du darfst nicht hier sein!« Er zog sie an den Rand des Saals und durch eine Tür, die sie zuvor nicht bemerkt hatte. Als er sie hinter ihnen schloss, wurde es völlig dunkel. Nur das Licht ihres Handybildschirms verriet, dass es sich um eine Art Reinigungsraum handelte.

»Wir müssen Kamille finden! Sie ist in Gefahr«, sagte Kirstine. »Du musst uns helfen.«

Der grünliche Schimmer des Displays ließ Jakob kränklich aussehen. Um seine Augen lag ein dunkler Schatten, und sie konnte seinen Gesichtsausdruck nicht erkennen.

»Was? Vorhin war es noch Victoria, und jetzt ist es Kamille?« Seine Stimme klang kalt. »Und der Verdächtige ist immer noch Benjamin? Oder Zlavko? Oder vielleicht bin ich es das nächste Mal?«

Er starrte sie an, und einen Moment lang wusste Kirstine nicht, was sie sagen sollte. Sie schüttelte den Kopf. Jakob fasste sie am Arm, und seine Stimme zitterte vor unterdrücktem Ärger.

»Du musst aufhören, so einen Unsinn zu reden. Sieh zu, dass du auf dein Zimmer kommst, ehe dich die anderen Lehrer hier sehen. Du klingst wirklich, als hättest du den Verstand verloren.«

»Jakob, wir müssen sie finden! Wenn du nicht helfen willst, na schön, aber ich bleibe hier, bis wir wissen, dass es ihr gut geht!« Kirstine riss sich von ihm los.

»Willst du mir alles kaputtmachen?«, rief er ihr nach. »Bist du dir darüber im Klaren, was passiert, wenn Birgit uns zusammen entdeckt? Nach dem, was du ihr erzählt hast? Glaubst du nicht, dass sie eins und eins zusammenzählt? Ich habe alles getan, um diese Stelle zu bekommen, es ist quasi unmöglich, dass jemand in meinem Alter einen Job hier kriegt. Und jetzt hab ich's verkackt. Ich hätte niemals ...«

Er hielt inne, doch er brauchte nichts mehr zu sagen, denn Kirstine hatte bereits verstanden. Er hätte vergangenen Sommer niemals an einem verlassenen Bahnhof mit ihr das Gespräch suchen oder im Herbstwind neben ihr auf einer Bank sitzen und ihr Nachhilfestunden anbieten sollen, damit sie besser im Unterricht zurechtkäme, und er hätte sie in einer mondbeschienenen Weihnachtsnacht nie und nimmer küssen dürfen.

Sie rückte von ihm ab und ließ ihn stehen, sein Mund formte ihren Namen, doch sie öffnete die Tür und machte einen weiteren Schritt rückwärts, um sich von den tanzenden Körpern wieder verschlingen zu lassen.

29. APRIL
22 UHR 30

Victoria

Victoria spürte den hämmernden Bass in ihrem Körper. Im Dunkeln inmitten einer Menschenmenge zu stehen, gab ihr das Gefühl, Teil eines großen, verschwitzten Tieres ohne Kopf und Schwanz zu sein. Aber sie brauchte ihren Kopf, ihre Augen. Sie konnte den Sekt spüren. *Wo sind sie?*

»Victoria!« Sie wurde von Malou überrumpelt, die sie an sich presste und schnell wieder losließ. *Sie hat Angst …*

»Was ist los?«, fragte Victoria, aber die Musik übertönte ihre Stimme.

»Wo ist Kamille?«, rief Malou und zog sie am Arm von der Tanzfläche runter.

»Das weiß ich nicht!«, rief Victoria zurück. »Ich kann sie nicht finden.«

»Und Benjamin?«

»Der ist auch weg. Er meinte, er müsse kurz mal raus«, sagte Victoria, als sie außer Reichweite der Lautsprecher waren.

Malou zeigte Victoria ihr Handy, das Licht des Displays wirkte in dem dunklen Saal kalt und grell. Victoria erkannte ein blutiges Tier, eine Katze vielleicht, und eine mit Blut geschriebene Nachricht …

Malou wischte mit dem Finger über den Bildschirm und das Foto der toten Katze wurde durch ein neues abgelöst. »Das ist Trine. Ihr richtiger Name war Rose Katrine …«

Victoria starrte das Bild an. Sie konnte sofort erkennen, dass es Trine war. Die richtige Trine und nicht ihr weißer Schatten. Doch dann sah sie noch etwas anderes: wie sehr Trine Kamille glich! Warum war ihr das nicht früher aufgefallen? Die Antwort klang ganz einfach. Während Victorias Visionen aus flackernden Eindrücken in Schwarz und Weiß bestanden, war das Klassenfoto farbig. Sie hatte nicht wissen können, dass Trines Haare rot waren.

»Kamille …« *Wo hat er dich hingebracht?* Victoria schloss die Augen und ignorierte für einen Augenblick Malous hektische Energie und die laute Musik. *Pappeln rauschen und Violen blühen …*

»Los, nach draußen!«, rief sie Malou zu, die nickte und auf die Wand ganz hinten im Saal deutete. Sie gingen hinter der Bühne entlang dorthin, hier wartete Kirstine auf sie. Victoria öffnete eine unverschlossene Tür, die sie eine Treppe hinunter und durch die dunkle Küche führte.

»Wohin gehen wir?«, fragte Malou, während sie an Küchentischen, Öfen und Schränken vorbeieilten.

»Nach draußen. Runter zum Bach«, entgegnete Victoria.

»War es da, wo Trine …«, fragte Kirstine.

Victoria nickte.

»Kommt, hier geht's raus«, sagte Malou und öffnete eine Tür, die in den Schlosshof führte.

Der Abend war ruhig, der Gesang der Vögel war noch deutlich zu hören, und der Himmel strahlte noch in dunklen Blautönen, obgleich die Sonne bereits untergegangen war. Es war nicht so spät, wie Victoria gedacht hatte. Die Luft fühlte sich an ihren Schultern und nackten Armen kalt an, aber sie fror nicht.

»Du gehst voran«, wies Malou sie an.

Ich sehe dich …

Die ganze Zeit über, während sie auf den Wald und den kleinen Bach zueilten – die ganze Zeit über war sie hier. In ihren hochhackigen Tanzschuhen und dem roten Ballkleid, mit Malou auf der einen und Kirstine auf der anderen Seite – und zugleich war sie bei Trine. Trine, die getragen wurde, die Augen geöffnet, Arme und Beine jedoch schlaff herabhängend, während der Mann ohne Gesicht sie an den Abhang trug, wo die Violen blühten.

Ich sehe dich, Trine.

29. APRIL
22 UHR 45

Kamille

Etwas Hellgrünes flimmerte vor ihren Augen, aber sie konnte ihren Blick nicht fokussieren. Wo war sie? Es war dunkel, und der Boden unter ihrem nackten Rücken fühlte sich kalt an. Sie registrierte einen schwachen Schmerz irgendwo in ihrem Körper, doch es gelang ihr nicht, die Empfindung lang genug festzuhalten und herauszufinden, woher der Schmerz kam. Die Welt um sie herum drehte sich wie in einem Kreisel, und die Dunkelheit schloss sich um sie.

29. APRIL
22 UHR 52

Malou

Sie rannten, und Victoria stolperte im Dunkeln in ihren hohen Schuhen, und Malou zog sie wieder hoch, und Kirstine fiel zurück. *Kommt schon!*

»Weiter, weiter. Bevor es zu spät ist!« Malou trieb die Freundinnen an, während sie sich dem Wald näherten.

»Hier entlang!«, flüsterte Victoria und führte sie weg vom Pfad. Sie stolperten über Baumwurzeln und sanken ein im Schlamm, aber Victoria war sich sicher, dass der Weg stimmte, und plötzlich waren sie da.

Eine Böschung, ein Hügel, ein Meer aus blühenden Violen. Und sie waren nicht allein. Malou legte den Finger auf die Lippen, aber keine der beiden anderen dachte auch nur daran, zu atmen. Alles um sie herum war so still, und die Dunkelheit lag über ihnen, nur durchbrochen vom Mondlicht, das sich ab und zu zeigte. An der Böschung war eine Gestalt. Verkrüppelt und vornübergebeugt. Sie hatte das Gesicht im Gras vergraben und sog den Geruch tief ein. Sie suchte nach etwas. Ruckartig richtete sie sich plötzlich auf und schaute in ihre Richtung. Obwohl sie immer noch im Schutz der Bäume standen, obwohl keine von ihnen auch nur einen Laut von sich gegeben hatte, nahm sie sie *wahr*. Sie wusste, dass sie da waren. Und der Anblick der eisblauen Augen in dem verzerrten Gesicht ließ Malou das Blut in den Adern gefrieren. *Fuck, war das gruselig.*

»Benjamin! Wo ist sie?« Das Geräusch von Malous Stimme ließ Kirstine zusammenfahren, und sie versuchte, die Freundin zurückzuhalten, aber Malou trat aus dem Schutz der Zweige.

Diese bizarre Version von Benjamin war das Abartigste, was sie jemals gesehen hatte. Er stand zwar auf zwei Beinen, war jedoch vollkommen entstellt. Muskulös und mager, aber deformiert, als hätte jemand die Körperteile falsch zusammengesetzt. Ein riesiger Kiefer, leuchtende Augen. Er knurrte sie an, vielleicht konnte er in diesem Zustand nicht sprechen. Womöglich war es wie bei einem aggressiven Hund, dachte Malou. *Man darf nur niemals Angst zeigen.*

»Wenn du ihr was angetan hast, bring ich dich um!«, rief sie.

Er stieß einen tiefen, kehligen Laut aus, vielleicht ein Lachen oder eine Warnung, und zeigte ihr die Zähne. Malou zwang sich, aufrecht zu bleiben und ihm direkt in die Augen zu schauen. Sie verfluchte sich selbst dafür, dass sie im Wald nicht wenigstens einen Ast genommen hatte. Wenn er sie jetzt angriff, hatte sie nichts, um sich zu verteidigen.

»Benjamin …« Victorias Stimme klang so sanft, als versuchte sie, ein verzweifeltes Kind zu sich zu rufen. Als Victoria hinaus in die Dämmerung trat, richtete er seine Aufmerksamkeit auf sie. Das blutrote Kleid, der weiße Hals. Das tiefe Knurren wurde lauter, und Malou sah, dass er die Muskeln anspannte.

»Weg da, Victoria!«, schrie Malou, aber statt sich auf Victoria zu stürzen, wandte Benjamin sich plötzlich um und lief auf das Schloss zu.

»Hey! Was hast du mit ihr gemacht, du Schwein?«, brüllte Malou ihm hinterher.

»Sucht hier an der Böschung!«, befahl Victoria. »Sie *muss* irgendwo hier sein.«

»Kamille! Kamille!« Malou ließ den Blick panisch über die Lichtung schweifen, aber es war nichts zu erkennen.

»Oh, was ist das?« Kirstine hockte an der Stelle im Gras, wo eben noch die wolfsähnliche Ausgabe von Benjamin gestanden hatte. Malou leuchtete mit der Handytaschenlampe auf ihre Hand.

»Das ist Blut.« Malou wandte sich zu Victoria um. »Sie ist nicht hier. Wohin kann er sie gebracht haben? Können wir Trine fragen?«

»Ich spüre sie nicht«, sagte Victoria zögernd. »Ich glaube nicht, dass Trine hier ist.«

Kirstine stieß ein ersticktes Schluchzen aus und ließ sich ins Gras fallen.

»Kommt, gebt mir eure Hände. Wir müssen versuchen, sie zu rufen!« Malou nahm Kirstines blutige Hand und zog sie hoch.

»Trine, hilf uns!«, sagte Victoria und schloss die Augen. Malou tat es ihr nach. Sie spürte die Energie von Victorias kalter Hand, spürte das Blut an Kirstines. Die Nacht war endgültig hereingebrochen, die Vögel waren verstummt, um sie herum war es still geworden, aber plötzlich kam ein Rauschen auf. Wie tausende und abertausende Blätter, die im Wind raschelten, obwohl nicht der kleinste Windhauch zu spüren war.

»Ich weiß, wo sie ist«, sagte Victoria, und sie öffneten alle drei gleichzeitig die Augen.

29. APRIL
23 UHR 17

Victoria

Natürlich. Hier hatte ihre erste Begegnung mit Trine stattgefunden. Am allerersten Tag in Rosenholm. Victoria hatte damals noch keine Ahnung gehabt, was es zu bedeuten hatte, sie hatte bloß den intensiven Duft von Violen vernommen, die Kälte gespürt und jenen seltsamen Gesang gehört. Erst jetzt wurde ihr klar, was es damit auf sich hatte. Sie kannte ihn gut. Die letzte Zeile lautete: *Denn Rosen und Violen, du niemals trennen kannst.* Der Mann ohne Gesicht hatte es Trine unten in den dunklen Räumen vorgesungen. Ehe er sie zur Böschung getragen hatte. Ehe er sie getötet hatte.

Du bist meine Blume, und du wirst mein Nachtmahr sein.

29. APRIL
23 UHR 20

Kirstine

»Wir müssen zurück in die Schule!«, rief Victoria im Laufen. Der Mond erhob sich, groß und orange, über dem Park. »Hier entlang.« Sie lotste sie über den Schlosshof durch eine Tür, die wiederum über eine Treppe in den Keller hinabführte. Mit einem Mal erkannte Kirstine den Ort wieder, hier waren sie am Tag der Prüfung gewesen. Victoria bedeutete ihnen mit einem Zeichen, sich anzuschleichen. Hier befand sich die Holztür, die in den ältesten Teil des Kellers führte, wo man sie der Reihe nach eingesperrt hatte. Victoria legte ein Ohr an die Tür, schüttelte aber den Kopf. Dann drückte sie vorsichtig dagegen, sie war nicht abgeschlossen. Lautlos öffnete sie sich, und Victoria trat als Erste hindurch.

Im Keller war es dunkel, und in dem großen Raum waren keinerlei Geräusche zu hören, die darauf hindeuteten, dass sie nicht allein waren. Plötzlich spürte Kirstine eine Hand auf ihrem Arm, und Victoria signalisierte ihr, einen Blick nach links zu werfen. Aus der hintersten Ecke kam flackerndes Licht. Langsam schlichen sie näher. Als sie die letzte Sandsteinsäule passierten, sah Kirstine es plötzlich. Sie schnappte nach Luft.

Kamille lag mit geschlossenen Augen auf dem Boden, sie war

nackt, Arme und Beine waren nach beiden Seiten ausgestreckt, und um sie herum war ein fünfzackiger Stern gezeichnet. Ihre Haare waren offen und in Strähnen um sie herum ausgebreitet, und um sie standen brennende Kerzen in einem Kreis. Überall auf ihrem Körper waren verschiedene Runen eingeritzt, die blutig auf ihrer weißen Haut leuchteten.

»Wie habt ihr uns gefunden?«, fragte er.

29. APRIL
23 UHR 45

Malou

In der Mitte des Kreises aus flackernden Kerzen, direkt neben Kamille, hockte Vitus. Er war nackt. In einer Hand hielt er ein großes Messer, wahrscheinlich das, mit dem er die Runen in Kamilles bewegungslosen Körper geritzt hatte. Jetzt hielt er das Messer an ihren Hals, während er den Blick auf die Freundinnen richtete. Ein eiskaltes Gefühl breitete sich in Malous Körper aus. *Er hat wirklich vor, sie zu töten.*

»Bleibt stehen, sonst könnte ich leicht die Kontrolle über das Messer verlieren.« Seine Stimme klang leise, beherrscht, aber Malou nahm die tiefe Wut wahr, die sich dahinter verbarg. »Und jetzt seid so nett und verratet mir, wie ihr uns gefunden habt.«

»Trine hat uns alles erzählt«, antwortete Victoria und beobachtete genau, wie er darauf reagierte. Malou bemerkte es ebenfalls. Ein Zucken lief über sein Gesicht und ließ ihn kurz völlig außer sich wirken, bevor er die Fassung wiedererlangte. *Sie testet ihn.*

»Du … kennst ihren Namen?«

»Trine hat mir vieles erzählt«, sagte Victoria. »Ich kenne sie ziemlich gut.«

»Pah, das denkst du vielleicht!«, zischte er. »Sie hat es dich glauben lassen. Aber niemand kennt sie so wie ich.«

Er musterte Victoria einen Moment lang. Malou tat es ihm gleich und plötzlich ging ihr auf, was Victoria vorhatte. Solange Vitus' Aufmerksamkeit auf ihr lag, lag sie nicht auf Kamille.

»Vielleicht hätte ich besser dich auswählen sollen, wenn du so dicke mit Trine bist?« Er warf Victoria ein schiefes Grinsen zu, schaute dann aber wieder auf Kamille. Ein Beben, eine Art Krampf, durchlief ihren Körper. Noch lebte sie.

»Nein«, fuhr er fort und strich ihr mit dem Messer sanft über die Wange, »ich glaube, es ist ganz richtig so. Sie ist vielleicht nicht so schön wie du, aber sie sieht ihr ähnlich. Seit ich erstmals auf die Idee gekommen war, mir das Klassenfoto anzuschauen, habe ich nicht mehr daran gezweifelt, wer die Richtige ist. Weißt du, dass sie eigentlich Rose hieß? Er hatte seine Rose, ich habe meine Kamille, ist das nicht poetisch?« Er lachte.

»Und Anne?«, fragte Victoria.

Malous Augen glitten durch den Raum, sie brauchte eine Waffe, einen Stock, eine Stange, eine Flasche, die sie zerschlagen konnte, irgendetwas.

»Ach, Anne. Darauf bin ich nicht gerade stolz. Ich hatte keine Zeit für meine Vorbereitungen, aber wenn ich eine Chance erkenne, nutze ich sie. Hab sozusagen improvisiert. Beinahe wär es schiefgegangen, und das Mädchen war ein Totalausfall. Ein kompletter Fehlschlag.«

»Aber du warst Heiligabend doch gar nicht in der Schule?«

Er lachte kurz. »Sagen wir mal so, ich bin ganz gut darin, mich schnell von einem Ort zum anderen zu bewegen«, sagte er, während er den Blick nicht von Kamille und dem Messer abwandte. Langsam ließ er es an ihrem Hals entlang und zur Halsschlagader gleiten, die unter der Haut pulsierte. »Und sie ist eigentlich ziemlich schön, so wie sie hier liegt. Ich habe sie schön gemacht. Ich glaube, sie weiß das.«

Malou nutzte die Tatsache, dass er abgelenkt war, um sich vorsichtig in Richtung der hinteren Kellerwand zu bewegen. Victorias Blick traf ihren, und sie nickte der Freundin zu.

»Trine und du, ihr steht euch nahe …?«, fragte Victoria, während Malou noch ein wenig weiter im Schatten verschwand.

»In meiner allerersten Nacht an der Schule suchte sie mich auf«, erklärte er. »Sie war mein Nachtmahr. Zuerst hatte ich Angst vor ihr. Sie hatte mich geradezu terrorisiert, mir alles Mögliche gezeigt, das mir Angst machte, weil ich es nicht verstand. Egal, wohin ich ging, sie war immer da, nie hatte ich Ruhe vor ihr. Aber dann beschloss ich, sie kennenzulernen. Begann, sie zu verstehen, wie sie noch nie zuvor jemand verstanden hat. Wir haben einander verstanden. Und dann war sie eines Tages einfach weg.«

»Und deshalb …«

»Sie hat mich gezwungen, eine andere zu finden. Mir meinen eigenen Nachtmahr zu schaffen.«

»Weißt du, wer Trine getötet hat?«

»Ach, das weißt du also nicht?« Er schaute Victoria triumphierend an, als besäße er den Trumpf in einem Kartenspiel. »Trine hat es dir also nicht erzählt. Das kann sie nämlich nicht, weil ihm ein Geniestreich gelungen ist. Er hat ihre Zunge mit Hilfe von Blutmagie gebannt, im Leben wie im Tod. Sie wird ihren Mörder nie verraten können. Und sie hätte auch mich nie verraten können. Ein perfekter Plan. Den ihr zerstört habt. Jetzt muss ich schon wieder improvisieren. Egal. Es wird eh nie so, wie man es sich vorgestellt hat, oder?«

»Niemand weiß also, wer Trine getötet hat?«, fragte Victoria, und seine Augen ruhten nur auf ihr.

Nur noch ein winziger Schritt …

»Das hab ich nicht gesagt, richtig?«, fauchte er gereizt und nahm das Messer von Kamilles Hals. »Ich hab gesagt, dass Trine ihren Mörder nicht verraten kann. Aber ich hab rausgefunden, wer es war. Es war nicht einfach, aber ich hab's geschafft und das Rätsel gelöst, das sie mir aufgegeben hatte. Und wie hat sie mich dafür belohnt? Indem sie mich verlassen hat.« Er schnaubte.

»Wer ist es?«, fragte Victoria, aber Vitus schüttelte nur den Kopf und lachte sie aus.

»Glaubst du wirklich, ich würde es dir erzählen? Nein, das ist unser kleines Geheimnis, Trines und meins. Es bindet uns aneinander, ob sie will oder nicht. Aber ich glaube, er wäre stolz auf mich, wenn er sehen könnte, was …«

In diesem Moment trat Malou ihm von hinten in den Rücken. Sie hatte gebeugt gestanden und keinen Anlauf nehmen können, aber weil er in der Hocke war, fiel Vitus vornüber auf alle Viere. Blitzschnell sprang er auf, das Messer immer noch in der Hand.

»Ihr wollt also ein bisschen spielen, ja?«, schrie er. »Nur zu, das wird ein großer Spaß!« Noch stand er mit dem Rücken zu Malou, aber bevor sie auch nur reagieren konnte, drehte er sich elegant um und griff sie an. Malou schaffte es gerade noch, die Arme hochzureißen und vors Gesicht zu halten, bevor sie spürte, wie das Messer in ihren Arm schnitt und der Schmerz sie wie ein elektrischer Schlag traf. Er lachte laut und hob das Messer erneut.

»*Isa!*«, schrie Kirstine, und die Kraft der Rune ließ die Luft im Raum erzittern. Die Eisrune konnte einen Feind einfrieren und dessen Angriff abblocken, und das verschaffte Malou Zeit auszuweichen, bevor das Messer wieder auf sie zuschoss. Vitus schüttelte wie wild den Kopf und versuchte, die Wirkung der

Rune loszuwerden. Malou spürte, wie warmes Blut aus der Wunde an ihrem Arm hinablief. *Das Opfer ist deine Quelle der Kraft.* Die Worte hallten in ihrem Kopf wider. Als Vitus erneut den Arm hob, um zuzustechen, packte sie ihn am Handgelenk und zog ihn nah zu sich heran. Vor Überraschung riss er die Augen weit auf. In ihren Ohren rauschte es, und es fühlte sich an, als ob eine Flutwelle durch sie fuhr und allen Widerstand mit sich nahm. Ein Gefühl reiner, freudiger Energie. Vitus stöhnte angestrengt, die Blutmagie gab Malou unglaubliche Kräfte, und sein Gesicht verzog sich vor Schmerzen, als sein rechter Arm knackte. Er war gebrochen.

Vitus schrie vor Wut und Schmerzen auf, aber plötzlich spürte Malou, wie er trotz der Verletzung stärker wurde. Auch das Messer hielt er noch immer in der Hand. Es war, als ob nicht nur sie Energie aus dem roten Blut zog, sondern auch er seine Kraft daraus speiste, wie ein Parasit, der am Ende seinen Wirt tötet.

»*Hagalaz!*« Kirstine schickte eine Hagelrune los, und die Naturkräfte trafen die Schulter von Vitus' Arm mit der Waffe, und Vitus wurde gegen Malou geschleudert. Mit einem Klirren fiel das Messer zu Boden, und Malou trat es weg. Aus dem Augenwinkel sah sie, dass Kirstine sich darauf stürzte und es an sich nahm, während sich Victoria über Kamille beugte und versuchte, sie aus der Kampflinie zu ziehen.

»*Thurisaz!*«, brüllte Vitus über seine Schulter in Richtung Kirstine, und die Rune der Unordnung warf Kirstine so heftig um, als hätte sie jemand mit einem Fausthieb niedergestreckt.

Malou versuchte daraufhin auszuweichen, stieß aber mit dem Rücken gegen die kühle Backsteinwand des Kellers – der Raum war hier zu Ende. Bevor Vitus sich auf das Messer stürzen konnte, das der bewusstlosen Kirstine aus der Hand gefallen war, rammte Malou ihm mit aller Kraft das Knie in den Schritt. Zuerst reagierte er überhaupt nicht, und sie überlegte schon, ob sie etwas falsch gemacht hatte, aber dann krümmte er sich zusammen.

»Du verdammte Schlampe!«, zischte er, aber anstatt zurückzuweichen, packte er sie, drückte sie gegen die Wand und zog sie dann mit sich zu Boden, stöhnend vor Schmerz und Wut.

Sein Gesicht war nur einen Zentimeter von ihrem entfernt, sein nackter Körper lastete schwer auf ihrem und hielt sie so am Boden, seine Kräfte nährten sich immer noch von ihrem Blut. Er grinste. Mit den Händen drückte er gegen ihre Schultern, dann führte er plötzlich eine unnatürlich wendige Bewegung aus und kam mit den Füßen auf ihren Oberschenkeln zu stehen. Langsam richtete er sich auf allen Vieren über ihr auf.

Malou spürte einen scharfen Schmerz in beiden Beinen und schaute an sich herab. Es waren nicht länger Vitus' Füße, die ihre Beine wie festgeklammert am Boden hielten. Es waren Klauen. Zwei Füße mit je drei pechschwarzen Klauen, die sich in ihre Oberschenkelmuskulatur bohrten, dass das Blut rann. Plötzlich zog er ihren Oberkörper zu sich heran und stieß dann ihren Kopf mit Schwung auf den Boden.

30. APRIL
00 UHR 01

Victoria

»Nein!«

Victoria schrie auf, als Vitus Malous Hinterkopf mit einem dumpfen Schlag auf den Boden donnern ließ. Der Körper sackte in sich zusammen und blieb regungslos liegen. Blut floss aus der Wunde und bildete eine kleine Pfütze auf dem Steinboden.

Instinktiv legte sich Victoria über Kamille. Sie hatte es geschafft, ihren Körper zur Tür zu ziehen, sie hatte Kamille unbedingt aus dem Kerzenkreis befreien wollen, aber ihre Freundin war noch immer nicht bei Bewusstsein, und Victorias fieberhafte Versuche, Heilzauber über sie zu murmeln, hatten keine Wirkung gezeigt. Und jetzt schien es zu spät.

Vitus starrte Malou an, immer noch mit dem gleichen geisteskranken Lächeln um den Mund, ehe er sich Victoria und Kamille zuwandte, und obwohl sie es noch nie zuvor gesehen hatte, wusste Victoria, was es war. Eine vollständige Transformation. Eine Gestaltwandlung. Nicht nur teilweise und grotesk wie bei Benjamin, sondern eine komplette und perfekte Gestaltwandlung. Vor ihnen stand ein menschengroßer Adler mit Flügeln, die zu beiden Seiten ausgebreitet waren. Wunderschön und furchteinflößend. Er öffnete den Schnabel und stieß einen lauten Schrei aus. Dann schlug er mit den riesigen Flügeln, doch der eine hing schief, und die Flügelschläge waren nicht stark genug, um sich in die Luft zu erheben. Dennoch machte er einen Sprung von mehreren Metern. Victoria spürte eine völlige Leere in ihrem Kopf, sie konnte nichts weiter tun, als sich über Kamille zu legen, ihr Gesicht in deren offenem Haar zu verbergen und darauf zu warten, dass die Adlerkrallen sie beide durchbohren würden.

Plötzlich schrie er erneut. Victoria hob den Kopf – und sah gerade noch rechtzeitig, wie eine Gestalt über sie hinwegsprang und sich auf den Adler stürzte, der zurückgeworfen wurde und auf dem Rücken landete. Die wolfsähnliche Gestalt verbiss sich in einen der Flügel und zerrte daran, aber der Adler konnte sich schnell befreien und hieb mit dem Schnabel nach seinem Gegner. Ein langer, tiefer Riss klaffte in der Brust des Wolfes, der vor Wut aufheulte und erneut auf den Adler zusprang. Sie wälzten sich auf dem Boden und rollten in den Kreis der flackernden Kerzen hinein. Einige fielen um, und das flüssige Wachs ergoss sich über den Boden und vermischte sich mit dem Blut der Kreaturen, während das Wolfsgeheul und die Schreie des Adlers durch das Kellergewölbe hallten. Für einen Augenblick gewann der Adler die Oberhand und schlug mit seinen riesigen Flügeln, sodass Victoria den Luftzug spüren konnte, der die Kerzen flackern und beinahe erlöschen ließ. Mit einem wütenden Schrei setzte er die messerscharfen Krallen auf die Brust des Wolfs, und mit einem weiteren Flügelschlag erhob er sich zur Kellerdecke, von wo er den Körper des Wolfs zu Boden fallen ließ.

»Benjamin!«, schrie Victoria auf, doch der Wolf blieb liegen, reglos.

Der Adler kreischte im Gefühl des Triumphs und landete neben seinem Opfer. Sie entdeckte es, noch bevor der Adler es tat. Die umherfliegenden Funken hatten das auf dem Boden ausgeflossene Wachs entzündet, und plötzlich schossen Flammen zwischen den schwarzen Klauen des Adlers empor. Der Vogel versuchte erneut abzuheben und schlug mit den Flügeln, was das Feuer weiter anfachte. Schließlich gelang es dem Adler, sich in die Luft zu schwingen, er stieß gegen das Deckengewölbe und schrie verzweifelt. Einen Moment lang hielt er sich direkt über Victoria und Kamille. Dann flog er in Richtung Kellertür und verschwand durch sie.

Das Feuer breitete sich in dem flüssigen Wachs rasend schnell aus und griff auf einige Kisten über, die in der Ecke standen. Victoria zerrte an Kamille. Sie fluchte, hustete und schluchzte, und Tränen liefen ihr übers Gesicht. Sie konnte es unmöglich schaffen, alle rechtzeitig herauszubekommen, zwischen ihr und Malou hatte sich bereits eine Feuerwand gebildet, und der Rauch erschwerte das Atmen. Sie schrie vor Anstrengung, als sie Kamille das letzte Stück zur Tür zog und sie in Sicherheit brachte, dann lief sie zurück, um Kirstine zu retten, aber das große Mädchen war einfach zu schwer für sie. Schluchzend sank Victoria neben ihr zusammen.

30. APRIL
00 UHR 17

Kirstine

Es war herrlich warm … Nein, es war zu warm. *Viel zu warm.* Es knisterte und knackte um sie herum. Kirstine schlug die Augen auf. Zuerst hatte sie Schwierigkeiten zu begreifen, was sie sah. *Dunkelheit und Licht. Flammen. Es brennt.*

Sie richtete sich auf, ihre Augen fühlten sich an wie mit Sand gefüllt, und die Bewegung verursachte ihr Übelkeit. Sie hatte sich den Kopf gestoßen. Er hatte sie gestoßen. Wo war er jetzt?

Kirstine bemerkte eine Gestalt, die neben ihr saß, zusammengesunken, vornübergebeugt. Victoria. War sie tot? Kirstine sah sich um. Überall um sie herum war Feuer. Sie mussten raus. Eine Bewegung zu ihrer Rechten erregte ihre Aufmerksamkeit, und sie drehte den Kopf. Sofort durchfuhr ein scharfer Schmerz ihren Kopf, und sie schrie auf. Der Wolf schleifte einen leblosen Körper über den Boden. *Malou.*

Der Anblick machte sie krank. Dann hörte sie Victoria neben sich wimmern. Sie weinte, sie war nicht tot. Sie mussten raus.

Kirstine kämpfte sich auf die Knie, sie rüttelte an Victoria. »Wir müssen hier raus!« Die Worte ging im Knistern der Flammen unter.

Halb krochen sie, halb schleppten sie sich hinüber zur Tür.

Kirstine hatte das Gefühl, ihr Kopf würde vor Schmerz explodieren. Als sie auf dem Flur waren, kam sie mühevoll auf die Beine und schloss die Tür hinter ihnen. Der enge Kellerschacht wurde von wenigen Lampen erleuchtet, und der Rauch um sie herum erzeugte einen unwirklichen Dunst. Auf dem Boden lag Kamille, nackt und bewusstlos. Daneben Malou, die aus einer großen Wunde am Hinterkopf blutete. Und über sie gebeugt stand der Wolf, sein Kiefer ganz nah an ihrem Hals.

Kirstine wollte ihn anbrüllen, angreifen, verjagen, aber brachte keinen Ton heraus. Der Wolf stupste Malou mit der Schnauze an, stellte sich dann auf zwei Beine und sah zu Kirstine. Der Blick war erwartungsvoll, fragend. Er hatte nicht vor, Malou zu fressen, er hatte sie vor den Flammen gerettet.

»Finde ihn«, flüsterte sie, und ihre Stimme wurde zu einem Rufen. »Na los, finde ihn!«

Der Wolf zögerte nicht, sondern wandte sich um und lief auf allen vieren davon. Kirstine beugte sich hinunter, und dabei wurde ihr schwarz vor Augen.

»Victoria, bist du okay?« Victoria hob ihr Gesicht und nickte ihr zu. »Ich hole Hilfe.«

Kirstine stützte sich gegen die Wand, während sie durch den Flur ging. Obwohl es nur wenige Stufen bis zur Tür nach draußen waren, musste sie sich übergeben, doch anschließend ließ die Übelkeit ein wenig nach. Ein weißes Licht lag über allem, sie hatte erwartet, dass es dunkel sein würde, aber der Mond schien von einem wolkenlosen Himmel. Aus der Ferne konnte sie hören, dass die Party immer noch in vollem Gang war, es wirkte bizarr, dass einige feierten, während andere in unmittelbarer Nähe in Todesgefahr waren. Kirstine stolperte über den Schlosshof, und plötzlich schlugen die Türen auf. Es war Thorbjørn.

»Was ist passiert?«

»Der Keller«, stöhnte Kirstine. »Es brennt.«

Er rannte an ihr vorbei. Entfernt hörte sie, wie er den Namen der Wasserrune brüllte. *Laguz.* Warum war sie nicht selbst darauf gekommen?

Kirstine taumelte weiter, aber ein Geräusch ließ sie innehalten. Ein Schrei. Wie von einem verwundeten Tier. Der Wolf musste ihn gefunden haben, er war nicht weit gekommen, vielleicht war auch er verwundet. Sie verließ den Schlosshof und folgte der Richtung, aus der das Geräusch kam. Ihre Sicht war verschwommen, sicher vom Schlag gegen die Schläfe. Der Schrei war aus dem Wald gekommen.

Blindlings lief Kirstine immer weiter, über nasse und rutschige dunkle Baumstämme, die ein undurchdringliches Labyrinth bildeten, Äste versperrten ihr den Weg, und eine Pfütze verschluckte ohne Vorwarnung ihren Fuß, sodass sie knietief im Wasser stand. Sie schluchzte vor Wut und zog das Bein mit einer solchen Kraftanstrengung zu sich heran, dass sie glaubte, erneut das Bewusstsein zu verlieren. Ein weiterer Schrei ertönte, sie musste weiter, immer tiefer hinein.

Plötzlich tat sich der Wald vor ihr auf, als hätte er sie endlich für würdig befunden. Die uralte Eiche stand mitten auf der Lichtung, erleuchtet vom Licht des Mondes, und dort fand sie den Wolf. Und den Adler. Es war ein Adler. Ein Adler, der sich über sie erheben und sie alle im Auge behalten konnte. Ein Adler, der durch ein offenes Fenster entwischen konnte. Ein Adler, der sein Opfer mit seinen Krallen in Stücke reißen konnte.

Sie kämpften miteinander, bissen und verwundeten sich, schrien vor Schmerz und Hass. Der prächtige Adler und der grausame Wolf, und sie kämpften bis zum Tod. Der Wolf blutete aus mehreren großen Wunden, sein Fell war vielerorts versengt, und obwohl er in diesem Moment mehr einem Wolf als einem Menschen glich, konnte sie Benjamin in ihm erkennen. Er ging auf den Adler los und biss ihn wieder und wieder, der Adler flatterte verzweifelt, er hatte einen Flügel gebrochen und Probleme hochzufliegen, doch plötzlich brach der Wolf mit einem Heulen zusammen. Die Krallen des Adlers hatten ihn in die Seite getroffen. Er versuchte aufzustehen, aber brach wieder zusammen. Der Adler schlug mit den Flügeln, erhob sich langsam und unsicher in die Luft und schwebte über dem Körper des Wolfs. Sie schrie. Kirstine schrie stumm wie ein Tier. Der Wolf drehte den Kopf und sah zu ihr hin. Dann stürzte der Adler herab und grub seine Krallen in dessen Körper, und kurz darauf rührte sich der Wolf nicht mehr. Der Adler ließ von seiner Beute ab und kam halb fliegend, halb springend auf sie zu. Dann breitete er die Flügel aus und schrie im Triumph. Im Mondlicht glänzten die Federn silbrig, sie waren durchtränkt von Blut und geschmolzenem Wachs.

Sie hasste diesen Vogel. Kirstine spürte, wie der Zorn sie wie ein Feuersturm durchflutete, und die Luft um sie herum zitterte. Hinter dem Adler stand die große Eiche in einem pulsierenden Licht, das nicht vom Mond, sondern aus dem Inneren des Baums selbst kam, und Kirstine fühlte sich, als ob auch sie Wurzeln hatte. Wurzeln, die tief, tief in den Untergrund reichten, als würden die uralten Kräfte der Erde sie durchströmen, und als wäre Kirstine nur ein Kanal, der die Energie leitete.

»Jetzt wirst du sterben«, flüsterte sie. Sie streckte den Arm nach dem menschengroßen Vogel aus und schrie den Namen der Fackelrune, dem alles vernichtenden Urfeuer. *»KENAZ! KENAAAAAZ!«*

Ein mächtiger Feuerstrahl flog aus ihrer Hand und traf sofort, der Vogel ging in Flammen auf. Er schrie überrascht auf und stieß sich hoch in die Luft, als könnte er dem Feuer entfliehen. Dann schrie er abermals, diesmal vor Schmerz, und die Schreie wurden zu einem unheimlichen Fauchen, einem Heulen, einem Wimmern. Dann wurde es still, und zu sehen war die Silhouette eines Jungen, umgeben von Flammen, der zu Füßen des alten Baums zu Boden fiel.

2. MAI
09 UHR 05

Kamille

Als sie das nächste Mal aufwachte, saß ihre Mutter immer noch auf dem Stuhl neben ihrem Krankenbett und trug dieselben Klamotten, in denen sie vor achtundvierzig Stunden eingetroffen war. Die Sonne schien durch die weißen Vorhänge und durch das gekippte Fenster zog eine süßliche Frühlingsbrise ins Zimmer. Kamille richtete sich vorsichtig auf und versuchte, ihre Mutter nicht zu wecken. Sie fühlte sich schon viel besser als beim letzten Mal, als sie aufgewacht war. Sie trug ein weißes Krankenhaushemd und darunter unzählige Pflaster, die die Stellen verdeckten, an denen er sie verletzt hatte. Ingrid hatte die Wunden mit Lisas besonders heilender Salbe eingeschmiert und gemeint, dass keine Narben zurückbleiben würden. Kamille lauschte, aber alles war still. Bestimmt schlief Malou immer noch. Sie hatten das Behandlungszimmer sowie die angrenzenden Räume als Krankenzimmer herrichten müssen, um Platz für sie alle zu schaffen. Victoria und Kirstine hatten die erste Nacht ebenfalls hier verbracht, um eine Rauchvergiftung auszuschließen, waren inzwischen aber in ihr Zimmer zurückgekehrt. Malou hatte es schlimmer erwischt, sie lag mit einer Schädelfraktur und einer Gehirnerschütterung nebenan. Benjamin lag in Ingrids Büro, einer seiner Lungenflügel war punktiert worden, er hatte durch einige tiefe Wunden eine ganze Menge Blut verloren und außerdem ernste Verbrennungen am Oberkörper davongetragen. Ingrid verbrachte die meiste Zeit an seinem Krankenbett, wenn sie nicht gerade mit grimmigem Gesichtsausdruck besorgt zwischen den Zimmern hin- und herwanderte.

Vorsichtig schwang Kamille die Beine über die Kante des hohen Bettes und kam auf die Füße. Der Schwindel, unter dem sie bisher noch gelitten hatte, schien verflogen zu sein. Lautlos schlich sie sich durch den Raum. Ihre Mutter hatte offenbar zwei Tage und Nächte nicht geschlafen, es gab keinen Grund, sie jetzt zu wecken.

Im Flur angekommen, vernahm sie ein leises Stimmengemurmel aus dem Nachbarraum. Zaghaft schob sie die Tür auf. Malou lag im Bett, blass und mit dunklen Augenringen und einem großen Verband um den Kopf. Auf der Bettkante saß Victoria und Kirstine stand neben ihr. Das große Mädchen drehte sich zur Tür und lächelte breit, als Kamille hereinkam.

»Kamille! Du bist wach!« Kirstine sah bis auf einen großen blauen Fleck auf ihrer Wange beinahe normal aus.

Malou wollte sich im Bett aufsetzen, doch Victoria drückte sie freundlich, aber bestimmt zurück in die Kissen.

»Ingrid sagt, dass du liegenbleiben sollst. Und du weißt, dass sie durchdreht, wenn du nicht auf sie hörst.« Victoria stand vom Bett auf und winkte Kamille heran. »Setz du dich, Kamille. Ich hole uns was zu trinken.«

Kamille ließ sich auf die Bettkante sinken und griff nach Malous Hand.

»Du siehst ein bisschen besser aus als das letzte Mal, als ich dich gesehen hab«, sagte Malou mit heiserer Stimme.

»Das kann ich von dir nicht gerade behaupten. Was für ein Wahnsinnsverband«, sagte Kamille.

»Findest du nicht, dass er mir steht?«, fragte Malou. »Und dabei sollten wir eigentlich diese Woche fürs Jahrbuch fotografiert werden. Aber Ingrid hat mir versprochen, dass wir meine Bilder später machen können, wenn der Verband ab ist.«

Kamille musste grinsen. Nach allem, was passiert war, machte sich Malou immer noch Sorgen darüber, wie ihr Foto im Jahrbuch aussehen würde.

»Gibt es irgendwas Neues ...?« Kamille sah fragend zu Kirstine, die den Kopf schüttelte.

»Wir haben nichts gehört. Birgit spricht nicht mit uns, sie flüchtet jedes Mal vor uns, wenn wir sie irgendwo entdecken. Heute Nachmittag haben wir sie oben in der Galerie erwischt, aber da hat sie nur gesagt, dass sie schon weiß, dass sie uns noch ein paar Antworten schuldet, sie uns die aber noch nicht geben kann.«

»Und was haben sie den anderen Schülern erzählt?«, fragte Kamille, gerade als Victoria mit einem Stapel Gläser und einer Kanne rotem Sirup ins Zimmer kam.

»Nichts«, antwortete sie und schenkte allen Sirup ein. »Und deshalb kursieren natürlich die wildesten Gerüchte.«

»Aber keins davon ist so verrückt wie die Wirklichkeit«, fügte Kirstine hinzu. »Birgit hat uns gebeten, nichts zu erzählen und bisher haben wir uns daran gehalten.«

Kamille schüttelte den Kopf.

»Ich kann immer noch nicht verstehen, was passiert ist. Lisa sagt, dass Vitus eine Mischung aus Alraunenwurzel und Bilsenkraut in mein Glas gerührt hat, bevor er mich in den Keller gebracht hat. Hört mal ... ich weiß nicht, wie man es richtig sagen soll, aber … Ich möchte mich bei euch bedanken, dass ihr mir das Leben gerettet habt.«

Victoria legte den Arm um sie und Malou drückte ihre Hand.

»Jederzeit wieder«, sagte sie, »aber du solltest dich besser bei Benjamin bedanken. Wenn er uns nicht aufgestöbert hätte – also im wahrsten Sinne des Wortes …« Malou schnüffelte wie ein neugieriger Spürhund, und Kamille musste schon wieder lachen.

»Mann, sind deine Witze flach, Malou. Habt ihr schon mit ihm gesprochen?«

Victoria schüttelte den Kopf. »Ingrid hat's uns nicht erlaubt. Aber sie sagt, dass er auf dem Wege der Besserung ist.«

»Und wer hätte gedacht, dass Kirstine so eine Kriegerprinzessin ist?«, bemerkte Malou.

Kirstine zuckte mit den Schultern. »Ich konnte diesen Vogel wirklich nicht leiden.«

»Wie hast du das mit dem Stern herausgefunden?«, fragte Kamille. »Wie hast du ihn noch mal genannt?«

»Ein Drudenfuß«, antwortete Kirstine. »Lisa hatte es mir erzählt, aber damals hab ich mir nichts dabei gedacht. Der fünfzackige Stern heißt so, weil er Nachtmahre, die man auch Druden nennt, und andere Geister, die einen in der Nacht plagen, fernhält. Aber er kann sie auch binden. Und das war es, was Vitus wollte. Er wollte seinen eigenen Nachtmahr erschaffen, nachdem Trine nicht mehr zu ihm kam.«

»Was für ein kranker Typ«, Malou seufzte. »Trine hat sich echt dem Falschen anvertraut.«

»Und nachdem sie das entdeckt hatte, hat sie versucht mich zu warnen«, sagte Victoria, deren Stimme ein kleines bisschen zitterte. »Sie hat mich erschreckt. So wie sie Vitus am Anfang auch erschreckt hat. Irgendwie haben Vitus und ich dasselbe durchgemacht. Vitus und ich ... es ist komisch, so darüber nachzudenken ...«

»Hör mal«, sagte Malou und setzte sich nun doch im Bett auf, »mit diesem Horrortypen hast du echt nichts gemeinsam. Wenn er nicht schon tot wäre, würde ich mich sofort auf ihn stürzen, das schwör ich dir. Es war alles allein seine Schuld. Und Birgits, weil sie uns nicht geglaubt hat. Mit dir ist jedenfalls nichts falsch. Trine hat Kontakt zu dir aufgenommen, weil du ziemlich gut in Geisterkunde bist. So einfach ist es.«

»Alle Achtung, Malou, das sind ja ganz neue Töne«, rutschte es Kamille heraus.

»Was soll ich sagen, die schrägen Sonderlinge der Magie müssen halt zusammenhalten, oder etwa nicht?«

Victoria grinste und drückte Malous Hand.

»Sonderlinge forever«, sagte sie lächelnd. »Und jetzt legst du dich besser wieder hin. Ingrid besteht darauf, dass du dich ausruhst.«

»Ja, das tut sie in der Tat«, sagte Ingrid, die in diesem Moment den Raum betrat. »Und ich bin zwar dagegen«, fuhr sie fort, »aber Birgit möchte euch morgen Nachmittag treffen. Alle zusammen. Ich habe ihr gesagt, dass weder Malou noch Benjamin fit genug für ein solches Treffen sind, aber Birgit will trotzdem mit euch sprechen, bevor sie der ganzen Schule erklärt, was vorgefallen ist. Deshalb muss Malou sich bis dahin noch ordentlich ausruhen, bei Benjamin und Kamille muss ich die Verbände wechseln, und ihr zwei Mädels müsst euch eine andere Beschäftigung suchen, als meine Patientinnen zu stören.« Mit diesen Worten schob sie Victoria, Kirstine und Kamille aus der Tür und wies Kamille an, sofort zurück ins Bett zu gehen.

In ihrem Zimmer schlief Kamilles Mutter noch immer in einer Haltung, die reichlich unbequem aussah. Sie zog eine Decke aus dem Schrank und legte sie über ihre Mutter, bevor sie selbst wieder ins Bett kroch.

3. MAI
15 UHR 00

Victoria

Benjamin war der Letzte, der das Krankenzimmer betrat, er stützte sich mit einem Arm an Ingrid ab. Er sah sehr mitgenommen aus. Ein Hauch seines Schmerzes übertrug sich auf Victoria, als er, ohne sie anzusehen, an ihr vorbei humpelte.

»Damit sind wir vollzählig«, sagte Birgit, die sich im Gegensatz zu allen anderen im Raum erhob. Sie trug einen schwarzen Hosenanzug, und ihr Ausdruck war noch angespannter als sonst. Sie verbarg es geschickt, aber Victoria hatte keinen Zweifel daran, dass sie nervös war. Neben ihr saß Jens Andersen und starrte mit ernstem Gesichtsausdruck auf seine gefalteten Hände.

»Zunächst möchte ich unsere Freude zum Ausdruck bringen, dass ihr alle wieder auf den Beinen seid. Es ist gut, dass ihr euch so schnell erholt habt, trotz allem. Und dann liegt es natürlich auf der Hand, dass wir – dass ich – euch eine Erklärung schulde. Und eine Entschuldigung«, begann Birgit in professionellem Tonfall, der jeglicher Emotionen entbehrte. »Es tut mir leid, dass keine entsprechenden Maßnahmen ergriffen wurden, als ihr uns über eine drohende Gefahr zu unterrichten versucht habt. Eine interne Evaluation hat jedoch ergeben, dass wir angesichts der

Informationen, die uns vorlagen, nicht anders handeln konnten. Daher …«

»Das ist doch Bullshit«, unterbrach Malou, und zu ihrer Überraschung bemerkte Victoria, dass Malous Ausbruch sie zum Lächeln brachte. Genau das war es. *Absoluter Bullshit.*

»Eine interne Evaluation?«, fuhr Malou fort. »Also, Sie haben sich selbst evaluiert und festgestellt, alles total perfekt gemacht zu haben? Tja, schön zu wissen, aber auch ein bisschen merkwürdig vor dem Hintergrund, dass eine Schülerin angegriffen wurde, dass wir fünf hier von einem sechsten Schüler beinahe getötet wurden, der selbst am Ende das Schicksal eines Stück Brots erlitten hat, das vom Stock ins Lagerfeuer fällt.«

»Malou, beruhige dich!«, schimpfte Ingrid. »Sonst musst du zurück ins Bett. Entschuldige, Birgit, mach weiter.«

Birgit wirkte durch die Unterbrechung sehr verärgert, holte aber tief Luft und fuhr fort: »Die Untersuchung hat nicht ergeben, dass alles perfekt war, nein, aber wir konnten nicht vorhersehen, was geschehen würde.«

»Aber wir haben Sie gewarnt«, wandte Kirstine ein.

»Du hast uns erzählt, Victoria sei in Gefahr, weil Benjamin sie umbringen wolle. Das ist ja nun so nicht genau eingetroffen!«, knurrte Birgit und verlor scheinbar einen Moment lang die Kontrolle. Die ruhige Fassade war jedoch schnell zurück. »Du hast den Verdacht fälschlicherweise auf Benjamin gelenkt, und da sowohl er als auch Victoria auf dem Ball waren und sich amüsierten, habe ich keinen Grund gesehen, dem weiter nachzugehen.«

»Aber Sie wussten, dass Vitus gefährlich sein könnte. Sonst hätten Sie mir nicht aufgetragen, auf ihn aufzupassen.« Benjamin, der den Blick die ganze Zeit starr auf den Boden gerichtet hatte, hob den Kopf und richtete seine eisblauen Augen auf Birgit. Der eindringliche Blick wirkte wie eine Herausforderung.

»Sie haben es selbst gesagt – Sie schulden uns eine Erklärung«, sagte Kamille leise.

»Na schön«, sagte Birgit, und nur die roten Flecken an ihrem Hals verrieten, wie aufgewühlt sie wirklich war. »Als Vitus vor fast drei Jahren hier an der Schule anfing, wurde schnell klar, dass er ein besonderer Schüler war. Er zeigte außergewöhnliche Fähigkeiten in allen magischen Zweigen, ich habe es das erste Mal erlebt, dass der Baum keine eindeutige Antwort geben konnte. Und er war ein Gestaltwandler, wie ihr gesehen habt. Meistens verwandelte er sich in einen Adler, aber er konnte – wenn er wollte – auch andere Tiere wählen. Das ist höchst ungewöhnlich. Gestaltwandler sind selten, und wenn man mal auf einen trifft, kann er sich in der Regel nur in ein bestimmtes Tier verwandeln. Es war wirklich einzigartig.«

Birgit hielt inne, als hätte sie mehr verraten, als sie wollte.

»Natürlich war uns auch bewusst, dass es zu Schwierigkeiten führen kann, wenn jemand über bedeutende Fähigkeiten in allen magischen Zweigen verfügt«, fuhr sie fort, und der professionelle Ton war wieder da. »Wir wussten nicht, wie mächtig Vitus werden konnte, und weil er aufgrund seiner Fähigkeiten als Gestaltwandler offensichtlich sehr großes Talent im Zweig Natur aufwies, beschlossen wir, ihn sich in diese Richtung entwickeln zu lassen. Vitus lebte sich gut an der Schule ein, und alles schien wie geplant zu funktionieren. Er konzentrierte sich auf seine Ausbildung in seinem Zweig und war in den anderen Fächern nicht besonders gut, was wir alle als ein positives Zeichen auffassten.«

»Er hat Sie ausgetrickst«, unterbrach Malou, aber ihre Stimme war jetzt eher feststellend als anklagend. »Er hatte keine Probleme, Erd-, Blut- oder Todesmagie anzuwenden. Er war besser als wir alle zusammen.«

»Ja, das kann ich nachvollziehen. Es ist äußerst bedauerlich, dass uns das nicht aufgefallen ist. Aber er war so unkompliziert. Nachdem es am Anfang recht schwierig war, entwickelte er sich zu einem ganz normalen Schüler. Die einzige Sache, die uns beunruhigte, war sein ausgeprägtes Talent als Gestaltwandler. Er konnte sich jederzeit verwandeln, und dann hatten wir keine Ahnung, wo er war – weder physisch noch mental. Als einer seiner Klassenkameraden diese Fähigkeit ebenfalls zeigte, erkannten wir das als Chance, dass dieser ein Auge auf ihn haben konnte. Um vielleicht zu verhindern, dass er zu Schaden kommt.«

Benjamin schnaubte. »Ich meine mich daran zu erinnern, dass hauptsächlich ich zu Schaden gekommen bin.«

Birgit überhörte seine Bemerkung und fuhr fort. »Benjamin konnte Vitus folgen, wenn er in Tiergestalt war. Auch wenn Benjamins Verwandlung noch nicht vollständig und mühelos war, akzeptierte Vitus, dass Benjamin bei ihm war. Manchmal haben sie es etwas übertrieben, aber Benjamin brachte ihn immer wohlbehalten zurück. Wir dachten, alles liefe so wie geplant.«

»Und Anne?«, fragte Kamille. »Weshalb haben Sie Vitus nicht verdächtigt, als Anne überfallen wurde? Sie wussten, dass er sich in einen Adler verwandeln und mit Leichtigkeit zu ihrem Fenster fliegen konnte.«

»Wir haben ihn befragt«, antwortete Birgit, »doch er hatte für den ganzen Abend ein Alibi – er hat Heiligabend mit seiner Familie verbracht. Zu dem Zeitpunkt hatte ich keinen Grund, ihn zu verdächtigen.«

Victoria spürte es. Schwach, aber dennoch da. Eine Kombination aus Kreativität, Angst und Überlegenheitsgefühl. *Lüge.*

»Sie lügen«, sagte sie leise. »Es stimmt nicht, wenn Sie sagen, Sie hätten Vitus nicht verdächtigt.«

Malou erhob sich erneut. »Sie haben ihn gedeckt, stimmt's?« Ihre Hände waren vor Wut zu Fäusten geballt. »Denn es hätte natürlich Ihr kleines Experiment mit dem Supergenie ruiniert, sobald aufgeflogen wäre, dass er umherging und die anderen Schüler abmurkst!«

»Setz dich, Malou!«, schimpfte Ingrid.

»Ich will keine Zielscheibe für solch lächerliche Anschuldigungen sein. Wenn niemand etwas Vernünftiges zu sagen hat, ist das Gespräch hiermit beendet«, zischte Birgit. »Morgen werde ich die Schule über … Teile dessen informieren, worüber wir hier gesprochen haben. Es wird nicht nötig sein, sie über sämtliche Details zu unterrichten.«

»Ich verwette meinen Arsch darauf, dass mit *Details* Ihre gigantischen Verfehlungen gemeint sind. Und natürlich die Tatsache, dass Sie Schülerinnen und Schüler unnötiger Gefahr ausgesetzt haben«, sagte Malou mit verschränkten Armen.

»Ich weiß, dass du mir so ziemlich alles zutraust, Malou. Aber selbst du mit deinem simplen Weltbild wirst noch begreifen, dass es nicht zu meinem Besten ist, sondern zum Besten der Schülerinnen und Schüler, dass sie nicht alles wissen sollen. Es besteht keine Notwendigkeit, Angst und Schrecken zu verbreiten.«

»Und es hat nicht zufällig damit zu tun, dass Sie sich selbst und Ihre Stellung schützen wollen?«, fragte Malou und hob eine Augenbraue, die dadurch unter dem Kopfverband verschwand.

»Hat es nicht, das kann ich dir versprechen«, sagte Birgit und lachte einmal kurz und bitter auf. »Ich werde dem Vorstand den Ärger und die Peinlichkeit ersparen und habe heute Morgen meinen Rücktritt eingereicht. Ab dem nächsten Schuljahr werde ich nicht mehr länger Schulleiterin von Rosenholm sein. Bis ein geeigneter Nachfolger gefunden ist, wird Jens an meiner Stelle die vorübergehende Leitung übernehmen.«

Diese Nachricht brachte Malou endgültig zum Schweigen. Tatsächlich sagte niemand mehr etwas, und Birgit war die erste, die den Raum verließ. Sie ging ohne ein weiteres Wort und ohne Begleitung, als wäre sie schon jetzt eine Fremde an dieser Schule.

Ingrid wollte einen Arm um Benjamin legen, um ihm zurück ins Bett zu helfen, aber er bat sie, noch einen Augenblick zu warten und hinkte zu Victoria hinüber. Seine Nähe ließ sie innerlich erzittern.

»Tut mir leid, dass unser erstes Date derart schiefgelaufen ist«, sagte er leise, sodass allein Victoria es hören konnte. »Zu meiner Verteidigung möchte ich nur sagen, dass ich mich normalerweise nicht so … animalisch verhalte.« Er sah sie mit einem forschenden Blick an, und ihr wurde bewusst, dass er nervös auf ihre Reaktion wartete.

»Ist schon okay«, sagte sie. »Aber ich würde dich gern etwas fragen. Warum bist du vom Ball verschwunden? Wir haben dich an der Böschung gesehen, keine Ahnung, ob du dich erinnerst …«

»Ja, ich weiß es noch genau, obwohl ich in dem Moment nicht ich selbst war …« Er hielt inne, es war sicherlich nicht einfach, so etwas jemandem zu erklären, der selbst nie etwas Vergleichbares erlebt hatte. Er ließ den Blick auf seinen Händen ruhen, während er weitersprach. »Das war einfach der erste Ort, an den ich gerannt bin, nachdem ich entdeckt hatte, dass Vitus verschwunden war. Ich hatte ein ungutes Gefühl und mir schon gedacht, dass er sich vielleicht verwandelt hatte. Dieser Ort besaß eine besondere Bedeutung für ihn, aber ich weiß nicht warum. Er war oft dort, wenn er sich verwandelte. Verzehrte Tiere, die er dort erlegt hatte. Und an diesem Tag war er auch schon einmal da gewesen. Ich konnte dort Blut riechen, vermutlich von der Katze, die er in der Schule aufgehängt hatte.«

Victoria begegnete seinem Blick, als er endlich den Kopf hob. Er war sehr blass, seine Wangen waren eingefallen, und die Wangenknochen zeichneten sich deutlich ab. Doch obwohl er aussah, als hätte er gerade erst eine schwere Krankheit überstanden, war er so unglaublich hübsch, dass sie beinahe ihre eigene Frage vergaß. Er war das vollkommene Gegenteil der ekelerregenden Kreatur, die sie an jenem Abend am Hang vorgefunden hatten.

»Wir haben nie darüber gesprochen, was passierte, wenn wir beide unsere Tiergestalt annahmen. Es war, als hätten wir uns darauf verständigt, niemals darüber zu reden, sobald wir wieder wir selbst waren. Die Leute dachten, wir wären Freunde. Dabei kannten wir uns nicht mal sehr gut. Ich schwöre, ich hatte keine Ahnung, wozu er fähig war …« Seine Stimme überschlug sich, und Victoria hatte plötzlich das Bedürfnis, seine Hand zu nehmen.

»Benjamin?«

»Ja?«

»Ich wollte nur sagen, dass ich, bis alles schief gegangen ist, eigentlich echt Spaß hatte.«

Er lachte heiser. »Also darf ich dich vielleicht noch mal auf ein Date einladen?«

Victoria nickte. »Ja, das darfst du vielleicht«, sagte sie und lächelte. »Unter einer Bedingung. Du darfst nicht aufhören, mich Süße zu nennen.«

»Nichts leichter als das.«

29. MAI
15 UHR 20

Kirstine

Kirstine spürte, wie ihr ein Schweißtropfen den Nacken hinunterlief.

»Braucht jemand Sonnencreme?« Kamille hielt die Flasche in die Luft. Ihre Wunden waren gut verheilt, dennoch achtete sie immer noch penibel darauf, sich immerzu mit hohem Lichtschutzfaktor einzucremen, damit keine Narben entstünden.

»Stress doch nicht so mit der Sonnencreme, man muss auch sehen können, dass wir fast eine Stunde lang hier gelegen und geschwitzt haben«, murmelte Malou und drehte sich auf der geblümten Decke, die sie auf der Wiese in dem Park vor dem Schulgebäude ausgebreitet hatten. Es war richtig heiß. Kirstine fühlte sich schwer und schläfrig und schlummerte mit dem Geruch von Gras und sonnengewärmter Haut in ihrer Nase beinahe ein.

»Ich fasse es nicht, dass ihr das aushaltet«, stöhnte Kamille, sie lag auf ihrer Decke neben Victoria, die es sich unter den Zweigen der großen Blutbuche bequem gemacht hatte. »Kirstine, du solltest auch in den Schatten kommen, deine Schultern sind schon rot.«

Kirstine blieb noch einige Sekunden liegen, ehe sie tief aufseufzte und sich erhob.

»Erinnert ihr euch an den Tag, an dem wir eingezogen sind? Damals war es auch megaheiß, ich konnte mein ganzes Gepäck kaum schleppen. Und jetzt ist das Schuljahr zu Ende, und ich soll alles wieder einpacken«, sagte Kamille und nahm einen Schluck aus ihrer Wasserflasche.

Kirstine konnte sich noch gut an den Tag erinnern. Vom Tag der Aufnahmeprüfung ganz zu schweigen. Seitdem war so viel passiert. Wenn sie gewusst hätte, was sie im ersten Jahr in Rosenholm erwarten würde, hätte sie dann auf dem Absatz kehrt gemacht und wäre sofort wieder nach Hause gefahren? Oder wäre sie dennoch dageblieben? So spontan konnte sie das gar nicht sagen.

»Was für ein Jahr«, sagte Victoria, als hätte sie denselben Gedanken gehabt wie Kirstine. Sie lehnte den Kopf gegen den Stamm und sah zur Baumkrone hinauf.

»Das kannst du laut sagen«, sagte Kamille. »Ich hoffe nur, das zweite Jahr wird ein bisschen ruhiger.«

»Aber auch nicht zu ruhig«, murmelte Malou, das Gesicht auf der Decke.

»Ist das dein Ernst?«, fragte Kamille.

»Sieh uns doch mal an!«, sagte Malou. »Vier alte Jungfern! Von mir aus kann das nächste Jahr ruhig etwas mehr Action bringen.«

»Malou, du Verrückte!«, sagte Kamille, aber konnte sich ein Grinsen nicht verkneifen.

»Glaubst du, dass es ein für alle Mal vorbei ist, Victoria?«, fragte Kirstine, und so vage die Frage auch formuliert war, verstand Victoria sofort, was sie meinte.

»Mit Trine?« Victoria hatte ihr Gesicht immer noch dem Baum zugewandt. Dann schüttelte sie den Kopf. »Nein, es ist noch nicht vorbei. Nicht, ehe wir unser Versprechen eingelöst haben. Nicht, ehe wir Trines Mörder entlarvt haben.«

Eine Zeit lang waren sie alle still. Sie hatten nicht ausgiebig über die Vorfälle auf dem Frühlingsball gesprochen. Ab und an machte eine von ihnen eine Anspielung oder kam auf Kleinigkeiten zu sprechen, doch vor allem schienen sie die Rückkehr zur Normalität zu genießen.

Während der Abschlussjahrgang in der Prüfungsphase war und bis spät in die Nacht in der Bibliothek saß und Bücher wälzte, konnten es die aus dem ersten Jahr eine Weile langsamer angehen lassen. Auch die Lehrer waren jetzt stark eingebunden, und nur Jakob hatte noch Zeit, ihnen Hausaufgaben aufzugeben. Kirstine spürte den inzwischen vertrauten Stich im Herz, als ihre Gedanken zu ihrem Nordisch-Lehrer wanderten, und sie beeilte sich, schnell an etwas anderes zu denken.

»Ich werde nicht lockerlassen und herausfinden, wer es getan hat«, sagte Kamille. »Nicht nur wegen des Versprechens, sondern weil ich es ihr schuldig bin. Sie hat uns gewarnt, und ohne ihre Hilfe hätte Victoria nicht gewusst, wo ihr nach mir suchen müsst.«

»Keine Frage«, erwiderte Malou. »Natürlich bleiben wir dran – haben wir jemals aufgegeben? Ich bin dabei herauszufinden, woher sie kam. Wenn wir mehr über sie wissen, führt uns das vielleicht zu ihrem Mörder.«

Kirstine gähnte. Plötzlich fühlte sich der Schweiß klamm und kalt auf der Haut an. Dennoch nickte sie. Natürlich würden sie weitermachen. Trines Mörder war immer noch irgendwo da draußen.

»Ihr seid die besten Freundinnen der Welt«, sagte Kamille. »Alte Jungfern hin oder her.«

»Übrigens habe ich gute Nachrichten«, sagte Victoria, die endlich ihren Blick von den dunkelroten Buchenblättern, die sich vor einem strahlend blauen Himmel langsam im Wind bewegten, losriss.

»Was? Willst du damit sagen, dass wir dich von der Liste alter Jungfern streichen sollen?«, fragte Malou neckisch. »Ist zwischen *Wolf Boy* und dir etwa mehr gelaufen, als wir wissen?«

»Nein, ihr wisst wohl alles, was es da zu wissen gibt«, sagte Victoria lächelnd. »Aber ich habe gehört, dass Anne nächstes Jahr wieder zur Schule kommt.«

»Tatsächlich? Oh, wie toll!«, sagte Kamille.

»Cool!«, entfuhr es Malou.

»Ja, dass sie herausgefunden haben, wer ihr das angetan hat, hat echt geholfen, glaube ich. Und dass er weder ihr noch jemand anderem jemals wieder etwas antun kann. Sie wird das Jahr wiederholen müssen, weil sie so weit zurückhängt, also werden wir keinen gemeinsamen Unterricht mehr haben.«

»Schade, aber trotzdem schön«, sagte Kirstine.

»Und wisst ihr, wer noch zurückkommt?«, fragte Kamille.

»Erinner mich nicht daran«, stöhnte Malou. »Es hat sich also rausgestellt, dass Zlavko doch nicht der größte Idiot der Schule war. Wer hätte das gedacht?«

»Du bist ihm eine Entschuldigung schuldig, Malou.«

»Das sehen wir, wenn es soweit ist«, sagte Malou und zog die Träger ihres Tops herunter, damit sie auf den Schultern keine weißen Streifen hinterließen. »Der Mann ist nichtsdestotrotz ein echtes Arschloch, der wird mir nichts mehr versauen.«

»Stellt euch vor, nächstes Jahr sind wir nicht mehr länger die Kleinen«, sagte Kirstine.

»Nein, und Molly wird nicht mehr hier sein. Sie wird mir fehlen«, sagte Kamille. »Und was ist mit Benjamin, er verlässt auch die Schule?«

»Ja, das tut er«, sagte Victoria. »Mal schauen, vielleicht können wir uns trotzdem ab und an sehen. Oder es wird halt einfach nichts mehr daraus.«

»Aber man sagt doch, dass die Liebe alles überwindet«, sagte Kamille und tätschelte Victorias Hand.

»Apropos Liebe«, warf Malou ein, die sich auf die Ellbogen stützte. »Seht mal, wer da kommt.«

»Jakob«, sagte Victoria. »Vielleicht sollten wir einfach …«

»Wisst ihr was? Ich glaube, wir haben für heute genug Sonne getankt. Komm, Malou, wir hauen ab. Kirstine kann ja nachkommen.«

»Was? Ich will doch sehen, was passiert«, protestierte Malou, ließ sich aber von einer rigorosen Kamille von ihrer Decke hochziehen.

Einen Moment später hatten sie ihre Sachen zusammengerafft und winkten kichernd zu Jakob herüber, als dieser unbeholfen anfing, etwas von einer Hausarbeit zu murmeln, die er mit Kirstine kurz besprechen müsse.

»Aha. Sie wissen also Bescheid«, stellte er fest, als die Mädchen verschwunden waren.

»Das meiste«, bestätigte Kirstine mit einem Nicken.

»Darf ich mich setzen?« Er ließ sich neben sie ins Gras fallen, ohne eine Antwort abzuwarten. »Tut mir echt leid, dass ich dich so überfalle, während du eigentlich mit deinen Freundinnen zusammen bist, das ist wohl nicht sehr schlau, aber … du hast auf keine meiner Nachrichten reagiert und gehst mir auch sonst aus dem Weg.« Er pflückte einen Grashalm und fing an, behutsam lange Fäden von diesem abzuziehen.

»Ich musste einfach mit meinen Freundinnen zusammen sein«, sagte sie.

»Und was ist mit mir?«, fragte er und machte ein Gesicht, als kämen ihm seine Worte im nächsten Augenblick dumm vor. »Es tut mir leid, dass ich dir nicht geglaubt habe, Kirstine. Ich bin beinahe gestorben, als ich hörte was geschehen war und ich habe dir tausendmal geschrieben, wie leid es mir tut. Ich weiß nicht, was ich noch tun soll. Es tut mir wirklich leid.«

Kirstine nickte. »Mir tut es auch leid.«

»Was ich gesagt habe, war nicht so gemeint. Also, dass ich alles bereue. Ich bereue gar nichts. Ganz egal, wie es weitergeht. Ich will nur, dass du das weißt.«

Sie nickte. »Danke, ich bin froh, dass du das sagst. Ich bereue auch nichts.«

»Kannst du mir verzeihen?« Er wandte ihr das Gesicht zu und suchte ihren Blick, doch sie drehte sich von ihm weg.

»Ich weiß es nicht, Jakob. Ich habe wirklich das Gefühl, dass du mich im Stich gelassen hast. Du konntest nicht ahnen, was passieren würde, aber es ändert nichts an der Tatsache, dass du nicht da warst, als ich dich am meisten gebraucht habe. Ich glaube nicht, dass ich das jemals vergessen kann«, sagte sie.

Es war, als könnte sie regelrecht spüren, wie er neben ihr zusammensank, als ob alle Luft aus ihm wich.

»Ich habe befürchtet, dass du so etwas in der Art sagen würdest«, flüsterte er. »Von nun an wird alles anders sein. Du wirkst anders. Du hast deine Halskette abgenommen?«

Kirstine nickte. Er sprach von ihrem Kreuz.

»Ja, es fühlte sich nicht richtig an, es weiterhin zu tragen.« Sie besaß es noch, würde es immer aufbewahren, aber tragen wollte sie es nicht länger. Jakob hatte recht. Sie war nicht mehr dieselbe.

Sie hatte ein Leben gerettet. Und eines genommen. *So etwas hinterlässt Spuren.*

»Und jetzt?«, fragte er.

»Jetzt geht das Leben weiter, nehme ich an. Bald sind Sommerferien. Ich habe beschlossen, dass ich meine Eltern besuchen will. Vielleicht lassen sie mich rein, vielleicht auch nicht. Auf jeden Fall fahre ich danach mit zu Victoria. Sie haben ein freies Zimmer, wo ich über die Ferien bleiben kann. Victoria sagt, es sei kein Problem. Und ansonsten kann ich in der Schule wohnen. Die ist ja so etwas wie mein Zuhause geworden. Im Guten wie im Schlechten.«

Jakob stand auf und reichte ihr die Hand, um sie zu hochzuziehen.

»Darf ich dich zum Abschied wenigstens umarmen?«, fragte er.

Sie nickte, bereute es aber, als sie seine Arme um sich und den Duft seiner Haut wahrnahm. Warum musste er auch so gut riechen? Das machte es ihr tausendmal schwerer, an ihrem Entschluss festzuhalten.

Einen kurzen Moment lang drückte er sie fest an sich.

»Falls ich jemals wieder die Chance bekomme, verspreche ich, dich nicht im Stich zu lassen«, flüsterte er ihr heiser ins Ohr.

»Mach's gut, Jakob«, sagte sie und löste sich aus seiner Umarmung. Dann drehte sie ihm den Rücken zu, damit er nicht sah, dass sie weinte, und steuerte auf die weißen Gebäude Rosenholms zu.

Hast du das Päckchen bekommen, Millchen?

Ich freu mich so drauf, dass du nach Hause kommst.

Wir haben einen ganzen Sommer vor uns, den wir zusammen verbringen können.

Hör mal – nach diesen ganzen Vorfällen an der Schule hab ich über etwas nachgedacht. Vielleicht hast du recht. Vielleicht bist du alt genug, um zu erfahren, wer dein Vater ist …

What?!? Mama?

Mamaaaaa …??????

EPILOG

Er träumt immer noch davon. Ab und zu. Und nach allem, was gerade geschehen ist, sogar noch öfter. Die Anmut jener Augenblicke wird ihm kristallklar vor Augen stehen, bis er stirbt, da ist er sich sicher.

Der Puls, der direkt unter der Haut sachte pochte – wie ein unendlich sanfter Flügelschlag eines Vogels –, wenn man seine Finger am weißen Hals entlanggleiten ließ. Die rotgoldenen, seidigen Locken ausgebreitet zwischen den blühenden Violen. Der flehende Blick des Mädchens. Der rauschende Klang der Silberpappeln. Ihre leuchtende Haut in der Abenddämmerung. Er singt für sie. Er liebt sie. Damals. Und jetzt.

GRY KAPPEL JENSEN hat Geschichte und nordische Sprache und Literatur studiert und arbeitet heute als Autorin, Übersetzerin und Lektorin. Sie hat mehrere Kinder- und Jugendbücher veröffentlicht, darunter die Fantasy-Trilogie *Rosenholm*, die in nur kurzer Zeit zu einem großen Erfolg in ihrer Heimat wurde. Band Drei *Nachtschatten* wurde 2021 mit dem *Dänischen Fantasy-Preis* als das ›Beste Fantasy-Buch des Jahres‹ ausgezeichnet. Gry Kappel Jensen lebt mit ihrer Familie in Aarhus, Dänemark.

MEIKE BLATZHEIM, geboren 1985, lebt im Bergischen Land und arbeitet als Lektorin, Autorencoach und Übersetzerin aus den skandinavischen Sprachen.

SARAH ONKELS, geboren 1986, studierte Skandinavistik und Keltologie in Bonn, Köln und Turku. Sie übersetzt aus dem Finnischen, Schwedischen und Norwegischen und lebt bei Bonn.

Wie weit wird Anne gehen, um Ragnarök aufzuhalten?

»Hier ist der Turm zu Babel der Fantasie. Ich habe so etwas noch nie gelesen.«

Politiken (Dänemark)

Malene Sølvsten
Das Flüstern der Raben
(Bd. 2) – Fehu
720 Seiten
€ 22,00 [D] | € 22,70 [A]
ISBN 978-3-03880-056-9

»Voller überschwänglicher Fantasie und Erzähllust. Malene Sølvsten ist herausragend.«

Ekstra Bladet (Dänemark)

Malene Sølvsten
Das Flüstern der Raben
(Bd. 3) – Mannaz
688 Seiten
€ 24,00 [D] | € 24,70 [A]
ISBN 978-3-03880-062-0

Arctis

»Das Flüstern der Raben« – Die große nordische Fantasy-Bestsellerreihe aus Dänemark

Malene Sølvsten
Das Flüstern der Raben
(Bd. 1) – Ansuz
800 Seiten
€ (D) 24,- / € (A) 24,70
978-3-03880-047-7

Die 17-jährige Anne kann Ereignisse in der Vergangenheit sehen, und eines Nachts hat sie eine Vision von einem grausamen Mord. Ein rothaariges Mädchen wird getötet, und auf ihrem Körper hinterlässt der Täter ein Runenzeichen. Kurz darauf werden in der Gegend tatsächlich rothaarige Mädchen tot aufgefunden, alle mit demselben Zeichen. Auf einmal ist die nordjütländische Kleinstadt voller Fremder mit mystischen Kräften, die Annes Nähe suchen: die Asen-Gläubige Luna, der göttlich schöne Mathias und der geheimnisvolle Varnar. Aber wer ist ihr Freund und wer ihr Feind? Um die Welt vor der Ragnarök zu retten, muss Anne den Mörder finden – bevor er sie findet.